BOMBA EM BRASÍLIA

EDU FENIANOS EDWARD TRIP

Capa: Igor Moura
Programação Visual: Tatiana Kropernicki Ferreira
Revisão: Raquel Sena

Dados internacionais de catalogação na publicação
Bibliotecária responsável: Mara Rejane Vicente Teixeira

Fenianos, Eduardo Emilio, 1970-
Bomba em Brasília / Eduardo Fenianos. -
Curitiba, PR : Univer Cidade, 2017.
208 p. ; 23 cm.

ISBN 978-85-86861-39-0

1. Ficção brasileira. I. Título.

CDD (22ª ed.)
B869.3

Editora Univer Cidade

ExpEdições Urbenauta

BAR BLIOTECA

contatos:
41 3362 3307 / editora@urbenauta.com.br

Índice

Discurso de um Presidente 4

Nota de Esclarecimento 5

Acorda, Brasil! 6

O Grande Evento no Congresso Nacional 7; Tango X Rock'n'Roll 10; A Invasão de Brasília 11; Buenos Aires / Washington / Brasília 12; Em Brasília, Finalmente, 19 horas 27

Vamos Dominar o Brasil 28

A Cabeça do Ex-Presidente 28; Quem Assumirá o Poder? 30; Tomando o Poder 31; A Madrugada da Esperança 32; Coisa Preta na Casa Branca 33; Luto e Festa 36; Preguiça ou Liberdade? 39; O Brasil se Organiza 40; A Campanha 42; Um Tempo na Votação 44; O Resultado e uma Surpresa no Rio Grande do Sul 46; Palácio da Alvorada / Novas Eleições 47; Os Candidatos 48; A Campanha de Vitor 50; O Encontro com Tião Boyrá 51; O Primeiro Turno 53; Chega da Velha Política 54; No Hotel ou no Motel? 56; O Primeiro Gerente 62; Preciso Falar com Você 63; A Democracia de Pero Lopes 66; Eleições para o Novo Congresso Nacional 68; Sávio Probo na Justiça/ O Plebiscito Gaúcho - O Sul é o Meu Páis 72; Experiência X Juventude/ A Lei das Drogas 75; Debates no Congresso Nacional - Legalistas X Não Legalistas 78; A Nova Organização do Brasil 79; Os Ministérios e os Gerentes do Presidente Vitor 80; A Reorganização do Brasil 83; E os Funcionários Públicos? 86

2023 89

Novos Impostos e a Revolta de Deus 89; O Presidente e a Bíblia 92; Perdão X Cobiça/ Não Dou o Pão, Não dou o Circo, Mas Dou a Picanha 93; Os Brasileiros Se Organizam 95; O Novo Ministro da Fazenda e a Viagem pelo Norte 96; O Rematamento da Amazônia 98; É Índio ou Não é Índio? 99; O Açaí é Nosso 101; A Lei do Cão 102; Votando a Lei do Cão 104; Brasil X Rio Grande 105

2024 107

A Guerra do Brócolis 107; Educação Verde 109; Os Edifícios-Horta 110; As Buscas Por Vadiane/ Queda de Braço 111; Brasil e China: Sócios/ O Mundo Quer o Congresso Nacional do Brasil 114; Um Novo Santo 115; Finalmente, Vadiane 116; A Nova Lei Anticorrupção 118; O Comitê de Sustos Radicais 119; As Clínicas Para Tratamento e Recuperação de Corruptos 120; Probo Fala 121; O Plano Probo nas Escolas 123; Universidade na Bolsa 124; A Loteria da Ideia/Cadeias Ambulantes 125; O Plano de Transparência do Congresso 126; Guerra 128

2025 130

Feliz Ano Novo, Brasil! 130; Terca-Feira de Cinzas 131; Bombardeio em Florianópolis / O Aqueduto e Gasoduto Brasil Flex 133; O Programa de Privatização dos Pontos de Tráfico de Drogas 135; As Obras do Aqueduto e Gasoduto Brasil Flex 136; As Batalhas de Floripa 137; Rixa Antiga 139; Reunião com Índios 140; Canabarro Decide 141; A Nação Platina 142; Vamos Apagar o Brasil 143; Brasil X Uruguaios, Gaúchos, Argentinos e Paraguaios 144;

2026 148

Foz do Iguaçu Destruída, Florianópolis Ilhada e São Paulo Submersa 148; Soluções Rápidas 149; Abram as Torneiras 150; O Crack Explode 151; Floripa sem Ponte 153; A Miss Horizontina 154; As Históricas Migrações de 2026 156; Os Retirantes Paulistanos 157; Açaí X Vaca 158; A Nova Matriz Energética do Brasil 159; Dinheiro em Caixa 163; A Vigília 164; Considerados e Consideradas 165; Os Índios e Seus Remédios 167; O Acidente do Presidente 168; A Luz do Sol 169

2027 170

Acorda, Novo Brasileiro! 170; A Revolta da Toga 171; O Cidadão Justiça / Os Debates 174; Um Problema nas Usinas Merdelétricas 176; Crackalhadores do Brasil 177; As Crackolândias e as Usinas Merdelétricas 178; Novas Notícias em Floripa/Paris é Passado. O Pará é o Futuro 180; Os Índios e Seus Remédios 181; O Clima Está Mudando? O Planeta Está Mudando? E Vocês...Estão Mudando? 182; O Imposto Verde 184; Os Primeiros Frutos 185; A Caatinga Verde 186; A Real Bandeira do Brasil 187; A Nova Bandeira do Brasil 188; O Código de Defesa do Cidadão 190; O Presidente na ONU 192; O Dia do Fico ou Não Fico 194; A Campanha Presidencial 195; Votações no Congresso 196; Amor no Palácio da Alvorada 197; 31 de Dezembro de 2027 199; O Último Discurso do Presidente 201; Presidente 202.

Discurso de um Presidente

Trechos do Discurso do Presidente da República Criativa, Ativa e Participativa do Brasil, no dia 31 de dezembro de 2027.

– Minhas patroas e meus patrões!

(...) A vocês que confiaram em mim e me concederam esta importante posição de ser a faxineira que limpa, o capataz que cuida, o jardineiro que preserva, o garçom que serve, a cozinheira que alimenta, o amigo que aconselha, o guardião que protege, o trabalhador que constrói, o mecânico que conserta ou o músico que busca a harmonia, meu muito obrigado.

(...) A vocês, milhões de brasileiros que já são congressistas e que já são juízes, peço que, a partir de hoje, sejam também presidentes.

(...) Que todo brasileiro saiba que cada atitude sua deve ser a atitude de um PRESIDENTE. E a todos aqueles que desejam ser PRESIDENTE, deixo um conselho.

Assim que decidir presidir algo, seja uma associação, um condomínio, um sindicato, um diretório acadêmico, um clube de futebol amador ou profissional, uma confederação, uma cooperativa, uma empresa ou um país, capacite-se de todas as formas para ser, no mínimo, o melhor presidente.

Comece por presidir o pequeno, lideranças diárias, mas lidere como se fosse um país, e só se dê o direito de passar para um nível maior de liderança e presidência quando observar que foi totalmente digno do cargo, que foi honesto, que não se corrompeu, que não se entregou ou se curvou aos desejos asquerosos do poder, às armadilhas dos gananciosos e que teve competência para administrar.

Mas, se repetir os erros daqueles que critica, se for desonesto, se for corrompido, se usar mal o poder, reveja suas atitudes, ou desista de presidir e liderar, porque você será mais um escravo do poder, como muitos que o nosso país já teve, porque a sua personalidade ainda não é a personalidade daquele que quer e merece ser PRESIDENTE.

Porque qualquer um pode ser presidente, mas ninguém, depois de ser Presidente, pode ser qualquer um.

Nota de Esclarecimento

Os fatos aqui narrados iniciam às 07:30:05 da manhã do dia 7 de setembro de 2022 e seguem até 00:00:10 de 1° de janeiro de 2028.

Desculpem os mais exigentes se meu texto for rápido, conciso, direto. Tive apenas dez dias para escrever sobre esse período único da história brasileira que faz parte desta Edição Comemorativa aos 300 anos da Independência do Brasil.

Por isso, os relatos que seguem são...

Curtos e grossos.

Rápidos e reveladores.

Estalagmites e estalactites

... que se prendem ao chão e ao teto de uma caverna onde a política, a surpresa, a tecnologia, a evolução da democracia e a libertação de um povo estavam imersos há centenas de anos.

Brasil.

Setembro de 2122.

Edward Trip

Jornalista e correspondente no Brasil do Le Monde est Web.

ACORDA, BRASIL!

Ceilândia. Cidade-satélite de Brasília.
7 de setembro de 2022.

7:30:05

O sol já brilhava forte no Distrito Federal.

O vento que soprava pelas ruas da favela, dominada por barracos sem reboco, deixava o ambiente um pouco menos abafado.

Ao redor de um mapa, que dividia a mesa com xícaras de café e mostrava Brasília e suas cidades-satélites, cinco homens revisavam seu planejamento e estratégias.

– Por que vamos seguir por aqui pra chegar até Brasília?

– Porque não há o perigo de eles nos avistarem de longe. E não se preocupe. O General Bonzinho vai dar cobertura.

– Quem é esse General Bonzinho?

– Você vai conhecer.

O som da TV se misturava ao que falavam.

Nas chamadas iniciais do "Acorda, Brasil", as manifestações da população contra o governo, denúncias de corrupção, novas prisões de políticos e empreiteiros em mais uma operação da Polícia Federal.

Como manchetes principais: os detalhes da invasão e declaração de guerra da Argentina e México aos Estados Unidos e o encontro de todo o poder político e econômico do país, representado por políticos, empreiteiros, banqueiros e outros tipos de parasitas humanos que existiram no passado e que aconteceria logo à noite no Congresso Nacional.

– Vamos dar um tempo. Quero saber das notícias.

– Pô, Vitão. Não perde essa mania de querer acompanhar política na TV. Vê depois na internet.

– O pior analfabeto, irmão, é o analfabeto político. Quero saber o que vai acontecer com o meu país.

Os homens riram. Ele olhou nos olhos de cada um. Sem que precisasse falar nada, ficaram quietos.

Não era a falta de riso no rosto, que revelava a mistura entre o avô negro e a avó índia que assustavam. O respeito, por Vitor Abaré, vulgo Presidente, vinha das ações de um homem que conseguia guardar dentro de si a pureza de uma criança e a frieza de alguém que, quando necessário, encarnava o algoz da guilhotina, o professor que disciplina ou o pai que sabe quando e como educar.

Sentou no sofá e se postou em frente ao aparelho que flutuava junto à parede. Ouviu todas as notícias. Quieto.

7:32:24

O GRANDE EVENTO NO CONGRESSO NACIONAL

O primeiro bloco foi dedicado às denúncias de corrupção. Tratava de ações conjuntas da Polícia Federal, Ministério Público e Poder Judiciário que, como se fizessem parte de uma novela sem fim, já se encontravam em sua 129° edição, encontrando a cada semana novos esquemas de corrupção e desvio do dinheiro público, envolvendo grandes construtoras, banqueiros, marqueteiros, publicitários, governadores, funcionários de empresas estatais, deputados e senadores de todos os partidos políticos existentes no país.

Nesse distante Brasil, dos 513 deputados federais, 513 enfrentavam processos criminais por corrupção e desvio de dinheiro público. Destes, 54 também eram acusados de pedofilia, 98 de estupro e abuso sexual e 102 de assassinato.

Dentre os 81 senadores, 32 respondiam a processos por desvio de dinheiro da saúde, 24, por desvio de dinheiro da merenda escolar e 25, por superfaturamento de obras públicas.

O Brasil estava sob o domínio da forma mais vil e escroque em que seres humanos podem se apresentar. Não eram partidos políticos representando o povo que estavam no poder. Eram facções criminosas, guerreando pelo poder para tirar dele e fazer com ele o pior possível.

O país e seu povo agonizavam, com a riqueza de toda uma nação sendo desviada para as patas de poucos.

E, nessa guerra, sofria e morria apenas quem não participava dela: os brasileiros que, em 2022, ainda se dividiam e acreditavam na diferença entre o que, na época, chamavam de "direita" e "esquerda" para diferenciar partidos políticos que nada mais eram do que capatazes de um poder muito maior.

O segundo bloco de notícias tratou do grande evento que aconteceria a partir das cinco horas da tarde no Congresso Nacional. Os homens mais poderosos, os deputados, os senadores, o poder político e o poder econômico estariam logo mais em Brasília para as comemorações dos 200 anos da Independência do Brasil e, principalmente, para a votação da **Lei Contra a Ditadura do Povo e da Justiça** também conhecida como **As Dez Medidas Pró-Corrupção**. Era uma vitória há muito tempo batalhada pelos congressistas e que, naquele dia seria, finalmente, conquistada.

E era necessário votar rápido.

Há vários anos a população estava nas ruas organizando passeatas maiores e mais violentas.

Exigiam penas muito mais graves para aqueles que desviassem dinheiro público.

Pediam a renúncia do presidente, apoiavam as ações de um grupo de juízes honestos, do Ministério Público, da Procuradoria Geral e da Polícia Federal e exigiam uma reforma política que acabasse com o foro privilegiado para políticos e todas as possibilidades de desvios do dinheiro público, recebimento de propina, desvio de caixa de campanhas políticas, uso de campanhas políticas para enriquecimento pessoal, sonegação de impostos, envio de dinheiro desviado de obras públicas para o exterior, e várias outras possibilidades de corrupção que inviabilizavam completamente o trabalho de um político corrupto, fosse ele deputado federal, deputado estadual, vereador, senador, prefeito, governador, presidente, diretor de estatal ou assessor.

A indignação dos brasileiros também se manifestava nas urnas. Nas eleições anteriores, os votos nulos, brancos e as abstenções haviam alcançado 80% do total. Era clara a separação entre cidadãos e governantes. O sistema político estava falido.

Tendo o povo contra a corrupção, parte do poder judiciário contra a corrupção, a Polícia Federal contra a corrupção, os juízes honestos contra a corrupção e a imprensa contra a corrupção, a única saída dos poderes executivo e legislativo brasileiros foi a de se unir contra todos, ao redor de um pacto de poder para acabar com as investigações e, segundo as palavras do presidente do Senado, "colocar o povo em seu devido lugar".

Em uma conversa entre o Presidente do Brasil, acusado de desvio de verbas públicas, o Presidente do Senado, acusado de desvio de verbas públicas, o Presidente da Câmara dos Deputados, acusado do desvio de verbas públicas e de possuir várias contas na Suíça, e um grupo de empreiteiros, ficou decidido, de forma muito parecida com os acordos que fazem os líderes das máfias, que ninguém faria mal a ninguém.

Cada partido político teria seu território, cada um teria seus ganhos, cada um manteria sua parcela do povo para explorar.

Para completar o acordo, no histórico evento que aconteceria logo mais, o Congresso Nacional sancionaria a "As Dez Medidas Pró-Corrupção", que seria votada por deputados e senadores prevendo...

> ... a liberação, com base no princípio da honestidade do homem público, que deputados, senadores e demais servidores públicos ficassem isentos de prestar esclarecimentos sobre qualquer conta fora do Brasil, além de liberar os representantes da nação para enviarem ao exterior até 20 milhões de dólares, sem qualquer tipo de declaração para a Receita Federal;
>
> ... a regulamentação do "caixa 2", para agilizar o trabalho dos partidos políticos e seus membros;
>
> ... a suspensão de todas as ações penais contra qualquer deputado federal, senador ou membro eleito democraticamente;
>
> ... a punição contra qualquer cidadão que levantasse dúvidas sobre a honestidade de seus representantes eleitos;
>
> ... o fim das delações premiadas;
>
> ... o fim de qualquer tipo de prisão para vereadores, deputados estaduais, deputados federais, senadores e seus assessores;
>
> ... a prescrição penal em até um mês para delitos cometidos por vereadores, deputados estaduais, deputados federais, senadores e seus assessores;
>
> ... a exigência para que empresas que participassem de licitação do Governo Federal tivessem capital social de no mínimo 1 bilhão de reais;
>
> ... a diminuição na tributação para os bancos e isenção de responsabilidade de pagamento ou indenização no caso de quebra e...
>
> ... a mais esperada, sonhada e desejada por todos os corruptos do país: a extradição para a ilhas Tanegashima, no Japão, de todos os juizes, procuradores e policiais federais, que participavam das investigações e estavam mandando para a cadeia políticos e empresários corruptos.

Muito rapidamente, o noticiário também tratou da greve dos funcionários da Câmara Federal, do Senado e Poder Executivo, principalmente faxineiros que carregavam faixas com os dizeres: "Essa sujeira não queremos limpar".

Todo o restante do jornal foi dedicado à declaração de guerra da Argentina aos Estados Unidos..

Os âncoras convocaram seus correspondentes internacionais, que passaram a explicar sobre a invasão do exército argentino aos Estados Unidos, durante a madrugada.

7:52:12

Tango X Rock 'N' Roll

Tudo revelava que o conflito começou quando o FBI e a CIA prenderam aquele que os argentinos consideravam o maior jogador de futebol de todos os tempos. Era acusado de comandar uma rede internacional de tráfico de cocaína e outras drogas. Por dois meses, as negociações diplomáticas estenderam-se. De início, o governo argentino exigiu que o governo americano pedisse perdão pelo engano e, imediatamente, devolvesse "El Gran Héroe para su patria madre".

Com o decorrer das investigações e provas cada vez mais claras contra o grande herói, os Estados Unidos negaram-se a atender ao pedido dos diplomatas argentinos. O próprio presidente da Argentina viajou aos Estados Unidos para exigir do presidente Ronald McDonald Tramp o retorno do ex-craque. Prometeu um julgamento justo e imparcial pela Suprema Corte Argentina.

Mais uma vez negado o pedido, e sem qualquer outra alternativa de reaver o maior de seus patrimônios, a Argentina manifestou o desejo de declarar guerra aos Estados Unidos.

De início, as principais autoridades internacionais e o próprio governo americano acreditaram que aquilo se tratava de uma brincadeira ou de um ato estratégico do General Gaston Uecheguerria, para que talvez conseguisse unir o povo mais uma vez ao redor de uma ditadura que estava prestes a sucumbir. Todos pensavam: "Quem ou qual país em sã consciência declararia guerra à maior potência militar do planeta?" Com o tempo, concluíram que poderia haver uma resposta: a Argentina.

Os olhos do planeta estavam arregalados para a divisa dos Estados Unidos com o México e para três estados americanos: Texas, Novo México e Arizona, que na madrugada, tiveram 10 cidades tomadas.

Numa estratégia ousada, o exército argentino fez um pacto com o exército e os cartéis de drogas do México. O acordo previa que, a partir do momento em que a Argentina tomasse todo o solo norte-americano, o novo governo daria cobertura para as ações dos cartéis mexicanos não só nos Estados Unidos, mas também no Canadá e na Europa.

Os mexicanos trabalharam rápido, cooptando imigrantes ilegais, perseguidos em solo americano e compatriotas desesperados, que precisavam de um novo solo para sobreviver e comer. Todos muito preocupados com a política de imigração do presidente Tramp, que tinha a expulsão dos imigrantes ilegais, principalmente mexicanos, como meta e uma forma de criar empregos para os norte-americanos, em mais uma crise da economia dos Estados Unidos da América.

A ação foi tão rápida, silenciosa, sigilosa, precisa e organizada que nem mesmo os mais experientes agentes da CIA e do FBI conseguiram obter informações antes que ela se realizasse. Restou a alguns poucos e valentes texanos tentar defender seu país com suas próprias armas e vidas. Mas de pouco adiantou, frente ao ódio e desespero de mexicanos e argentinos.

O noticiário terminou prometendo novas informações a qualquer momento durante a programação.

A INVASÃO DE BRASÍLIA

Vitor Abaré, o Presidente para os amigos e aqueles que trabalhavam para ele, voltou à mesa para tratar de outra guerra.

– Isso é bom pra nós. Com toda a imprensa de olhos voltados pra essa guerra e pra esse encontro dos políticos bandidos no Congresso Nacional, ninguém vai prestar atenção na nossa ação. A sorte está ao nosso lado.

A ação de que ele falava era a de tomar de uma vez só todos os pontos de tráfico de drogas, em Brasília e cidades-satélites mais próximas. A região com muitos políticos, empresários, playboys, prostituição, gosto pelo poder, ganância, vaidade e baladas intermináveis bancadas com o dinheiro público havia se tornado o maior e melhor mercado consumidor de drogas do país.

Para não chamar tanta atenção, tudo havia sido planejado e estudado durante muito tempo. Vários homens e mulheres passaram os três meses anteriores frequentando a região de Brasília como trabalhadores comuns. Passaram-se por pedreiros, carpinteiros, faxineiros e por outros tantos trabalhadores que vinham tentar a vida na Capital Federal e suas cidades-satélites. Cerca de dois mil desses guerreiros e guerreiras já estavam lá. Todos viajaram desarmados. Suas armas seriam entregues por caminhões do exército. Tudo coordenado pelo homem forte de Vitor junto às Forças Armadas: o General Bonzinho.

A invasão estava baseada em uma oportunidade inédita. Pela primeira vez, a parada militar do dia da Independência não se realizaria no Eixo Monumental, entre a Praça dos Três Poderes e a antiga rodoviária da cidade. Toda a região estaria fechada para a realização do grande evento no Edifício do Congresso Nacional.

De início, os militares decidiram cancelar o desfile. Mas Vitor propôs ao General Bonzinho que apresentasse ao Alto Comando das Forças Armadas outro argumento: o de não se curvar ao poder legislativo, e, em um trabalho de "Relações Públicas", se aproximar do povo, desfilando pelas ruas de Brasília e das cidades próximas ao plano piloto.

"Aproximar-se do povo." O Alto Comando do Exército viu aquilo com bons olhos.

Vários militares foram contratados. Os homens de Vitor também trabalhariam fardados. Isso facilitaria a entrada em todos os pontos de tráfico de drogas sem despertar desconfiança e com uma força militar e bélica invencível. O General, recebendo uma grande quantia para suas ações, organizou tudo, conforme exige a disciplina e a organização militares.

Buenos Aires ☠ Washington ✈ Brasília 💣

Em outros lugares do planeta, mais líderes também trabalhavam o poder. Das 9 horas às 19 horas de 7 de setembro de 2022, peças de um jogo foram movidas, partículas do caos provocadas, estratégias traçadas, circunstâncias milimetricamente organizadas e erros cometidos, criando um conjunto de combinações que, em 10 horas, mudou a história do Planeta Terra e, principalmente, a história do Brasil.

Todas as horas citadas adiante seguem o fuso horário de Brasília.

9:15:03
Brasília

No Congresso Nacional ninguém havia chegado.

9:16:28

Buenos Aires

Nos porões do *Congreso de la Nación Argentina*, os generais Benedito Suerez, Gaston Uecheguerria e Mariano Cordobez já orquestravam seu próximo passo. Na cabeça desses grandes estrategistas argentinos, todos grandes admiradores de Perón, o próximo passo seria Los Angeles. Queriam dominar Hollywood. Aos seus olhos, além de um passo na conquista do território inimigo, isso seria um ato de favor e benevolência com a humanidade que, a partir de então, passaria a assistir somente a filmes produzidos por cineastas argentinos, dando fim aos enlatados norte-americanos.

9:17:49

Washington DC

Na Casa Branca, as conversas eram mais diretas e menos apaixonadas. O presidente Tramp já estava decidido. Com informações de que havia grandes possibilidades de a Argentina possuir uma bomba atômica, produzida na Isla Huemul, teria que contra-atacar.

– Eles precisam saber com quem estão mexendo, com quem estão lidando – dizia Tramp a um de seus generais, enquanto acariciava o topete. Esse cacoete o acalmava, pois não havia nada no mundo mais importante para ele do que seu topete. Olhou para o espelho e voltou a tratar da guerra.

– Que tipo de bombas temos?

Para o general de um país apaixonado por armas de destruição em massa, essa era uma pergunta que teria centenas de respostas. Mas o general foi calmo com Tramp e procurou resumir a resposta dentro de seu racionalismo militar.

– Temos todos os tipos, senhor. É só escolher. Se usarmos a atômica, destruiremos todo o país. Se usarmos a bomba de nêutron, mataremos somente seres humanos, mantendo intactas as construções.

Tramp não deixou que ele terminasse.

– Quero algo que atinja somente aqueles que estão nos provocando. Quero uma bomba que caia sobre o QG da presidência argentina e mate todos os líderes desse movimento maluco. Onde eles estão escondidos?

– Em uma casamata sob o *Congreso de la Nación Argentina*, senhor presidente.

– Temos alguma bomba ou uma arma que consiga atingir essa casamata e acabe com todos os que estiverem por lá?

– Temos. Mas para atingir a casamata destruiremos tudo o que estiver em um raio de 300 metros.

– Se não há solução, use-a. Mas faça um trabalho bem-feito.

Tramp havia ido bem até ali. Não havia pensado em dinheiro. Mas, se assim fosse, não seria ele. Lembrou os favores de campanha que devia a um fabricante de aviões militares e de sua participação acionária na companhia. Idealizou uma operação que poderia lhe render um bom retorno de mídia e aumentar o valor das ações da empresa na bolsa de valores. Chamou o general mais uma vez:

– Quero que use um F39 na missão.

– Senhor, os F39 ainda estão em fase de teste. Ainda precisam de certos ajustes em sua parte elétrica. Também apresentaram certas deficiências no sistema de comunicação. Por que não usamos um drone, senhor?

– Não. Quero um de nossos homens. Quero um norte-americano colocando suas próprias mãos no ataque a esses macacos latinos. Quero a nossa mão esmagando esses desgraçados como se fossem um pedaço de folha seca.

O general já saía da sala, quando ouviu mais uma frase.

– Mais uma questão. Quero que convoque um herói de guerra; de preferência loiro e alto. Preciso de alguém à altura para estar ao meu lado nas coletivas de imprensa.

12:34:07

Golfo do México – Base Militar Americana

Para a missão foi designado o tenente-coronel John Sick. Filho de Shanna Lepore e Dylan Sick, John nasceu em Corydon, no estado de Kentucky. Foi ali, em sua cidade natal, que buscou refúgio para tentar se curar ou, ao menos, minimizar os traumas causados pelas guerras em que defendeu a "liberdade norte-americana", fazendo terapia medicinal, através do uso controlado e homeopático de maconha.

O tratamento, feito com um médico amigo de infância, possibilitou a John Sick esconder das forças armadas norte-americanas o seu transtorno de estresse pós-traumático e o uso do medicamento.

Chegou à base militar naval instalada no Golfo do México, com seus cabelos loiros já um pouco grisalhos. Vestiu o uniforme da Força Aérea dos Estados Unidos da América. Foi saudado pelos pilotos mais jovens. Conversou rapidamente com um general, de quem recebeu algumas instruções e um envelope.

Checou os equipamentos do F39. Lembrou os horrores da guerra. Partiu às 13h30.

13:30:05

Ceilândia – Cidade-satélite de Brasília

Em seu QG, Vitor, seus companheiros e o General Bonzinho definiam os últimos detalhes estratégicos para assumir o comando de todos os pontos de tráfico de drogas nas cidades-satélites e na Capital Federal.

Bonzinho seguiria para o norte e leste, para comandar os guerreiros que já estavam na região de Sobradinho, Planaltina, Brazlândia e Paranoá. Vitor, com os seus mais de 2 mil soldados, vindos do Rio de Janeiro e São Paulo, aliados a um grupo de militares e seus veículos blindados, ficou com a missão de dominar as regiões de Ceilândia, Gama, Guará, Núcleo Bandeirante e Taguatinga. Os ataques precisavam ser rápidos e eficientes, pois, antes que a solenidade no Congresso Nacional terminasse e o trânsito voltasse ao normal, Brasília já deveria estar dominada.

Para isso, sem chamar a atenção até aquele momento, contariam com a ajuda de mais 2 mil militares. Mil e quatrocentos deles estavam nas matas do Parque Nacional de Brasília, acampados às margens do Ribeirão Tortinho e do Córrego Três Barras. Outros 600 estavam no Jardim Botânico.

Em teoria, eram todos homens passando por treinamento militar de rotina. Estrategicamente e na prática, seriam os guerreiros que ajudariam Vitor e o General Bonzinho a dominar o tráfico de drogas no Distrito Federal.

Outros 48 blindados de reconhecimento, 42 tanques, 68 blindados de transporte de tropas e 34 obuseiros já passeavam pelas cidades-satélites e pela Capital Federal.

Em teoria e para os relatórios militares, eram veículos do exército brasileiro fazendo um trabalho de relações públicas junto à população, no dia das comemorações dos 200 anos da Independência do Brasil.

Na prática e na estratégia milimétrica do General Bonzinho e de Vitor, eram os veículos que abririam as portas de pontos de tráfico de drogas, onde só era possível entrar com todo esse aparato militar.

Para a imprensa, os conflitos seriam explicados como uma resposta do exército brasileiro e da nação brasileira ao avanço do tráfico de drogas contra uma sociedade que só desejava a paz.

A única ação que não contaria com a presença de militares seria coordenada por Pati Pedreira. Com todos os acessos por terra fechados pelo grande evento no Congresso Nacional, a morena de grandes coxas, grandes nádegas, grande coração e também funkeira, organizou uma falsa festa em dois catamarãs, com quase 200 convidados. Foi a melhor, e talvez única, forma que encontrou para se aproximar do Setor de Hotéis e Turismo, dominado por um saudita, conhecido como Kalifa, que colocara em Brasília uma droga que misturava cocaína e ópio.

14:25:36

No Eixo Monumental, toda a porção entre a rodoviária, Marco Zero de Brasília e o Congresso Nacional já estava interditada. Apenas autoridades e convidados credenciados poderiam ultrapassar as barreiras.

Na Argentina, nos porões do congresso, os generais argentinos acompanhavam mais uma vitória de seu exército e de seus aliados mexicanos. Las Vegas já dançava ao som de tangos e mariachis.

Quando a pena de ouro com que a princesa Isabel assinou a Lei Áurea chegou ao Congresso Nacional para ser usada cinco horas mais tarde quando o presidente assinasse a nova lei, John Sick já cruzava o Caribe, admirando a beleza do mar azul. Há bastante tempo não voava. Quis aproveitar cada minuto.

16:30:00

Um despertador tocou no F39. Avisava o horário de John Sick fumar seu medicamento.

Tinha no bolso direito do uniforme um cigarro de maconha já preparado. Mas não havia como tomá-lo ou fumá-lo. O capacete fechado e a máscara de oxigênio o impediam de chegar à boca do piloto.

E para ele não havia saída. Ou fumava o remédio ou os sintomas do estresse pós-traumático se manifestariam. Taquicardia, suor insuportável, tonturas, dor de cabeça, dificuldade de concentração, irritabilidade, vista embaçada e, no caso específico dele, tremedeira, espasmos musculares e a incrível sensação de pânico, que já começava a se manifestar, dando uma vontade imensa de ser ejetado e de sair daquela máquina de matar pessoas.

Militar treinado da Força Aérea dos Estados Unidos, manteve a calma e logo encontrou uma solução para o problema. Com a ponta do pino que prende uma parte da pulseira do relógio à outra, provocou uma fissura mínima no tubo de abastecimento de oxigênio e prendeu a ponta do medicamento a ele.

O F39 seguia muito bem no piloto automático. O próximo passo era acender o remédio. E para isso John estava preparado. Há seis meses havia encomendado um acendedor portátil de cigarros, que funcionava a pilha. Criação, produção e distribuição da indústria chinesa. Apertou o botão *on*. Esperou dois minutos. Retirou o aparelho da base. Viu um pequeno círculo totalmente em brasa.

Desconfiou da tecnologia chinesa, mas não quis encostar o dedo no pequeno objeto para se certificar se o que via era realmente brasa. Levou o acendedor na direção do medicamento. Inspirou profundamente. A matéria gasosa que veio para dentro da máscara e de seu capacete de proteção era diferente do oxigênio que chegava até ele segundos antes.

O capacete se encheu da fumaça. O céu azul do Caribe se encheu de nuvens. Ele disse:

– Wow!

No rádio, o general que o acompanhava perguntou se havia algum problema com sua respiração. Ele, procurando não soltar o precioso ar homeopático que havia inspirado, pressionando um lábio contra o outro respondeu:

– Senhor, tudo na mais perfeita ordem. Tudo lindo! Mar de azul intenso.

– Você está gripado ou com algum problema na garganta?

– Não, senhor.

– Então cheque o documento que está de posse e revise sua missão.

Sick soltou o ar. O interior do capacete foi tomado pela fumaça. Sick curtiu. Estava nas nuvens. Tirou o documento do envelope, colocou em seu colo. Deu mais uma boa baforada, deixando a brasa em suspenso, e passou a ler o tal documento.

Ficou admirando o símbolo da Força Aérea dos Estados Unidos até soltar o ar e o interior do capacete mais uma vez ser tomado pela fumaça. Estava mesmo nas nuvens. Sick curtiu. Sick viajou. Sick esqueceu tudo. Sick perdeu-se.

Quando voltou de sua viagem e foi ler o restante do documento, não eram mais palavras legíveis que estavam à sua frente, mas a brasa enorme de seu medicamento, queimando e tomando conta de quase todo o papel. Bateu com as mãos para conter o fogo. Teve um pequeno furo no uniforme. Do documento, conseguia ler apenas *Congreso de la Nación Argentina*, o local onde, em seus porões, neste mesmo instante, os generais argentinos já planejavam um ataque à Disneylândia.

16:36:48

No Palácio Nereu Ramos, mais conhecido como Congresso Nacional do Brasil, a responsável pelo cerimonial do evento checava a lista de convidados. Todos os 513 deputados e 81 senadores já estavam presentes.

Mas a lista de celebridades poderosas ia ainda mais longe. Ministros, governadores, a elite do Supremo Tribunal Federal, o cartel das obras públicas, marqueteiros, lobistas, os ex-presidentes do Brasil ainda vivos, a família real portuguesa, funcionários com cargos em comissão, correligionários e mais uma porção de parasitas do poder também estavam lá.

16:42:24

Em Ceilândia, Sobradinho, Guará, Taguatinga, Samambaia ou em qualquer ponto de tráfico de drogas existente nas cidades-satélites de Brasília, a situação não era tão calma. Todas já começavam a receber a visita dos tanques de guerra do "Exército Brasileiro".

17:00:00

Pontualmente, o presidente da Câmara dos Deputados deu início à sessão de votação da Lei contra a Ditadura do Povo e da Justiça, também conhecida como **As Dez Medidas Pró-Corrupção**.

Minutos antes, acompanhado do presidente da Federação dos Bancos do Brasil, ele entregou ao presidente da República os nomes do próximo Ministro da Fazenda e do próximo presidente do Banco Central do Brasil.

Em seu discurso de abertura, além de ressaltar que aquele evento marcaria a história brasileira, pediu desculpas pela falta da água e cafezinho e pelos ciscos no chão. Teceu críticas pesadas aos garçons, faxineiros e faxineiras, em greve como protesto à lei que seria votada.

Criticou a Polícia Federal, os procuradores de justiça, os juízes honestos, e uma parcela de arruaceiros, segundo ele, os grandes responsáveis pela ditadura que estavam vivendo e pela crise vivida no Brasil.

– Esses servidores do retrocesso querem nos impedir de trabalhar pelo país. Querem implantar no Brasil a Ditadura da Justiça. E ela é a pior de todas. Falam em recebimento de propina, em corrupção, quando o que queremos é agilizar as obras públicas para o bem da população. Sem propina, este país não anda. Se os executivos e funcionários podem ter participação nos lucros da empresa, por que nós não podemos ter participação nos lucros do Brasil e das empreiteiras, empresas farmacêuticas ou bancos?

Continuou enfático.

– Hoje vamos mostrar quem realmente manda neste país. Hoje vamos mostrar como se constrói um país. Hoje, 7 de setembro de 2022, declararemos a nossa verdadeira independência e daremos o verdadeiro grito de liberdade do Brasil.

Todos os 513 deputados federais e 81 senadores aplaudiram em pé.

Às 17h20, ele abriu as votações. O discurso do presidente ficaria para o final do evento.

17:25:20

Candangolândia, Ceilândia e Guará já estavam tomadas pelos homens de Vitor e do General Bonzinho. Os tanques de guerra entravam em todos os pontos, recebidos com aplausos da população que pedia a volta dos governos militares ou com os tiros dos traficantes inimigos. O resultado era sempre o mesmo. A vitória da estratégia sobre a bagunça.

17:32:42

No *Congreso de la Nación Argentina*, os generais se abraçavam sonhando com o dia em que dominariam o mundo.

17:44:20

No F39, a viagem de John Sick não era das melhores. Como ser humano, sentia muita fome e uma vontade astronômica de ouvir Bob Marley.

Como piloto de uma missão de grande importância para seu país, estava sem os documentos com as coordenadas geográficas do local de ataque e já fazia meia hora que os instrumentos de comunicação com a base não funcionavam. Piorando profundamente a situação em que se encontrava, uma pane elétrica comprometeu todo o sistema de geolocalização, a ponto de informar que o F39 estava sobrevoando a costa leste da Nova Zelândia. Sick estava totalmente sem comunicação ou localização. Por um tempo achou aquilo bom. Estava livre. Estava pássaro.

17:54:00

Nesse horário, um lobista da indústria farmacêutica, apadrinhado pelo presidente do Senado, entregava para um assessor do presidente da República um envelope com o nome do próximo Ministro da Saúde.

Pelo rádio, Vitor era informado de que Santo Antônio do Descoberto, Planaltina e Recanto das Emas já estavam dominadas.

Os generais argentinos ainda se abraçavam imaginando o dia em que dominariam o mundo.

No F39, Jonh Sick ainda era um pássaro. Apesar da situação complicada, não conseguia parar de rir.

18:12:00

John Sick já havia abandonado a carreira de pássaro e passava por uma crise de dúvidas e incertezas.

– Voltar? Seguir? Parar no próximo restaurante para comer?

Se voltasse e não cumprisse a missão, talvez fosse tarde. Talvez os argentinos soltassem uma bomba em seu país. Ele não poderia terminar aquilo como um perdedor. Tinha que terminar a missão. Ao menos tentar, mas jamais voltar.

Sabia que o alvo era o *Congreso de la Nación Argentina*. O próximo passo seria descobrir sua localização.

Resolveu usar seus conhecimentos de geografia e história.

Outra informação importante que tinha, apesar de insuficiente naquele momento, era a de que a capital do Brasil era Buenos Aires. Nada mais do que isso sobre a América do Sul. Para ele, e para todos os moradores dos Estados Unidos da América, a região sempre foi muito confusa. Brasil,

Argentina, Colômbia, Venezuela, Colômbia, Paraguai, Uruguai, Chile, Nova Guiné, talvez. México, talvez. Para ele todos se resumiam à mesma coisa com os mesmos lugares cheios de traficantes de cocaína, mulheres baratas, estupros coletivos, corrupção, pessoas convivendo com cobras gigantes, onças atropeladas nas ruas das cidades, craques de futebol milionários e o xamanismo como religião oficial. Pensou se não teria sido melhor ter optado pelos sintomas do estresse pós-traumático.

18:12:54

Nos porões do *Congreso de la Nación Argentina*, os generais argentinos eram avisados por espiões mexicanos da possibilidade de um ataque.

18:13:36

No Congresso Nacional do Brasil, a "Lei Contra a Ditadura do Povo e da Justiça ou As Dez Medidas Pró-Corrupção" eram aprovadas pelos deputados federais. Votação histórica. Quinhentos e treze votos a favor, e nenhum contra. Faltavam apenas a votação dos senadores e a assinatura do presidente da República.

18:14:12

Para que a operação de Vitor e do General Bonzinho fosse um sucesso, restava somente Sobradinho e Brasília, a cereja do bolo.

18:16:00

Obedecendo aos trâmites do Congresso Nacional, a lei chegava ao Senado Federal para apreciação dos senadores. Nesse mesmo horário, o presidente do Supremo Tribunal Federal pensava que, se o presidente da República, o presidente do Senado e o presidente da Câmara dos Deputados morressem, ele seria o próximo presidente.

18:17:08

Na cabine do F39, que continuava seu voo a 3.500 km/h, Sick, apesar de toda a angústia que vivia, não conseguia parar de rir. Queria terminar de uma vez a missão para comer um hambúrguer, ouvir música e curtir uma praia.

18:17:48

Os generais argentinos já se encontravam fora do *Congreso de la Nación*, seguindo em uma viatura do exército.

18:18:18

Vitor seguia pela DF 075, em direção a Brasília, no alto de um tanque do exército brasileiro. Rosto iluminado pelo sol que começava a arrumar sua cama no horizonte. Vento da liberdade batendo no rosto. Em um dos catamarãs, Pati Pedreira cantava um funk segurando um fuzil na mão direita e uma granada na mão esquerda.

18:20:00

A viatura que levava os três generais que mandavam na Argentina na época se chocou com um caminhão coletor de lixo. Todos morreram.

18:22:34

No Congresso Nacional, os deputados federais ainda se cumprimentavam. Estavam muito próximos de conquistar a impunidade total.

18:22:56

Vitor ouvia pelo rádio o General Bonzinho dizer:

– O chefe do tráfico em Sobradinho, está morto. A cidade é nossa!

18:25:34

No F39, o grande John Sick, finalmente, encontrava uma saída. Teve um estalo. Uma luz. Deixaria que seu poder sensitivo o levasse até o *Congreso de la Nación Argentina*. A partir daquele momento, a sua incrível capacidade de ver e sentir a aura das pessoas e dos lugares o conduziria. A sua capacidade de ver não somente o campo energético que envolve um corpo. Mas a sua incrível capacidade de ver a aura, o campo energético que envolve um lugar. E para encontrá-lo trabalhou com um raciocínio simples.

O *Congreso de la Nación Argentina*, o lugar repleto de bandidos arquitetando coisas horríveis contra os Estados Unidos da América, só poderia possuir uma aura péssima. Bastaria a ele deixar que seu poder sensitivo o guiasse até encontrar, reunidos em um só lugar, tanta maldade, tanta vontade de fazer o mal aos outros, tanta ganância, tanta traição, tanto desprezo pelos outros, tanta corrupção do ser humano que seria impossível confundi-lo com qualquer outro. O lugar com a aura mais doente na América do Sul e talvez em todo o Planeta Terra. O *Congreso de la Nación Argentina*. Seu poder sensitivo, ao contrário do que sua mãe havia lhe dito, serviria para alguma coisa.

Pensou, procurando dar um incentivo a si mesmo.

– Pra que GPS se eu posso usar a minha intuição? Pra que estatísticas, painéis eletrônicos, coordenadas geográficas ou bússolas, se eu tenho a minha intuição?

Baixou a altitude do F39 para conseguir sentir a aura malígna e seguiu viagem rumo à redenção e à salvação dos Estados Unidos da América e de seu líder maior: o presidente Tramp.

18:36:00

A "Lei Contra a Ditadura do Povo e da Justiça" era aprovada pelos senadores. Faltava apenas ser sancionada pelo presidente da República. A assinatura aconteceria na Câmara dos Deputados.

18:38:40

Cerca de mil homens, sob o comando de Vitor e Bonzinho, seguiam em veículos blindados na direção do plano piloto para conquistar Brasília. As forças acampadas no Parque Nacional seguiam rumo ao Lago Norte.

18:48:26

Sick, que há muito tempo sobrevoava uma região de mata densa, viu a paisagem mudar. As árvores ficaram tortas e menores. Eram tão poucas que deixavam visível a terra vermelha em que estavam. Os arbustos eram mais baixos. Sentia a pulsação de aura negativa cada vez mais próxima. Nada mais o impediria de cumprir a missão.

18:56:09

O Hino Nacional começava a ser executado no interior do Congresso. Tudo planejado, calculado e cronometrado pela equipe de cerimonial para que, exatamente às 19 horas, a sua última nota fá se unisse à primeira nota que daria início ao programa "A Voz do Brasil". Dois segundos depois, com transmissão ao vivo, o presidente sancionaria a lei que garantiria seu posto por mais cinco anos e asseguraria a impunidade total para todos os corruptos do Brasil contra o que, para eles, era uma ditadura do Poder Judiciário e da população que já passava dos limites com tantos protestos.

18:56:12

Vitor seguia pela DF 003, próximo à Rodoviária Interestadual, rumando para o Eixo Monumental de Brasília. Admirou as dezenas de tons do entardecer. Sentiu vontade de ter uma família. Num instante rápido lembrou o que havia acontecido no passado e se perguntou o motivo de estar ali. Desejou mudar de vida.

Bonzinho, seguido de 12 tanques de guerra, caminhões e obuseiros, também rumava para o Eixo Monumental. Para o Presidente, a missão de dominar o Setor de Hotéis e Diversões Sul. Para o General, a tarefa de conquistar o Setor de Hotéis e Diversões Norte, finalizando a operação.

18:59:20

No F39, John Sick descobria que sua missão poderia não ser cumprida. A nave, que já apresentava problemas de comunicação e problemas elétricos, passou a apresentar problemas mecânicos. Seria obrigado a fazer um pouso forçado.

Ao mesmo tempo, o sinal de aura negativa apitava freneticamente em seu cérebro. Devia estar muito próximo ao local de ataque. Da nave, que perdia altitude, mas ainda possível de pilotar, Sick viu as primeiras luzes que se acendiam em uma cidade no formato de um avião, com suas avenidas de traçados retos, entrecortadas por vias circulares, que juntas pareciam ter o formato do cabo de uma tesoura.

Não tinha ideia do horário local, mas, a menos de 800 metros de atingir o solo, o piloto viu aquela construção belíssima. Duas cúpulas, uma côncava e uma convexa, tendo ao meio uma torre com cerca de cem metros de altura. Sua missão, naquele momento, abençoada pelas mãos e pelas coordenadas geográficas de Deus, não estava perdida. Lá estava ela. Linda, iluminada, com suas construções futuristas, com seu traçado em formato de avião. À sua frente, a capital e o *Congreso da la Nación Argentina*. Abortou a ideia do pouso forçado. Explodiria aquele local, com a bomba, o combustível que ainda restava no F39 e com a ira de seu próprio corpo. Morreria, mas morreria como um herói, um herói da Força Aérea dos Estados Unidos da América.

Suspirou fundo e, apesar das condições adversas, conseguiu apontar o bico da nave para o centro da construção. Viu a aura do lugar. Ele não estava errado. Um tom negro, com manchas amarelas. Sentiu ânsia.

Dentro do Congresso Nacional, o Hino Nacional Brasileiro chegava a seus segundos finais.

Vitor e Bonzinho, cada qual de um lado da avenida, e em seus veículos blindados, passavam ao lado do Memorial JK.

18:59:38

Pati Pedreira já comandava a festa em um setor que antes era de Kalifa. Vitor e Bonzinho passavam ao lado do Estádio Mané Garrincha.

18:59:44

No F39, John Sick descia violentamente em direção à construção onde todos acabaram de pronunciar a palavra pátria. Estava hipnotizado, impressionado e indignado com a aura nauseante do lugar. Em todos os anos de leitura de auras de espaço, em nenhum deles viu, reunidos em um só lugar, tanta maldade, tanta vontade de fazer o mal aos outros, tanta ganância, tanta traição, tanto desprezo, tanta corrupção, tanta inveja, tanta baixeza, tanta torpeza, tanta hipocrisia, tanta mentira e tanta mediocridade, quanto no local para onde sua nave apontava. Não teve dúvidas. Via a aura mais doente de todo o Planeta Terra. Aquele lugar explodiria não somente com o poder da bomba que carregava ou com a explosão do avião que pilotava a uma velocidde que já ultrapassava os 4.000 km/h. Explodiria também com toda a raiva que sentia por aquela gente. Morreria, mas sua missão seria angelicamente cumprida.

18:59:51

Para os presentes no Congresso Nacional, John Sick, o F39, sua medicação alternativa, a bomba que carregava e todos os seus pensamentos ainda não existiam. Vozes, pensamentos, desejos e tramas estavam em outra sintonia. Todos juntos, voz e corpo da nação, repetiam as três últimas palavras do Hino Nacional Brasileiro.

PÁTRIA AMADA, BRASIL!

Cantavam no mesmo tom, bradavam as mesmas palavras, estavam próximos uns dos outros, celebravam a mesma vitória, mas cada um ali vivia em um mundo de pensamentos e intenções muito próprias.

Nos últimos segundos que separam a última palavra da última nota do Hino Nacional do Brasil, muita coisa aconteceu e muito se pensou.

O senador Alceu Barvalho bradou com o pulmão cheio de ar o seu "Pátria Amada, Brasil" pensando em como conseguiria matar a jovem de 16 anos que havia engravidado.

A deputada Mara Bombaim cantou "Pátria Amada, Brasil" pensando em sua conta na Suíça e na unha que havia lascado quando desceu do carro.

O grande senador Ferdinando Colares cantou "Pátria Amada, Brasil" pensando em suas duas Ferraris e na próxima que teria com o dinheiro que sobraria da campanha política, fosse eleito ou não.

O lobista pensou na mulher do deputado e em como o enganaria sobre o desvio de dinheiro.

O presidente da Câmara pensou em como destruir a imagem do jovem deputado que começava a aparecer mais do que ele.

O empresário Ernani Salavrai cantou "Pátria Amada, Brasil" pensando em como gastaria os 680 milhões que lucrou, vendendo através de uma empresa fantasma um serviço de monitoramento do espaço aéreo brasileiro, que era pura fantasia, com a ajuda do amigo, parceiro indispensável e sócio, senador Renan Panema.

O presidente, cheio de tarefas, pensava em quantos ministérios teria que criar para agradar ao menos mais vinte partidos políticos e assim conseguir governar.

As notas verdes não saíam da cabeça do advogado Guiverme Gonzalez.

Mas não foi possível que qualquer um deles resolvesse ou realizasse o que imaginava.

EM BRASÍLIA, FINALMENTE, 19 HORAS

19:00:00

Como se tudo fizesse parte daquele espetáculo ensaiado há tanto tempo pelo Cerimonial do Congresso Nacional, do Senado Federal e da Presidência da República, às 19 horas do dia 7 de setembro de 2022, o piloto norte-americano John Sick, no comando de um avião caça americano F39, que carregava uma ogiva com capacidade para destruir tudo e todos que estivessem em um raio de 300 metros, atingiu o prédio do Congresso Nacional do Brasil, em Brasília, tendo toda a convicção de que cumpria sua missão de destruir o *Congreso de la Nación Argentina*.

Às 19 HORAS do dia 7 de setembro de 2022, a última nota do Hino Nacional do Brasil se encontrou com o primeiro som da "Voz do Brasil".

Às 19 HORAS do dia 7 de setembro de 2022, começou o Brasil.

Às 19 HORAS do dia 7 de setembro de 2022, a "Voz do Brasil" foi ouvida.

Às 19 HORAS do dia 7 de setembro de 2022, John Sick viu um anjo.

Às 19 HORAS do dia 7 de setembro de 2022, o Brasil ressuscitou.

Às 19 HORAS do dia 7 de setembro de 2022, os Estados Unidos da América do Norte enfartaram.

Às 19 HORAS do dia 7 de setembro de 2022, o presidente Edi Silva tocou nos 22 centímetros e 13 gramas de ouro 18 quilates da pena de ouro utilizada pela princesa Isabel para assinar a Lei Áurea.

Às 19 HORAS do dia 7 de setembro de 2022, nos neurônios e no coração de todos os brasileiros, brotou uma mudança.

Às 19 HORAS do dia 7 de setembro de 2022, o Brasil foi reinventado.

Às 19 HORAS do dia 7 de setembro de 2022, próximos da Torre de TV, Vitor e o General Bonzinho viram um clarão enorme surgir onde antes viam o prédio do Congresso Nacional do Brasil.

Às 19 HORAS do dia 7 de setembro de 2022, realizando o sonho de milhões de brasileiros, uma bomba caiu sobre o Congresso Nacional, em Brasília, matando todos os 513 deputados federais, todos os 81 senadores e todos os convidados presentes à sessão do dia.

VAMOS DOMINAR O BRASIL

O barulho, o estrondo e o tremor da destruição ecoaram por vários segundos, seguidos de um vento incomum.

O cheiro de Brasília também mudou. Cheiro de combustível, cheiro de corpo de deputado queimado pelo fogo, cheiro de corpo de senador queimado pelo fogo, cheiro de corpo de corrupto queimado pelo fogo, cheiro do sangue que se mistura ao ar.

O Presidente estava de um lado da avenida. O General, de outro.

Presidente de olhos impressionados, sentado sobre o tanque de guerra parado.

O General Bonzinho, extasiado, sentado sobre o tanque de guerra parado. Há muitos anos não via uma explosão tão linda e viva como aquela.

O primeiro a tentar alguma comunicação pelo rádio foi Bonzinho.

– E agora, Presidente? O mundo todo vai virar os olhos pra cá. O Congresso Nacional está destruído. Seguimos com o plano de dominar o Setor de Hotéis e Diversões, câmbio?

Vitor pensou rápido, como deve funcionar a cabeça de um líder, que não perde tempo ao encontrar com a Ocasião, o semideus que na mitologia grega tem cabelos na testa e a nuca pelada. Se uma bomba havia mesmo caído no Congresso Nacional, onde todo o poder brasileiro estava reunido, o país não possuía mais nenhum governante.

Não teve dúvidas sobre o que responder.

– Esqueça o Setor de Hotéis, General. Esqueça Brasília. Agora, nós vamos dominar o Brasil.

Bonzinho pediu que ele repetisse o que falou. E ele repetiu.

– Se uma bomba caiu no Congresso Nacional, o presidente e todos os bandidos que mandavam neste país devem ter morrido. E, bandido por bandido, eu sou mais eu. Vamos dominar o Brasil.

Os olhos do General brilharam. Por que não havia pensado naquilo? O poder de verdade. O poder de comandar o Brasil.

Rapidamente, Bonzinho tranquilizou todo o Comando das Forças Armadas do Brasil. Estava no local e faria toda a averiguação com seus homens.

Em menos de 15 minutos, dois mil e quatrocentos homens, entre bandidos e militares, já cruzavam o Eixo Monumental vendo os primeiros estragos causados pela destruição. A noite de céu limpo ainda era ofuscada pela poeira que não saía do lugar, em mais uma noite de ar seco e sem vento em Brasília.

O primeiro monumento que conseguiram enxergar foi a Catedral de Brasília, com vidros estilhaçados, mas toda a sua estrutura de concreto preservada.

Os holofotes dos veículos militares revelavam as estruturas dos ministérios intactas também, mas com vidros estilhaçados. O tanque de guerra de Vitor balançava conforme passava por pedras e escombros que surgiam à frente.

Mesmo estando escuro, era possível sentir que havia um vazio no local do monumento tão belo e tão mal usado, que vira centenas de vezes durante a vida. Não havia mais a cúpula côncava. Não havia mais a cúpula convexa. Não existia mais a torre com cerca de cem metros de altura entre elas. Não existia mais o Palácio Nereu Ramos. Não existia mais o Congresso Nacional do Brasil.

No seu lugar, apenas uma cratera enorme, onde se misturavam pedaços humanos, vidro, concreto e ferro derretido, formando uma só massa de passado velho, distorcido e corrompido.

O cheiro do combustível se misturava ao odor de carne queimada.

Como se fosse o esgoto que corria a céu aberto nas ruas da periferia ou nas vielas das favelas, o sangue escorria entre os escombros, seguindo os aclives e declives criados pela explosão.

Era sangue de deputado. Sangue de senador. Sangue de empreiteiro. Sangue de assessor. Sangue de lobista. Sangue de advogado. Sangue de embaixador. Sangue de ministro. Sangue de correligionários. Sangue de puxa-sacos. Misturava-se sobre o solo pedregoso do planalto central, o sangue de homens e mulheres. O sangue de vampiras e vampiros que já haviam sugado muito sangue dos brasileiros.

Também vísceras. Intestino de deputado, pulmão de senador, pâncreas de assessor parlamentar, fígado de empreiteiro, rim de puxa-saco, duodeno de governador. Tudo queimado, destruído, dilacerado, consumido pela explosão no Congresso Nacional, em Brasília.

Vitor teve a certeza de que o Brasil não tinha mais governo, quando viu, por mira certa do destino, as cabeças queimadas do presidente do Brasil e do presidente da Câmara dos Deputados, penduradas, cada uma delas, nas lanças das estátuas que homenageiam "Os Candangos".

A escultura da Justiça, em frente ao Supremo Tribunal Federal, estava sem a cabeça.

Do Palácio do Planalto, sobrara intacta quase toda a estrutura de concreto. Os vidros estavam estilhaçados. As duas pilastras direitas próximas ao congresso foram destruídas com a queda da torre central do Congresso Nacional.

Quem planejou aquilo fez um trabalho muito bem-feito. Queria destruir apenas quem estava no Congresso Nacional. Até os dois Dragões da Independência que guardavam o Palácio do Planalto estavam vivos.

Pela intensidade e poder da explosão ou pelo calor gerado por ela e, provavelmente pela explosão dos tanques de combustível, sempre cheios dos carros de deputados e senadores, descobrir ou unir os órgãos ou pedaços de um mesmo corpo levaria anos de trabalho.

Desta vez, foram-se os dedos, os braços, as pernas e todo o resto. O lago em frente ao Congresso Nacional sumiu.

Quem Assumirá o Poder?

Perto das oito horas, as primeiras imagens já circulavam pela internet, postadas por homens de Vitor e por militares, os únicos que tiveram acesso ao local. Mas elas ainda não conseguiam revelar o tamanho real da destruição.

Nas redes sociais, a #bombaembrasília encabeçava a lista dos assuntos mais comentados.

As notícias eram de que, pelas proporções da explosão e a destruição que foi fruto dela, eram poucas as possibilidades de haver sobreviventes.

Sobre os motivos, apenas especulações.

Nenhuma facção terrorista se responsabilizou pelo atentado. Nenhum país. Nenhum partido. Nenhuma companhia de aviação. Nenhum ser extraterrestre. Quem faria aquilo com o Brasil? O país mais pacífico do mundo, o país do futebol, o país onde todas as religiões e crenças se respeitavam. O país da paz.

Noticiários se perguntavam como a Força Aérea Brasileira e o novo Sistema de Radar não conseguiram detectar uma aeronave no espaço aéreo brasileiro, indo na direção da capital da República. O senador Renan Panema e o empresário Ernani Salavrai não poderiam responder.

Na última notícia da noite, um analista político leu o artigo 80 da Constituição da República Federativa do Brasil.

– Em caso de impedimento do presidente e do vice-presidente ou vacância de respectivos cargos, serão sucessivamente chamados ao exercício da presidência o presidente da Câmara dos Deputados, o do Senado Federal, e o do Supremo Tribunal Federal.

O próprio analista político fez a pergunta:

– Mas, se o presidente morreu, se o vice-presidente morreu, se o presidente da Câmara dos Deputados morreu, se o presidente do Senado morreu e se o presidente do Supremo Tribunal morreu, quem deverá assumir o cargo?

Tomando o Poder

A resposta para a pergunta estava sendo decidida em um jogo de xadrez, de interesses, de sonhos e de posicionamentos.

Dois homens naquele momento poderiam tomar o rumo daquele navio chamado Brasil, à deriva há muito tempo.

Tomar o poder não foi difícil. A questão principal seria decidir quem ficaria com ele.

O General Bonzinho e Vitor Abaré conduziram tudo com a mesma competência utilizada para dominar centenas de pontos de tráfico algumas horas antes. O grupo comandado por Pati Pedreira, que estava no Setor de Hotéis de Turismo Norte foi instruído a tomar o Palácio da Alvorada.

Os seguranças mal treinados e os Dragões da Independência foram facilmente dominados.

Parte do grupo que havia dominado Sobradinho seguiu em um comboio de 300 civis fortemente armados e 250 militares comandados pelo General Bonzinho para o Setor Militar, dominando sem grandes dificuldades e com bom diálogo o quartel-general do Exército. Muitos deles cederam e colaboraram, acreditando que no lugar dos antigos civis corruptos seriam os militares brasileiros quem tomariam as rédeas, os rumos e as migalhas de um país destruído.

Toda a região que envolve a Praça dos Cristais, a Concha Acústica e o Oratório do Soldado estava dividida entre homens que vestiam o uniforme verde-oliva e homens que vestiam bermuda, chinelos de dedo e camiseta.

O Palácio do Buriti foi tomado sem que nenhum dos oitenta seguranças contratados pela empresa da filha do governador oferecessem qualquer reação.

O Centro de Convenções foi utilizado como mais um quartel-general do Novo Governo.

Sem que fosse preciso disparar nenhum tiro, as forças conjuntas de Vitor e do General Bonzinho, usando somente de astúcia, poder, sintonia e união, dominaram a capital do Brasil em menos de três horas. À 1h35 do dia 8 de setembro de 2022, a capital do Brasil e toda a sua organização de poder estavam dominadas por militares e bandidos.

A Madrugada da Esperança

Enquanto homens da Defesa Civil, do Corpo de Bombeiros, e do Exército procuravam sobreviventes nos escombros, começaram a surgir movimentos interessantes. Vigílias inusitadas. Vigílias que torciam, vigílias que rezavam para que não houvesse sobreviventes.

No interior de um Palácio do Planalto semidestruído, o General Bonzinho começava a falar de poder.

– Muito obrigado pela ajuda, Vitor. Sem você, nós não conseguiríamos. Pode voltar para o Rio de Janeiro. Pode ficar com o apelido, que agora eu fico com o cargo. Eu vou permanecer aqui. Este é meu lugar.

– Oh, General. O senhor está de brincadeira? Eu quero uma chance. Já não falei que, bandido por bandido, eu sou mais eu?

O General, pela primeira vez desde que se conheciam, ameaçou o homem a quem sempre obedeceu.

– Você sabe que basta uma ligação para que as Forças Armadas tomem o país com suas tropas.

– O senhor, General, também deve saber que basta uma ligação para que tomemos as ruas com nossas milícias. Basta uma mensagem pra que todo o Brasil e toda a sua periferia desça ou suba os degraus de sua pobreza e indignação e passe a atacar a ordem e o progresso de que o senhor diz gostar tanto. O senhor, General, deve saber que, em uma sociedade, a ordem é um fio tão frágil quanto aquele que prende o botão mal colocado em uma camisa. Peço com todo o seu respeito que me dê o seu apoio e o prazo de um mês.

– Você está louco? Você é um traficante de drogas.

– E o senhor sabe o que fui antes disso? Sabe de meus sonhos? Sabe o que me levou a isso? Ao menos sabe de minha capacidade administrativa?

– Faço de você o maior traficante de todos os tempos. Dou a você cobertura para dominar o mundo das drogas.

– Não me importa mais o mundo das drogas. Não é mais o que quero.

O que quero agora é o poder pra ajudar quem nunca foi ajudado. Se o senhor quiser participar disso, gostaria de tê-lo ao meu lado. Até hoje, eu o corrompi para o lado ilegal. Mas agora renasceu o garoto que viu o sofrimento das pessoas e não tinha condições de ajudar. Agora eu tenho. E eu não vou me acovardar.

– O povo não vai aceitá-lo. Além de força é preciso legitimidade. E isso você não terá.

– Peço dois dias. Peço seu apoio nestes dois dias. Se não tiver o apoio da população, deixo tudo de lado. O General tem que concordar que tive muito sucesso em meus negócios. O que quero agora é usar essa capacidade administrativa. Usar o que aprendi com essa organização para administrar o meu país e fazer o bem para o povo brasileiro. Posso contar com o General?

Bonzinho fez um breve silêncio. Olhou para o homem à sua frente. Parecia ter um outro rosto, diferente do que vira horas atrás. Pensou um pouco e respondeu:

– Sim.

– Então, você já tem uma missão. Quero que descubra quem foi o responsável por isso.

– Deixe comigo.

Vitor apenas sorriu.

– Acho que vamos fazer uma grande dupla.

Coisa Preta na Casa Branca

Sem nenhuma notícia de John Sick, sem qualquer sinal de destruição no Congresso de La Nación Argentina e já com a CNN noticiando o que acontecera em Brasília, a capital do Brasil, o Alto comando Militar Norte-Americano e o presidente Tramp já desconfiavam quem era o responsável pela catástrofe.

Mas esse não era o único problema. Graças a um acerto rápido e inteligente de um novo corpo militar provisório, que tomou o lugar do anterior, e que ofereceu isenção total de impostos para a máfia e os traficantes de drogas, Las Vegas, a cidade do jogo e do pecado nos Estados Unidos da América, estava tomada pelos argentinos.

Um exército de cineastas e de militares já se dirigia a Los Angeles com seus roteiros para dominar todas as companhias de cinema e apresentar ao planeta, finalmente, cinema de qualidade, cinema argentino.

O presidente Tramp há muito tempo havia perdido a calma. Ajoelhado, batia com as mãos no chão gritando:

– Não, não, não. Vegas, não.

A preocupação do presidente não se restringia à segurança nacional, mas a sua própria segurança patrimonial. Era dono de treze cassinos na cidade do prazer. Todos eles no nome de outras pessoas. Foi traído por todos.

A sensação era de que o mundo todo queria provocá-lo. A raiva e o ódio aumentaram, quando a CNN passou a exibir a partida em que a seleção argentina de basquete masculino venceu a seleção norte-americana.

Foi a gota d'água. Tramp não suportou.

– Agora estes malditos latinos aprenderão o que acontece com aqueles que desafiam a maioria branca do povo norte-americano. Vamos mostrar aos argentinos e ao mundo o poder e a precisão de nossa tecnologia bélica. A partir de hoje, ninguém mais pensará em declarar guerra aos Estados Unidos da América.

Cerca de uma hora depois, Tramp recebia uma ligação. Alguém na presidência do Brasil gostaria de conversar com ele.

Sem que ouvisse nenhuma voz, sem esperar por qualquer reclamação, ele começou a falar.

– Senhor Presidente, boa noite. Antes de tudo, quero me desculpar pelo ocorrido e informar de que isto se tratou de um grande engano. Estamos em guerra com a Argentina e, por mais incrível que possa parecer, creio que nosso piloto errou de capital e de país. Tenho repetido por várias vezes que devemos melhorar o ensino da geografia nos Estados Unidos da América, mas não me escutam. O povo americano só pensa em seu próprio umbigo. O senhor sabe, estamos em guerra com a Argentina. O que posso fazer para me redimir e continuar tendo o seu país como aliado?

A voz que respondeu à sua pergunta não era a mesma voz que costumava ouvir em outros diálogos presidenciais. Era a primeira vez também que não precisavam de um intérprete.

– Não, mr. president. O senhor não está falando com o antigo presidente. Ele está morto. Mas desde já quero dizer que entendo perfeitamente tudo o que aconteceu. Enganos acontecem.

– Quem está falando?

– Amanhã o senhor saberá pelos noticiários. Mas, antes disso, quero lhe dizer que de minha parte tudo está bem e que, ao contrário do que poderia acontecer, não tomaremos parte na guerra de vocês, mesmo que, até o momento, tenha sido o meu país o maior prejudicado.

– Sim, sim. O senhor tem razão.

– O presidente Tramp imagina quanto custa a um país perder o símbolo máximo de sua democracia, de sua capital federal e de sua república? Sabe quanto custa perder TODOS os seus congressistas? Quanto o senhor acredita que custam estas vidas e essa construção, considerada um patrimônio cultural da humanidade?

– Sim, creio que bilhões. E quero que o senhor e todo o povo brasileiro saibam que estou disposto a ressarci-los pecuniariamente por tudo isso.

– E o senhor já pensou em algum valor?

– Dois bilhões de dólares?

– Tem certeza?

– Cinco bilhões de dólares?

– Calculou direito?

– Dez bilhões de dólares?

– Aqui, nós começamos a conversar. Mas deve ser do seu dinheiro. O erro foi seu e não do povo norte-americano. Vou passar uma conta na Suíça para que o senhor faça o depósito. Peço que deposite em no máximo duas horas e que faça o mais rápido possível um comunicado ao mundo informando o que aconteceu.

Às 5h55 – horário de Brasília – do dia 8 de setembro de 2022, a imprensa norte-americana divulgava um comunicado do presidente Tramp.

– Informamos que um de nossos aviões F39, que seguia em uma missão de preservação da floresta amazônica, apresentou problemas mecânicos e elétricos, caindo sobre a capital do Brasil, Brasília, mais especificamente sobre o Palácio Nereu Ramos, que abriga o Congresso Nacional do país. Pedimos aos irmãos brasileiros, frente às perdas sofridas, todas as nossas maiores desculpas, reiterando que estamos dispostos a apoiar seu novo governo. Pedimos também ao povo argentino e seus líderes que reflitam sobre o que aconteceu. Em respeito aos mortos no Brasil, propomos três dias de luto e trégua. Esperamos que após estes três dias retirem suas tropas de nosso país e deixem que, de uma vez por todas, a paz reine mais uma vez em nosso já tão sofrido planeta, que hoje deve ter como maior desafio comum superar as crises causadas pelas mudanças climáticas.

Luto e Festa

Quando o dia 8 amanheceu, o Brasil e o mundo puderam ver sob a luz do sol o que realmente havia acontecido. As cabeças do ex-presidente do Brasil e do ex-presidente da Câmara dos Deputados fincadas nas lanças dos Candangos, o sangue escorrendo como o esgoto que escorre na periferia sem saneamento. À luz do dia, o mundo viu com mais detalhes o que Vitor, o General Bonzinho e seus homens viram na noite anterior.

Além da destruição total do prédio do Congresso Nacional Brasileiro, também foram aniquilados, nos seus arredores, os anexos II e III da Câmara dos Deputados, o Museu Histórico de Brasília, o Museu Lúcio Costa, o estacionamento do Palácio do Planalto e a lateral frontal direita do Palácio do Itamaraty.

Do Senado Federal, foram totalmente destruídos os anexos I e II, o Centro de Informática e Processamento de Dados e parte da Secretaria Especial de Editoração e Publicações.

Tudo, num raio de 300 metros, foi destruído, formando uma imensa cratera de 600 metros de diâmetro. Sua parte mais profunda ficava exatamente no centro do prédio do antigo Congresso Nacional, como se aquela explosão fosse programada para formar uma cova que levasse diretamente para o inferno todos os que estavam nele.

As notícias já nas primeiras horas do dia confirmavam. Dos que estavam na solenidade, ninguém havia sobrevivido.

O analista econômico esperava um dia de caos. A analista política, como se cartomante fosse, via a chegada de um período de trevas.

Todos se perguntavam o que aconteceria com o país. Quem tomaria o poder? Viveríamos uma ditadura? Como a bolsa de valores se comportaria? E o dólar?

A resposta foi escrita tendo as ruas como página.

Perto das 8 horas, quando as avenidas deveriam estar congestionadas, algo estranho começou a acontecer. No lugar de automóveis, ônibus, bicicletas ou pessoas indo normalmente para o trabalho ou para a escola, elas estavam tomadas pelos brasileiros. Os primeiros foguetes começaram a estourar, assim como pipocam nas primeiras horas do dia, no último dia do ano. Nos bairros de qualquer cidade do Brasil, as pessoas estavam nas ruas. Parecia conquista de Copa do Mundo. Dia de Carnaval, de Festa do Bonfim, de Festa de São João, de São Pedro, de Santo Antônio.

Às 10 horas, as principais ruas das cidades do Brasil estavam lotadas.

Muita gente saiu de branco, seguindo o que foi proposto por um movimento que surgiu em redes sociais digitais, chamado de "Alma Lavada". Sugeriam que a população saísse às ruas vestindo branco. O branco da renovação, da pureza, da limpeza, da purificação. O branco que se libertava de todas as sujeiras.

Seu manifesto digital dizia:

"Vistam o branco.
Em todas as partes de seu corpo, vistam o branco.
Porque hoje não é apenas Ano-Novo.
Hoje é dia de Vida Nova.
Vida Nova para este país.
Foram-se mais de oitocentas vidas.
Mas com isso, com a morte das trevas,
quantas não poderão ser preservadas ou melhoradas?
Por isso, saiam às ruas.
Vistam o branco.
Hoje não estamos de luto.
Hoje estamos em paz."

O Brasil ouviu. As ruas, como se fossem cenários de propaganda de sabão em pó, foram tomadas de branco, tomadas por sentimentos que mesclavam, mas de maneira verdadeira e espontânea, a alegria do Carnaval, a solidariedade do Natal, a renovação da Páscoa, a esperança do Ano-Novo. Era 8 de setembro de 2022.

As faixas, escritas em folhas de papel, em cartazes brancos, em panos brancos ou na internet, revelavam vários sentimentos.

A Confederação Nacional dos Bispos do Brasil escreveu: "Precisamos do nome do piloto. Queremos canonizá-lo".

A nota da Associação das Empregadas Domésticas também fez sucesso.

"A maior e mais bem-feita faxina do Brasil.
Thank you, Uncle Sam.
Finally something good to Brazil."

Surpreendentemente, a bolsa de valores abriu com forte alta. A moeda brasileira se valorizava. Os analistas que antes previam o caos não conseguiam explicar.

A imprensa, sempre preocupada com a audiência, captou a oportunidade. As maiores redes de internet espalharam grandes telões nas principais cidades do país, para que o povo acompanhasse das ruas todo o andamento de resgates e velórios.

As emissoras de TV, desesperadas pela perda de audiência para outras mídias, e para os próprios seres humanos que, de telespectadores, se tornaram mídias a competir com as emissoras, também participaram do espetáculo.

No início da tarde, lentamente o nome de cada morto na tragédia passou a ser lido pelos âncoras dos jornais eletrônicos. Cada nome de deputado, senador, ou qualquer outro tipo de ladrão morto, era saudado como um grito de gol em Copa do Mundo. Abraços de reencontro dados em desconhecidos, somente para dividir uma alegria, o fim de uma tortura, o vômito da angústia, o renascer da esperança, a liberdade das correntes.

Estrategicamente, esperando um pico de audiência nunca visto na história do país, o nome do presidente do Brasil e do presidente da Câmara dos Deputados foram os últimos a serem citados na lista de mortos. A imagem de suas cabeças presas às lanças dos Candangos percorreu o mundo.

Uma das manchetes mais compartilhadas foi a do jornal eletrônico argentino *Clarín*.

O texto, que satirizava a versão americana para a queda do avião, dava a entender que a mesma mão de Deus que um dia ajudou seu grande craque a fazer um gol e conquistar uma Copa do Mundo, agora salvava a Argentina de um suposto ataque e livrava o Brasil de seus políticos corruptos. Para ilustrar a reportagem na internet, uma charge eletrônica mostrava uma mão que brotava do céu, tirando um caça norte-americano de cima do Congreso de La Nación Argentina para colocá-lo sobre o Congresso Nacional do Brasil. Sobre a imagem a frase: "La Mano de Dios".

Para Vitor e o General Bonzinho, o dia foi de muito trabalho. O General trabalhou bem nos bastidores e garantiu o apoio das Forças Armadas, momentaneamente. Vitor garantiu que em um mês convocaria eleições presidenciais e que os militares também poderiam participar.

Era o crepúsculo no Palácio da Alvorada, quando aquela figura até então desconhecida para a grande maioria dos brasileiros apareceu. Apesar de uma noite sem dormir, tinha um rosto saudável e tranquilo. Achou por bem apresentar-se com o nome completo, no lugar do apelido, que não cairia bem em uma situação como aquela.

Preguiça ou Liberdade?

– Irmãos e Irmãs,

Meu nome é Vitor Abaré. Se pesquisarem sobre quem sou, poderão descobrir algo de positivo, mas também algo de negativo.

Vim a Brasília por outros motivos e não serei mentiroso em dizer que eram os mais honestos.

Mas quis o destino que eu estivesse aqui, dotado de uma determinada organização, no momento em que nosso país, prestes a ficar à deriva em uma grande tempestade, precisava de marinheiros.

Não sou oportunista, mas também não sou covarde e por isso não posso, frente a tudo que temos visto por parte de nossos governantes neste país, deixar de propor a vocês uma reflexão e uma escolha.

Já que estamos todos perdidos, sem governo e precisamos decidir como queremos navegar, de maneira muito clara e direta proponho que todos nós, brasileiros, escolhamos entre duas opções a serem votadas no dia 11 de setembro: **Preguiça ou Liberdade**.

Se escolherem a primeira opção – **Preguiça** –, deixamos que o poder judiciário, os deputados estaduais, os governadores e os assessores políticos que não se foram com a Bomba em Brasília decidam o futuro, trabalhem e organizem o país por nós. Nesse caso, os suplentes de deputados e senadores podem ser convocados para nos representar e escolher um novo presidente em um Congresso Nacional que pode funcionar provisoriamente no Teatro Nacional.

Se escolherem a segunda opção – **Liberdade** –, organizamos novas eleições somente para presidente e esquecemos, momentaneamente, a existência de deputados federais e senadores.

Se essa opção for vencedora, nas próximas duas semanas, os candidatos inscritos poderão apresentar suas propostas para uma eleição a ser realizada no dia 25 de setembro. Os dois candidatos mais votados, como já é de costume, disputarão um segundo turno, no dia 2 de outubro. Nesse caso, sugerimos que qualquer cidadão, maior de 35 anos, possa ser candidato, sem a necessidade de filiação a um dos antigos partidos que comandavam nosso país.

Aquele que vencer ficará no cargo por cinco anos e, a partir de então, voltamos a caminhar para reconstruir, não somente parte de uma cidade destruída, mas um país que também está destruído.

E, já que não temos tempo ou dinheiro para organizar eleições nos moldes do passado, com urnas eletrônicas, pensem vocês em outras formas de participação, de voto e representação.

Criem novas formas de representar e de ser representados. Usem a internet e a tecnologia para fazer e escrever uma nova democracia.

Destruídos estamos todos nós. Pois então reconstruam, construam. Desorganizem o que estava errado. Destruam o errado e vamos construir e organizar o que NÓS TODOS acreditamos ser certo.

Somos um povo criativo. Usem o jogo de cintura, o bom improviso. Discutam, debatam. E sei que nos próximos dias teremos um resultado.

Seja pelos votos na internet, seja pela voz das ruas, saberão manifestar este poder que se origina de vocês.

Vejam como vão fazer.

Mas façam, ajudem a decidir seus caminhos e parem de ser este povo que fala, mas não influencia; reclama, mas não sugere; vê problemas, mas não busca soluções.

Decidam de uma vez por todas que país vocês querem TER E SER.

O que vocês decidirem será cumprido e respeitado.

O Brasil se Organiza

Até hoje ninguém sabe se aquela foi uma cartada honesta ou esperta de Vitor. Quem sabe as duas opções sejam a mesma coisa. Mas, sem um poder constituído, nenhuma organização internacional poderia acusá-lo de ferir o que diz o parágrafo único do artigo 1° da Constituição Brasileira: **Todo o poder emana do povo, que o exerce por meio de representantes eleitos ou diretamente, nos termos desta constituição.**

Entre os próprios membros da Ordem dos Advogados do Brasil houve divergências. O presidente da Ordem em São Paulo dizia que aquilo representava um ataque ao Estado de Direito. Já o presidente da Ordem no Estado de Goiás dizia que ele não existia no Brasil há muito tempo, desde que os antigos congressistas estavam pisando na constituição.

– Não estamos em um Estado de Sítio, não estamos em um Estado de Direito. Estamos em estado de calamidade. Estamos à deriva e precisamos resolver isso. Precisamos nos reorganizar.

E, como formigueiro destruído pela pisada do viajante distraído, o Brasil tentava se reorganizar. As formigas brasileiras passavam pelo estágio de aprender a se organizar, começando a sentir a estranha dor da liberdade.

No discurso daquele homem, até então desconhecido, não havia promessas ou mentiras como sempre houve na boca dos políticos brasileiros. No lugar, havia um compromisso, um desafio, um convite à participação.

Não havia nele o pai que diz como fazer, mas o pai que pergunta como poderia ser feito.

– Vejam como vocês vão fazer, mas façam, ajudem a decidir seus caminhos e parem de ser este povo que fala, mas não influencia; que reclama, mas não sugere; que vê problemas, mas não busca soluções.

Em sua casa, sentada no sofá, com o aparelho celular no colo, Webbie Hellie, 25 anos, cabelos coloridos e curtos, filha de pais norte-americanos, de descendência indiana, refugiada no Brasil por ser acusada em seu país natal de expor para todo o planeta informações sigilosas dos poderes executivo, legislativo e judiciário norte-americanos, assistia a tudo com seus olhos negros, grandes e profundos, ao lado de seu irmão gêmeo, Webster. Dividia simultaneamente com a comunidade virtual o que pensava.

Será que esse cara está mesmo falando a verdade?

E se ele já tiver tudo manipulado?

Será que rola?

De qualquer forma, temos que participar disso. Se o que ele está propondo for verdadeiro, será a nossa chance de colocar em prática o que sempre imaginamos.

No final do dia 9 de setembro, Webbie, seu irmão Webster e o mundo cibernético já discutiam um formato para a realização das novas eleições.

Fizeram seu primeiro post e publicaram seu primeiro manifesto na rede, às 23 horas. Apresentaram-se como **COLETIVO IRMÃOS GRANDES**.

O nome, inspirado no livro "1984", sugeria o inverso do exposto na obra de George Orwell. Na história, que inspirou um reality show para a televisão no início do século XXI, o que se via era o cidadão vigiado e monitorado, ininterruptamente, por um governo totalitário, representado pela figura do ***"BIG BROTHER"***, o **Grande Irmão**.

Com eles, os ***"BROTHERS BIG"***, os **Irmãos Grandes**, seria a vez do cidadão comandar, vigiar e monitorar, ininterruptamente, o Estado, o governo e seus funcionários, usando a internet, os aplicativos, as câmeras e todas as novas tecnologias de informação e comunicação que surgiam a cada dia no mundo de 2022.

– Não queremos tomar partido. Não queremos emitir qualquer opinião. Queremos apenas, como apaixonados pela informação compartilhada, como defensores da internet como liberdade de expressão, sem qualquer tipo de manipulação, assegurar que esta votação será realmente limpa.

Queremos apenas assegurar que esta possibilidade de representação direta, por meio desta nova forma de comunicação e participação, que é a internet, seja utilizada de maneira limpa e correta.

Hoje vivemos entre duas internets. A internet que nos dá liberdade e a internet que espia, regula e controla o que dizemos. Nós optamos pela internet que nos dá liberdade e a chance de uma nova democracia.

A partir de hoje, morre o "Big Brother" e nascem os "Brothers Big".

A partir de hoje, morre o Grande Irmão e nascem os Irmãos Grandes.

Em seguida, o manifesto explicava detalhadamente como seria a votação, já marcada para o dia 11 de setembro. Para que não houvesse confusão e para que a rede não ficasse sobrecarregada, os horários de votação seriam organizados por faixa etária. Para evitar que robôs votassem, o grupo informou que já havia desenvolvido um forte esquema de segurança a ser conhecido no dia da eleição.

Pensando naqueles que não tinham acesso à internet, outros meios de comunicação lançaram campanhas para manifestação de formas diferentes.

Os favoráveis à primeira opção, que davam a suplentes de deputados e senadores o poder de escolha de um novo presidente, deveriam vestir a cor amarela. Aqueles que optassem pela segunda opção, de convocar novas eleições e se organizar de outras formas, deveriam vestir a cor azul.

A Campanha

Nos dias seguintes, as passeatas, celebrações e festejos foram dando lugar aos funerais, à limpeza de Brasília e aos debates sobre a eleição.

Nas metrópoles ou nas pequenas cidades do interior, um ritual passou a se repetir. Nos funerais simbólicos, tendo apenas parte do corpo do deputado, governador, senador ou empreiteiro que falecera no que se chamava de Brasília Vermelha, numa referência ao mar de sangue que se via por lá, um ritual se tornou padrão.

O carro fúnebre que lentamente levava o caixão era seguido por um pequeno grupo em roupas de luto formado por familiares, amigos, correligionários e funcionários comissionados que perdiam suas mamatas, numa repetição interminável de choros e gemidos. Logo atrás, separados por seguranças contratados, seguia uma multidão de branco, que jogava nas ruas alfazema, misturada a água sanitária, detergente e sabão em pó, num ritual de limpeza e purificação. Em Salvador, como tudo que se referia a festas passava dos limites, se comparada às outras regiões do país, repetiam-se as mesmas pessoas de branco, o mesmo ritual de limpeza, com a diferença de serem guiados por imensos trios elétricos que, em respeito aos outros mortos, após o enterro, seguiam do cemitério para a Barra onde terminavam o cortejo-festejo. O impacto turístico do festival deu origem ao Carnaval Fúnebre, também conhecido como "Enterro Axé" e se repetiu por vários anos dentro do calendário de festas na cidade.

Na internet ou qualquer outro meio de comunicação, ninguém mais viu o rosto ou ouviu a voz de Vitor Abaré nesses dois dias. Ficou apenas o eco e a reflexão sobre o que ele havia falado e proposto.

A vida de sempre *versus* o desafio de uma vida nova. O exercício da liberdade *versus* a tranquilidade da preguiça.

Entre a chamada classe média, a dúvida. Optar pela rotina da vida de sempre, colocando a culpa nos políticos muitas vezes pela nossa própria mediocridade, ou enfrentar a aventura de ser convidado a construir um novo país, sabendo que o novo e o correto na maioria das vezes são desafios extremamente difíceis?

Entre os mais pobres que recebiam os subsídios do governo, recebendo para fazer algo que eles deveriam fazer para o seu próprio bem e sua família, ficava a dúvida entre a subserviência e a dependência ao governo e a liberdade e o conhecimento que levam ao crescimento pessoal.

Entre os corruptos ainda vivos, havia o medo de perder as regalias garantidas pela corrupção e a conivência com o "toma lá, dá cá", ou finalmente deixar de ter apenas um discurso em favor do Brasil para ter uma prática em favor do país.

Para os sonhadores, o sonho *versus* a esperança de ver o sonho realizado.

– Decidam de uma vez por todas
que país vocês querem TER E SER.

Nas escolas, nas ruas, nas associações de moradores, nos supermercados, na internet, nos salões de beleza, nas filas dos bancos ou do Serviço Único de Saúde. Nas discussões de relacionamento entre a namorada e o namorado, a namorada e a namorada, o namorado e o namorado, o marido e a esposa, a esposa e a esposa, o marido e o marido, o patrão e o empregado, o policial e o bandido, a prostituta e aquele ou aquela que paga pelo sexo, em toda conversa essa pergunta esteve em questão.

Que país nós queremos TER E SER.

Na faculdade de filosofia, o professor falava que o TER era sentimento de posse, mas o SER significava a participação da alma.

No Morro da Mangueira um samba surgiu. Na Fazenda Juta, na Zona Leste de São Paulo, um rap surgiu. Um grafiteiro pintou o que sentiu debaixo da ponte em Belo Horizonte. Em uma esquina de São Luís do Maranhão, um poeta da rua escreveu em uma das paredes do centro velho: "Até hoje não sabia o que seria. Hoje ao menos sonho com o que poderei ser".

Os participantes do Coletivo Irmãos Grandes e de tantos outros movimentos que surgiram sentiam-se soldados de uma nova civilização. Eram vigias a postos contra qualquer tipo de manipulação da votação ou de opiniões, fosse da parte de quem propôs aquilo ou de quem poderia se aproveitar da liberdade que, de maneira tão ingênua e pura, fora oferecida e que, por isso mesmo, poderia ser manipulada.

Era um convite para se tornar adulto em um país que sequer na adolescência havia chegado.

Por dois dias o Brasil vibrou, dançou e festejou. Mas também pensou, refletiu e analisou. No sábado, um comunicado de alerta viralizou no país.

AMANHÃ TENHA EM MÃOS O SEU TÍTULO DE ELEITOR.

O dia 11 amanheceu com chuva nas regiões Sul e Sudeste e com sol em todo o restante do país.

Seguindo o horário de Brasília, e atendendo aos apelos da população e sugestões que procuravam evitar um congestionamento na rede, as votações começaram às 6 horas.

De forma surpreendente, sem que se pudesse explicar, rapidamente, o Coletivo Irmãos Grandes já havia levantado toda a base de dados do Supremo Tribunal Eleitoral. Votariam aqueles que tivessem título de eleitor, segundo as regras de toda eleição presidencial. **Para os brasileiros, tão acostumados e já treinados a manifestar seus desejos e opiniões pela internet nas votações de reality shows, a experiência foi fácil e tranquila.**

Um Tempo na Votação

A atenção do Brasil e dos brasileiros esteve toda voltada para a votação até as 16 horas, quando as redes sociais foram tomadas pelas notícias de ataques multiplicados do governo norte-americano no território argentino.

O mundo mais uma vez reconhecia a tecnologia e o poderio bélicos das Forças Armadas dos Estados Unidos da América.

Exatamente, a partir das 16 horas de 11 de setembro de 2022, mil e duzentos mísseis inteligentes começaram a destruir todos os estádios de futebol espalhados pela Argentina. Outros 100 mil foram programados para detectar bolas de futebol em movimento onde quer que elas estivessem rolando, destruindo tudo em um raio de 100 metros.

O dia também foi escolhido de maneira precisa. Domingo. Dia de jogo em todos os campeonatos de futebol argentinos, fossem eles da 1ª, 2ª, 3ª, 4ª ou 5ª divisão, solteiros *versus* casados, amador ou profissional.

O primeiro bombardeio aconteceu no Estádio Antonio Vespucio Liberti, "O Monumental". Nele, 65.645 torcedores assistiam à partida entre River Plate e San Lorenzo. Nenhum sobrevivente, incluindo juízes, bandeirinhas, gandulas e vendedores de empanada.

O segundo foi no Estádio La Bombonera, lotado por 49.834 pagantes para a partida entre Boca Junior e Racing. Nenhum sobrevivente, incluindo jogadores, juízes, bandeirinhas, gandulas, cambistas, vendedores de empanada, dançarinos de tango e aqueles que entraram sem pagar.

O mesmo se repetiu em todos os estádios de futebol argentinos.

E, nesse 11 de setembro, em todos os estádios havia uma partida de futebol. Todos os bombardeios seguiram o mesmo padrão. Nenhum sobrevivente em qualquer um dos ataques.

Tramp bombardeou campinhos de terra, de grama sintética, de areia ou de qualquer outro material ou elemento em que fosse possível rolar algo que lembrasse uma bola de futebol. Bombardeou os campos de futebol das escolas e dos clubes de bairro. Qualquer campo de onde poderiam nascer grandes craques como Messi ou Maradona foi destruído. Tramp não perdoou sequer as casas em que houvesse uma televisão ligada em uma partida de futebol, com alguém jogando FIFA 2022 ou futebol de botão.

Tramp foi cruel, mas foi preciso. Demonstrava que o povo norte-americano, quando quer fazer alguma coisa bem-feita, faz mesmo.

Coincidentemente, sem qualquer explicação plausível, grandes craques argentinos, a maioria deles jogando no exterior, morreram no mesmo dia, das mais estranhas formas.

Gallego caiu do décimo andar de seu prédio. Baltar, Bergo e Fazzio morreram em acidentes de carro. De Maria de overdose de Fernet. Castellano e outros onze atletas de overdose de cocaína. Quatro zagueiros da seleção argentina foram assassinados por prostitutas, oito faleceram de enfarto e quatro de acidente vascular cerebral. Tudo naquele mesmo 11 de setembro de 2022. Ninguém até hoje conseguiu explicar tamanha coincidência ou competência norte-americana em esconder uma ação que, até os dias de hoje, desconfia-se ter sido arquitetada e executada pela CIA.

Resultado: desde aquele 11 de setembro de 2022, a possibilidade de aparecer qualquer bom jogador de futebol na Argentina pelos próximos vinte anos estava totalmente descartada. E isso em uma hipótese otimista, porque um Messi e um Diego Maradona, para a felicidade dos brasileiros, só aparecem de 20 em 20 anos ou muito mais. O futebol argentino estava morto e levaria um bom tempo para ressuscitar.

O Resultado e uma Supresa no Rio Grande do Sul

No Brasil, apesar da breve interrupção, a votação seguiu normal, sem apresentar problemas.

A região Norte votou, o Nordeste votou, o Centro-Oeste votou, o Sul votou, o Sudeste votou e às 18 horas, sob a marquise do MASP, onde se organizou a base de dados de vários coletivos, entre eles o Irmãos Grandes e o Congresso Pop, de sites, blogs, redes de telefonia e das agonizantes redes de TV, os primeiros resultados começaram a ser divulgados.

Ao mesmo tempo, conforme havia sido combinado pelas redes sociais e outros meios de comunicação, exatamente às 18 horas, não virtualmente, mas como se relembrássemos as antigas sociedades tribais que se comunicavam pelo fogo ou pela dança, bandeiras, panos ou roupas amarelas e azuis começaram a tremular e a se movimentar pelo país,

No mundo virtual, do total de eleitores, 27% votaram PREGUIÇA e 73% votaram LIBERDADE. Nas ruas, as imagens revelavam uma proporção de uma pessoa vestindo a cor amarela para quatro pessoas vestindo azul.

O país era naquele momento um corpo só, não fosse a declaração vinda do General Moisés Canabarro, um militar bastante atuante e defensor das tradições, no Rio Grande do Sul.

– Nós do Rio Grande do Sul e do **"Movimento O Sul é o Meu País"**, não considerando justo e legítimo o governo que ora se apresenta, declaramos não fazer mais parte do país, declarando hoje, dia 11 de setembro, a criação da República do Piratini, que desde o século 19 já devia ter sido instituída e que agora, frente a essa bagunça existente em um país que está prestes a se entregar a um cafuzo traficante, se vê obrigada a declarar-se livre de suas rédeas, esporas, mediocridade e jugo. Esperamos que Santa Catarina e Paraná, ambos estados membros deste movimento reflitam, posicionem-se e juntem-se a nós. Se querem um novo país, nós também queremos, e este país é o SUL.

20:00:00
Palácio da Alvorada

11 de setembro de 2022

No Palácio da Alvorada, as duas notícias já eram de conhecimento de Vitor e do General Bonzinho.

– Vitor, não podemos aceitar isso. É um levante, o país está se dividindo. Tenho forças tanto no Rio Grande do Sul quanto no Paraná e Santa Catarina que podem colocar tudo em ordem já.

– Não. Vamos tentar dialogar antes. E, se estamos falando em vontade do povo, talvez essa seja a vontade do povo gaúcho. Criaremos ainda mais instabilidade se entrarmos em guerra com nosso próprio povo. Vamos nos concentrar e fazer o que combinamos fazer. Vamos assegurar que estas eleições aconteçam. Se formos vitoriosos, aí sim, tomamos uma decisão.

O Brasil foi dormir sem nenhuma resposta. Vitor não se pronunciou nem sobre o resultado da votação nem sobre a carta do General Canabarro.

Naquele dia, quem foi dormir sonhou com o que poderia acontecer com a escolha que havia feito. Os que não dormiram sonharam acordados discutindo nos bares, nas praças, nas esquinas, em suas casas, com amigos ou consigo mesmo o que viria depois disso.

Novas Eleições

12 de setembro de 2022

Apesar de sua primeira vitória, Vitor e Bonzinho não saíram às ruas. Mantiveram sua posição de defesa que, naquele momento, era preservar uma passagem tranquila para o que todos esperavam fosse um novo Brasil.

Às 8 horas, os dois surgiram na frente do Palácio da Alvorada para um pronunciamento. Vitor falou:

– Ontem, mostramos a nós mesmos e ao mundo que podemos ser uma democracia de verdade. Ontem, além de votar, vocês organizaram uma eleição e definiram sua forma. A partir de hoje, damos continuidade a ela. As próximas duas semanas serão para que os candidatos apresentem suas propostas. E como combinado, para que todos tenham os mesmos direitos, não haverá espaço publicitário comprado em qualquer meio de comunicação. Todos terão direito a um minuto diário na internet. Aqueles que serão candidatos que saiam às ruas e usem formas para se comunicar com seus eleitores, mas, de acordo com sua consciência, evitem vender as suas candidaturas. Não repitam, não perpetuem os mesmos erros daqueles que têm hoje a sua carne misturada ao concreto e à poeira do que um dia foi nosso Congresso Nacional.

À imprensa, pedimos apenas isenção. Aos eleitores, que escolham seus candidatos, mas acima de tudo que sejam fiscais desta liberdade e deste sistema que vocês mesmos estão criando.

O Tribunal Superior Eleitoral entrou em contato e se propôs a auxiliar e participar da organização da eleição para que ela seja legítima. Deixamos a cargo do tribunal e de grupos coletivos como os Irmãos Grandes e o Congresso Pop, essências da nova democracia, a decisão sobre como proceder.

Sobre as declarações do General Moisés Canabarro, temos até o momento o posicionamento de um homem que talvez não expresse toda a vontade de uma população. E, se estamos falando em respeitar a vontade do povo, talvez esta seja a vontade do povo do Rio Grande do Sul. Mas, de qualquer forma, devemos, nas próximas duas semanas, dedicar toda nossa energia e concentração na manutenção da democracia e naqueles que realmente querem fazer parte deste novo país, deixando para quem vencer as eleições a decisão sobre o que fazer em relação ao Rio Grande do Sul.

Por enquanto, em respeito ao parágrafo VII, do artigo 4° da Constituição Federal de nosso país, vamos antes de tudo buscar uma solução pacífica para o conflito. E, como se trata de um movimento militar, deixarei a cargo do General Bonzinho o diálogo com o General Canabarro.

A todos os candidatos, e eu me incluo neles, desejo sorte e peço bom senso e honestidade em suas ações.

Todos aplaudiram. O Brasil inteiro aplaudiu. Até quem não votaria nele aplaudiu. Aplaudiram muito porque naquele dia aplaudiriam tudo o que qualquer um falasse. Se falasse que iria atacar o Rio Grande do Sul, também aplaudiriam porque naquele dia tudo era festa. Em menos de uma semana, os brasileiros viram o futebol argentino e os maiores corruptos do país serem totalmente destruídos e sepultados. Muita emoção para uma semana só.

Na segunda-feira, 12 de setembro, as mesmas passeatas e comemorações do dia 8 de setembro se repetiram pelo país.

Os Candidatos

As duas semanas que se passaram serviram para demonstrar um país dividido.

Havia um sentimento de liberdade. Não uma liberdade que simplesmente se opõe ao medo da repressão ou da censura. Era uma liberdade interna, que se liberava da repressão que nós mesmos nos impomos. Todos falaram sobre o que sentiam e desejavam realmente, esperando ser seguidos por quem acreditasse e compactuasse um mesmo pensamento. Não houve estratégias de marketing, mesmo porque os candidatos sentiram que os eleitores queriam verdade e pareciam ter aprendido a detectar mentirosos, manipuladores, candidatos vazios e propagandas compradas.

Os comunistas, os socialdemocratas, os anarquistas, os solidaristas, os vegetarianos, os carnívoros, os lutadores de jiu-jítsu, os homossexuais, os heterossexuais, os ateus, os pastores, os surfistas, os skatistas, os umbandistas, e todos os que se sentiram capazes para oferecer, com base em sua filosofia de vida, uma redenção para o país, foram candidatos à presidência da República Federativa do Brasil.

A Sociedade Espírita propôs a volta de Juscelino Kubitschek e Getúlio Vargas, na opinião deles, os melhores presidentes do Brasil, para, em conjunto, governar o país, através de uma plataforma política psicografada.

General Bonzinho propôs a volta de um governo militar, mas desde que fosse através do voto popular. Prometia o que chamou de "Ditadura Leve", em que os partidos políticos seriam admitidos, em partes e com ressalvas, as manifestações artísticas e de opinião não sofreriam censura, em parte e com ressalvas, não haveria militarização, em parte e com ressalvas, bem como qualquer tipo de corrupção.

Os lutadores de jiu-jítsu, MMA e uma facção da PM se uniram em um partido e defenderam que "Só na Porrada o Brasil Seria um País de 1° Mundo". Seu slogan de campanha: "Na Porrada!". "Porrada nos corruptos, porrada." "Roubou tem que dar porrada." "Matou tem que morrer Na Porrada!"

Também se colocavam contrários a muita conversa, discussões e debates nas votações.

– Pra nós, votação de projeto tem que ser decidida na porrada. Venceu a porrada, venceu a luta, venceu a votação. Tem o projeto aprovado aquele que vencer... Na Porrada!

O Movimento Gay levantou a bandeira da incompetência dos heterossexuais.

– Apesar de estarem no poder há muito tempo, até hoje os heterossexuais não conseguiram resolver os problemas do Brasil. Isso porque não têm a sensibilidade dos gays, a visão dos homossexuais, a inteligência e o bom gosto de um Giorgio Armani, o gênio de um Leonardo da Vinci, o pensamento de um Sócrates, a coragem de Alexandre, o Grande, ou a responsabilidade matemática de um Alan Turing. Precisamos, portanto, de um Brasil Gay, um Brasil Trans, para resolver nossos problemas.

Músicos se organizaram, ao redor de um famoso guitarrista, prometendo um país mais harmônico em sua realidade social, cultural e econômica. Propuseram uma administração baseada na musicoterapia.

O Movimento Pet e a Sociedade Protetora dos Animais prometeram a seus eleitores lutar pela criação de vias exclusivas para passeios com animais de estimação e pela instituição da pena de morte para quem fizesse mal a um animal.

Os partidos tradicionais, com siglas já bastante conhecidas dos brasileiros, também tinham seus discursos, mas pareciam ser pouco ouvidos e se organizaram ao redor de Pero Lopes de Sousa, governador de Pernambuco, que não pôde ir ao evento no Congresso Nacional por estar se recuperando de uma overdose de cocaína, em uma festa com amigos no dia 6 de setembro.

A Campanha de Vitor

Vitor visitou o que o tempo e o tamanho do Brasil permitiram.

Conversou com o General Moisés Canabarro no Rio Grande do Sul, tomou café na casa de pescadores em Florianópolis, passou frio em Curitiba. Preso em um congestionamento pouco pôde fazer em São Paulo. Viu o pôr do sol no Arpoador, no Rio de Janeiro, viveu a paz e a harmonia em Vitória, passou a noite nos botecos em Belo Horizonte, dormiu em palafitas em Salvador, descobriu o tamanho do coração nordestino, comeu a bochecha de um boi no Mato Grosso e debateu com fazendeiros e sem-terra. Não conseguiu chegar à região Norte do Brasil. Parou no Piauí.

Fez algumas peças publicitárias de próprio punho, usando o celular. Colocou no fundo azul como combinado e fez alguns vídeos que postou na internet, como assim fizeram os outros candidatos. Em uma delas dizia:

Se você quer aquele que promete e não cumpre, não vote em mim.

Se você é bandido, e quer continuar sendo bandido, não vote em mim. Porque eu já fui, conheço o meio e sei como te pegar.

Se você quer escolher um candidato para, após ou antes das eleições, ganhar cadeira de rodas ou esmola, não vote em mim.

Se vocês querem alguém que escolha os seus ministros por acordos políticos, não votem em mim.

Quero apenas, como muitos já quiseram, ter uma chance.

Que definamos o nosso caminho, o nosso futuro, mas, por favor, que aquela explosão, que aquela luz provoque em cada um de nós o que provocou em mim: a vontade de ser um novo brasileiro e de construir um novo país e uma nova nação.

E, para terminar, Presidente, que até então era presidente somente no apelido, como qualquer outro candidato do planeta, fez a sua promessa de campanha.

– Prometo trabalhar para o Brasil, com a mesma competência e garra que um dia trabalhei pelo tráfico de drogas.

O Encontro com Tião Boyrá

No fim da tarde do dia 23 de setembro, quando visitava um bairro de casas populares muito pobres na periferia de Teresina, Vitor viu um homem trabalhando um pequeno pedaço de terra no quintal de sua casa. Pele queimada pelo sol, bigode, chapéu de couro sobre os cabelos. Magro como a enxada com que carpia a terra. Camisa branca velha no peito, calça velha nas pernas, chinelo velho de couro nos pés.

– Boa tarde.

O homem respondeu "boa tarde" e completou com uma pergunta:

– O senhor é o juiz?

– Não.

– É da prefeitura?

– Não, senhor.

– Veio aqui pra me ajudar ou me afundar mais ainda? É jagunço do homem? Veio tirar meu terreninho?

– Mas por que essas perguntas?

– Rapaz, pois eu vou lhe falar. Posso dizer que tô até aleijado de tanto ser burro e confiar nos outros. Comprei esse terreninho de um cumpadre, o falecido Irineu, e agora descobri que ele tinha vendido o terreninho pra outro homem também. E o dono, um rapaz novo, que até já me ameaçou com arma, falou que hoje vinha alguém aqui pra me tirar.

– Mas o que é aqui?

– É uma invasão. Vim do interior, do sertão das Minas Gerais por não ter onde trabalhar mais na roça por lá. As empresas agora tão tirando todas as nossas terra. Aí comprei com o pouco que tinha o terreninho. Faz seis mês. Veja só o lugar até que é bão. Quando cheguei aqui, tinham invadido fazia um mês e já tinha água encanada e luz elétrica. E o bom é que, como é tudo ilegal, nós não paga nada. Mas, olha, mesmo assim eu falo pra todo mundo economizar. Mas é por isso que o governo tá falido. Como é que dá água e luz sem cobrar? E como as pessoas gastam e desperdiçam.

– O senhor tem um pensamento muito correto, inteligente e honesto. Posso fazer umas perguntas para o senhor me responder como se fosse o presidente da República?

– Opa! E não. Não tenho tanto conhecimento, mas pra quem não seria uma honra ser o presidente da República. Posso começar o meu discurso?

– Claro!

– Na outra encarnação, se eu for presidente, eu ensino os menino da cidade que ser caipira não é tão ruim.

– Por quê?

– Porque o povo caipira também tem muita sabedoria.

– E na educação?

– A escola eu ia oferecer de graça até os menino e as menina fazerem vestibular, mas desde que estudassem muito. E não ia ensinar só português e a matemática. Tem umas coisa que são chata. Ia ensinar coisas pra vida. Ia ensinar até um pouco mais de educação e respeito com os mais véinho e como cuidar das coisas da natureza. Ia ensinar até uma noção de lei pra não serem enganado como eu fui. Ia até dar de graça uns uniforme pros menininho pobre não terem vergonha da roupa bonita dos menininho rico.

– E na saúde?

– Na saúde, eu ia ser mão aberta com os véinho. Não pode faltar um remedinho pra pressão, pra artrose, reumatismo, não pode faltar.

– E na habitação?

– O ideal é cada um ter pelo menos um banheirinho. Toda casa tem que ter pelo menos um banheirinho bão. Não precisa ser grande, mais tem que ter um banheirinho bão.

– E se o senhor fosse um homem rico, como é que seria?

– Ahhh, eu ia ser um patrãozinho bão! Comprava uma fazenda, umas vaquinhas e dava emprego pra muita gente. Se o governo pedisse pra reflorestar 20% das minhas terras, eu reflorestava 35%, porque sombra é muito bão! Rapaz, cê sabe que eu, quando novo, já fui chefe. Já tive subalternos. E você sabe que eu sempre arranjei um lugar certo até pra aqueles que diziam não saber nada. Arranjava sempre uma colocação porque todo mundo tem um dom. Todo homem tem uma função.

O homem continuou com suas histórias, seus pensamentos, seu jeito puro. Vitor pernoitou em sua casa. Dormiu no chão batido como Tião, que vivia sozinho abandonado pelos filhos e viúvo de uma esposa que morreu de tuberculose.

No dia seguinte, eles se despediram. Vitor voltaria para a estrada. Caminhou um pouco. Estava para abrir a porta do carro alugado, quando o homem chamou.

– Seu Vitor.

Ele se virou e, assim que olhou para Tião, ouviu:

– Lá onde você trabalha, por um acaso não tem um empreguinho pra mim?

Vitor pensou rápido e respondeu:

– Tem.

O Primeiro Turno

Conforme combinado, às 22 horas do dia 24 de setembro de 2022, todos os canais de comunicação permitidos entre os candidatos e os eleitores foram apagados. Não havia mais informações para ver ou para veicular. Segundo as regras, qualquer um que fizesse qualquer tipo de propaganda a partir daquele horário teria sua candidatura impugnada. Quem fiscalizava? Todos.

Às 22h01, o Coletivo Irmãos Grandes emitiu um comunicado que rapidamente se espalhou por todo o país.

AMANHÃ TENHA EM MÃOS O SEU TÍTULO DE ELEITOR

No domingo pela manhã, os grupos de hackers, junto à Justiça Eleitoral do Brasil, lançavam em conjunto a primeira plataforma para votação unicamente online do planeta. Juntos em duas semanas haviam conseguido criar códigos criptográficos, senhas e sistemas que possibilitavam uma votação segura e com menos de 0,001% de probabilidade de fraude, com a possibilidade de voto pela internet, pelo aparelho celular ou por agências bancárias que já utilizavam *token* ou reconhecimento biométrico em seus caixas eletrônicos.

Vitor passou o dia no Palácio da Alvorada, organizando uma faxina geral no lugar.

– Vamos entregar isso limpo. Quero ganhar, mas se for embora não quero deixar a casa suja.

Pero Lopes, candidato ao redor do qual os antigos partidos se uniram, permaneceu com correligionários em uma de suas fazendas no interior do Pará.

Tudo podia ser acompanhado online.

Às 18 horas pontualmente, dois representantes dos Irmãos Grandes e dois técnicos do Supremo Tribunal Eleitoral apresentaram o resultado final:

Pero Lopes ficou em 1° lugar com 26% dos votos. Vitor ficou em 2° lugar com 24%. O terceiro lugar ficou com a candidata Jessika Delabona, do Movimento Pet que obteve 12%. O General Bonzinho alcançou 10%. Os 28% restantes se dividiram entre os outros candidatos, os votos nulos e as abstenções em número significativo no Rio Grande do Sul.

A campanha para o 2° turno durou até o sábado seguinte.

Seguindo o que foi apelidado de "Agora é só no gogó", não houve abertura para campanhas publicitárias, agências de publicidade, trabalhos de computação gráfica ou contratação de marqueteiros.

Apenas fundo azul e 1 minuto para o candidato apresentar suas propostas. Mais do que na forma, a criatividade deveria estar no conteúdo.

"Só gogó" e apresentação na internet, e antigos rádio e TV.

Nenhum panfleto poluindo as ruas. Nenhum outdoor, banner ou palanques com pôsteres dos candidatos.

Pero Lopes de Sousa rapidamente ofereceu para Jessika Delabona o cargo de vice-presidente, dois ministérios, além da criação do Ministério PET, que poderia colocar em prática tudo o que ela havia proposto durante a campanha. Ela aceitou.

Mas, para ambos, a jogada foi ruim. Nas redes sociais surgiu o movimento ADORAMOS ANIMAIS, MAS NÃO SOMOS BURROS!

Chega da Velha Política

Vitor Abaré disse que não prometeria nada a ninguém.

– Não sei quais ministérios teremos. Mas não vou fazer como sempre fizeram. Não vou vender o país em troca de ministérios. Aqueles que quiserem nos apoiar que apoiem pelas ideias apresentadas. Não prometemos cargos ou ministérios a ninguém.

Entre os militares houve uma divisão, ficando o General Bonzinho do lado de Abaré, e outro grupo, comandado pelo General Almeida, do lado de Lopes de Sousa.

No mesmo dia, Vitor apresentou Bonzinho como seu vice-presidente. Como conselheiro ele apresentou Sebastião José da Silva Boyrá, o Tião Boyrá, o senhor que ele havia conhecido na invasão em Teresina.

As duas candidaturas se polarizaram ao redor da palavra bandido.

Pero Lopes pedia ao eleitor que refletisse sobre votar em um bandido, em um homem que se revelou um traficante de drogas.

Vitor Abaré se defendia dizendo que gostaria de canalizar toda a sua experiência administrativa para o bem e que bandido por bandido ele era mais ele.

No dia 28 de setembro, o Tribunal Superior Eleitoral e os Irmãos Grandes organizaram um debate com trinta minutos de duração, entre os dois candidatos, tendo como plataforma e veículo a internet. Pelo novo formato, não era necessário que os candidatos estivessem em um mesmo local. Vitor participou do alto da Torre de Brasília, tendo ao fundo o morro e a cratera que se formaram no lugar do Congresso Nacional. Pero Lopes de Sousa estava na casa de seus pais, em uma cidade do interior de Minas Gerais.

Como acontece na maioria dos debates entre candidatos, houve pouco espaço para propostas. Atrás nas pesquisas que havia encomendado e sentindo o ar das ruas, Pero Lopes partiu para o ataque.

Pero Lopes se apropriou da palavra bandido e por várias vezes repetiu a palavra traficante para se referir ao oponente. Vitor tinha informações de que Pero Lopes era usuário de drogas, mas não quis entrar no assunto. Ele mesmo não se reconhecia. Sempre foi bom de bate-boca.

Se aquilo fosse uma luta de boxe, estaria certo quem dissesse que Pero Lopes estava no ataque e Vitor na retaguarda. Pero Lopes captou o clima e quis dar seu golpe final:

– O grande problema talvez não seja que eu tenha em minha frente um ex-traficante de drogas, que agora quer se passar por boa pessoa e por cidadão honesto. Na verdade, senhor Vitor Abaré, vulgo Presidente no mundo do crime e, certamente, presidente somente para os criminosos, o problema é que o senhor não é homem para comandar esse país.

O sangue de Vitor ferveu. Podiam chamá-lo do que fosse, mas jamais dizer que não era homem. Talvez a pessoa à sua frente não soubesse o que aquela afirmação poderia resultar no mundo do crime.

Naquele momento, deixou de pensar nas estratégias, nos votos e sem poder pular no pescoço daquele "verme" respondeu o que era comum todo moleque responder em sua vila, quando falavam que alguém não era homem:

– Não sou homem? Pois então coloca a tua mulher na roda pra ver se eu sou ou não sou homem.

Pero Lopes não se abalou. Pelo contrário. Viu ali uma grande oportunidade de dar seu xeque-mate naquela eleição. O raciocínio rápido e a esperteza de um bom político maquinaram tudo em centésimos de segundo. Não teve dúvidas em sua resposta.

– Combinado. Minha esposa vai responder se você é ou não é homem.

O debate acabou com aquela frase. E os olhos, os ouvidos e toda a atenção do Brasil se dirigiram para Gisele Tavares, ex-miss Horizontina, ex-miss Brasil e atual esposa do governador Pero Lopes.

No Hotel ou no Motel?

Por se tratar de parte de um debate eleitoral, o encontro foi mediado pelo Coletivo Irmãos Grandes e pelo Superior Tribunal Eleitoral.

Para que não tivesse o caráter unicamente sexual, Gisele exigiu que ele se realizasse em um hotel cinco estrelas em uma praia da Zona Sul carioca.

Vitor gostou. Estava em seu território.

Pelas definições do Superior Tribunal Eleitoral e do Irmãos Grandes, o encontro teria a duração de 12 horas, iniciando na sexta-feira, dia 30 de setembro, e terminando às 6 horas, do sábado dia 1° de outubro.

O quarto separado pela administração do hotel, e que provavelmente decidiria a eleição presidencial de 2022 na República Federativa do Brasil, foi revistado pela Polícia Federal, por membros do Irmãos Grandes e do Superior Tribunal Eleitoral para assegurar que nenhuma câmera ou equipamentos de escuta fossem instalados.

Também foi impedido para ambos os sexos o uso de qualquer estimulante sexual.

Vitor, ansioso por conhecer pessoalmente aquela mulher de cabelos cacheados da cor da palha do ouricuri, de corpo perfeito e de olhos azuis sinceros, chegou vinte minutos adiantado. Não entendia como uma mulher como ela estivesse envolvida com um político como Pero Lopes de Sousa. Ficou um bom tempo na janela, admirando o sol que buscava o horizonte bem à sua frente.

Gisele, peça decisiva no jogo, chegou dez minutos atrasada. Levou quase cinco minutos para se livrar da imprensa que se aglomerava em frente ao hotel. Trânsito parado. Centenas de curiosos ao redor.

Vinha já bastante instruída. Muito bem treinada para sua missão. Lembrava a frase de Pero Lopes.

– Você não me dizia sempre que sonhava ser a primeira dama deste país? Não se dizia preparada para isso? Pois agora chegou a hora de provar o que disse.

A missão de Gisele foi cuidadosamente detalhada.

Passo 1

Entregar-se apaixonadamente ao adversário para ganhar sua confiança.

Passo 2

Embebedá-lo.

Passo 3

Criar alguma forma de fazê-lo tomar uma droga sintética, conhecida como "papagaio", que havia recém-chegado ao Brasil. Um de seus efeitos era deixar o usuário em tal estado de letargia e idiotia que em uma conversa o máximo que conseguiria fazer seria repetir a última frase dita pela pessoa ou objeto à sua frente.

Passo 4

Com a droga já em sua corrente sanguínea, conduzi-lo a repetir e confessar os crimes, desejos e as maledicências mais tenebrosas.

Passo 5

Gravar tudo com seu anel câmera.

Passo 6

Como golpe final, ao ser perguntada se ele era homem ou não, responder que Vitor era um péssimo amante, o que, na concepção machista de Pero Lopes, para a maioria das brasileiras, não seria digno de um presidente.

As gravações seriam exibidas no sábado para todo o país.

Em casa, Pero Lopes pensava: "Aquele idiota não saberia sequer o que era um bom vinho". Sentiu, como homem, um pouco de ciúme, mas qual seria o problema? Era somente sua esposa, a mulher que escolheu a dedo para fazer um belo par. Havia sido escolhida por pesquisas e eleita, com 69% dos votos, como aquela que, na opinião dos brasileiros, seria uma excelente primeira dama para o país. Era somente mais uma peça no jogo que o levaria à presidência da República Federativa do Brasil.

Às 18h18, o registro eletrônico de quartos do hotel detectou que a porta da suíte presidencial havia sido aberta. Gisele entrou no quarto de vestido preto com um decote grande na frente que fazia de seus seios perfeitos e naturais um convite a um mergulho. Gisele também abusou do decote atrás. Descia exatamente até o final de suas costas e o espetacular início de suas nádegas.

Usava pouca pintura. Batom leve para uma boca naturalmente tingida de um vermelho-escuro que buscava se encontrar com o tom do vinho. Sapatos pretos. Laço preto nos cabelos. Tudo preto, como se aquela mulher estivesse vestindo um luto. O luto pela dor da traição. A honra pelo sonho político do marido. Qualquer roupa que vestisse combinaria com seus olhos.

Naquele momento, ele não teria que ser o Presidente, aquele que negociava e comandava. Tinha que ser o Vitão, o queridão da mulherada. Mas estava nervoso. Pensava:

– E se não rolasse? E se as coisas não dessem certo? Se não fosse tudo como tudo tem que ser?

Aquela noite valia a presidência da República Federativa do Brasil.

Foram dois "ois" e dois beijos no rosto.

– Por favor, seja bem-vinda.

– Obrigada.

– Já viu o pôr do sol?

– O quê?

– O pôr do sol. O maravilhoso crepúsculo do Rio de Janeiro. Rio de Janeiro 40 graus. A cidade onde as pessoas aplaudem o pôr do sol, mostrando nosso respeito e admiração pela obra de arte que é a natureza.

Os dois se encostaram junto à janela. O sol brilhando à sua frente, bem mais próximo do horizonte, e os flashes das máquinas fotográficas brilhando lá embaixo.

Os repórteres diziam:

– Parece que eles estão se dando bem!

Os dois ficaram em silêncio por alguns segundos.

– Quer alguma coisa pra beber? Champanhe, vinho, tequila, cerveja, vodka, caipirinha?

– Uma água.

"Mulher difícil", pensou Vitor.

Por mais alguns segundos ficaram quietos. Vendo a água de Gisele chegar ao fim, Vitor pegou seu copo e levou até a mesa central. Voltou com duas taças de champanhe. Dirigiu a taça da mão direita para ela.

– Aceita? Acho que seria muito legal tomar uma taça ao pôr do sol.

Gisele pensava que, naquela relação, era ela quem devia embebedá-lo.

Vitor permanecia em sua frente.

– Não vale dizer não.

Em seu rosto, expressões engraçadas procuravam dar ainda mais ênfase ao que dizia.

– Vai, pega.

Ela permanecia quieta.

– Poxa, Gisele. Para de vergonha. Vai dispensar a chance única de tomar uma taça de champanhe vendo um pôr do sol desse. Coisa única na vida.

Ela achou engraçado. Gostou dele e de seu jeito.

– Não vai fazer essa desfeita.

Lentamente ela dirigiu sua mão para a mão dele e pegou a taça que, durante todo o período de apelos e argumentos, permaneceu na mesma posição. As mãos se tocaram. Química havia.

Voltaram para a janela. Ninguém se mexeu até que a primeira taça acabou. Vitor puxou a bandeja para perto deles. Serviu o copo de Gisele.

O último gole na última gota que representava o fim da primeira garrafa de champanhe que tomaram juntos aconteceu exatamente quando o sol se escondeu completamente atrás do mar. Os dois já estavam bem menos tímidos e nervosos, e muito mais falantes e descontraídos.

Aquela janela parecia ser o melhor lugar do mundo.

– Na próxima, podíamos combinar de ver a lua – disse ele.

Ela somente sorriu, tirou os sapatos altos e desejou boa noite ao sol.

Por cerca de dez minutos continuaram conversando junto à janela. Haviam esquecido da existência de jornalistas e curiosos no mundo terreno.

Falaram de suas infâncias – ambas pobres –, do primeiro beijo – mal dado –, da primeira transa – ruim para ela, estranha para ele –, dos sonhos de adolescente, das pessoas que mais amavam, que mais admiravam, dos erros da vida, dos acertos, das desilusões, das bebidas preferidas, das flores preferidas, das datas preferidas, das comidas preferidas.

– Tá com fome?

– Tô.

Ela pediu peixe. Ele pediu ostra, pela fama de prato afrodisíaco. Tudo podia ajudar naquele momento.

Trocaram o champanhe pelo vinho. Ao redor da mesa, rodaram o mundo. Pisaram na Europa, nos Estados Unidos, na África, na Indonésia, no Caribe, mesmo que ele nunca tivesse pisado em qualquer um desses países.

– Queria muito conhecer esses lugares.

– São lindos – disse Gisele, que logo em seguida pediu licença para ir ao quarto trocar de roupa.

Vitor sentiu um clima. Pegou as duas taças de vinho, a garrafa e foi para o sofá. Imaginou com que roupa ela voltaria. Cinta-liga preta? Uma camisola sensual? Baby-doll? Fantasiada de enfermeira? Ou completamente nua?

Gisele voltou belamente vestida em um pijama preto com bolinhas brancas. A calça, comprida, tinha a mesma estampa da camisa de mangas longas. Era algo totalmente diferente do que Vitor esperava. Assim mesmo achou engraçado. Gisele sentou ao seu lado no sofá.

Ambos pareciam ter esquecido completamente o objetivo do encontro. Tinham muito do que falar. A sensação era de que fazia muito tempo que não se viam. Falaram da crença no ser humano, na existência de vida em outros planetas, de seus signos, de moda, filosofia, de várias religiões e seus pensamentos sobre isso, na morte, na reencarnação, em seus santos preferidos, e dormiram. Ele, encostado no canto do sofá. Ela, no ombro dele.

Acordaram com a campainha do quarto e fortes batidas à porta.

Assustados, levantaram rápido do sofá.

Vitor ouviu os pedidos para que a porta fosse aberta e respondeu pedindo um tempo.

Um minuto depois abria a porta.

Webbie entrou junto de dois policiais federais e do presidente do Tribunal Superior Eleitoral.

– Por que não abriram? Estamos chamando há mais de dez minutos. Chegamos até a pensar que estivessem mortos.

– Já são sete horas da manhã. Vocês estão uma hora atrasados.

Sua missão eleitoral acabou.

Ela se vestiu rapidamente. Ele só precisou ajeitar os cabelos e desamassar a camisa. No banheiro, enquanto escovavam os dentes, os dois se olharam. Ela falou:

– Você daria um bom marido.

Ele respondeu:

– E você, uma esposa incrível.

Desceram o elevador, acompanhados pelos homens da Polícia Federal.

No saguão do hotel, nenhum repórter se dirigiu a ele. A grande estrela, a juíza do caso, estava ali para dar o veredito final.

Havia mais de 300 jornalistas de todo o planeta. Sexo sempre fez sucesso. Sempre deu audiência. E sexo ligado ao poder, à definição de uma presidência da República, daria ainda mais.

Os repórteres a cercaram.

– E agora, Gisele? O que você tem a dizer sobre o candidato? Ele é homem ou não é?

Seus olhos buscaram o horizonte. Enxergaram tudo aquilo que ela sonhava alcançar. Brilhavam com o mesmo sol para o qual ela havia desejado boa noite no dia anterior.

A pergunta se repetia. Todos sedentos pela resposta. Sedentos pelo o que mais interessa na vida dos seres humanos: saber sobre a vida de outros seres humanos. Acompanhar seu triunfo e, opcionalmente, a sua desgraça. Conferir a virilidade de um homem, participar de um jogo, em que um seria vencedor, e o outro, perdedor.

O pensamento de Gisele estava muito distante disso. Não era uma mulher comum. Sentiu poder? Sim, sentiu. Sentiu muito poder. Ela tinha o poder de definir o futuro de um país. Não havia mais repórteres puxando sua saia ou perguntas idiotas. O mundo estava em silêncio e ela simplesmente flutuava.

Acordou quando seu vestido foi outra vez puxado por um jornalista.

– E aí? O que tem a dizer sobre ele. Ele é homem ou não é?

Ela finalmente olhou para os olhos dos repórteres.

Um silêncio geral tomou conta do local. O governador, junto de assessores, assistia à transmissão, radiante pelo momento decisivo.

As primeiras palavras começaram a sair de sua boca, até que o conjunto de todas elas fez sentido.

– Ele é um homem maravilhoso!

Uma repórter ainda quis saber sobre a magnitude do que o então candidato à presidência possuía entre as pernas, abaixo do umbigo ou acima das coxas. Ela, com todo o charme de uma ex-miss, apenas sorriu com os olhos e pediu licença para sair.

Não é preciso pensar muito para concluir que, no dia 2 de outubro de 2022, para Vitor Abaré, a palavra presidente deixava de ser um apelido e passava a ser um cargo, uma função, uma responsabilidade, uma missão.

O Primeiro Gerente

Não houve tempo para celebrações. Como o país estava sem governo, o novo presidente foi empossado já no dia 3 de outubro de 2022 para um mandato que se seguiria até 31 de dezembro de 2027.

A primeira pessoa a ser chamada, ainda na noite de 2 de outubro de 2022, foi o General Bonzinho. O encontro foi no Palácio da Alvorada. No lugar do uniforme verde-oliva e das botas marrons de sempre, Bonzinho vestia algo muito mais alinhado para cobrir seus 67 anos de idade, cabelos um pouco grisalhos, sobrancelhas grossas como sua voz e o corpo forte, preservado pelos exercícios quase diários de corrida, musculação e natação.

Vestia calça verde, sapatos pretos, um quepe verde-oliva, cinto de náilon também verde-oliva com fivelas douradas, camisa e gravata beges, cobertas com uma túnica verde-oliva com várias insígnias. A que mais chamou a atenção do Presidente foi a formada por quatro estrelas em formato retangular, abaixo do símbolo do Exército. Insígnia de oficial-general.

– Bem-vestido.

– Uniforme para reunião com um presidente.

Sentaram-se e, ao contrário do que acontecera nas últimas conversas que travaram, foi o Presidente quem começou a falar.

– O senhor foi um homem leal. Podemos ter ideias diferentes em relação a administrar um país, podemos não gostar da mesma cor, mas o senhor em todo o tempo que trabalhou comigo, no mundo do crime ou nos últimos dias, como um verdadeiro general, foi sempre honesto, guerreiro, ativo, trabalhador e fiel.

Por isso, gostaria de saber se o senhor gostaria de ser, dentro de uma nova equipe, o nosso gerente das realizações e concretizações de ideias e ideais, o nosso Ministro da Correria. Isso porque o senhor, como poucos conseguem, tem o poder incrível de realizar.

Estou chamando esta pasta de Ministério da Correria, Realização, Organização, Defesa, Ataque e Logística. Estou chamando de ministério, mas não quero ministros. Quero gerentes!

Sua função seria administrar as Forças Armadas, auxiliar o país na realização de projetos e cuidar, com seu conhecimento estratégico, sua disciplina e poder de organização e logística de vários projetos do governo. Gostaria, em resumo, que as Forças Armadas fossem uma peça muito importante nesta nova administração.

O general nada disse. Apenas levantou a mão direita e fez o sinal de continência. Seu rosto brilhava. O presidente ganhava, oficialmente, o seu primeiro gerente.

Preciso Falar com Você

No dia seguinte, o presidente Vitor acordou cedo e começou a fazer ligações, passar mensagens e enviar videotextos. Estava procurando pessoas para compor a sua equipe de trabalho, seu time, sua gerência.

De repente, o computador em que trabalhava apresentou em sua tela a mensagem:

> Preciso falar com você.

Logo em seguida um campo para ser preenchido, com as opções:

> Aceito   Não aceito

Mais por curiosidade do que compromisso, ele clicou "Aceito".

Outra tela surgiu.

> Local:
> Dia:
> Horário:

Ele preencheu

> Local: Palácio da Alvorada
> Dia: 4 de outubro - amanhã
> Horário: 6 horas

Às 6 horas da manhã de 4 de outubro de 2022, o presidente foi avisado pela Segurança do Palácio da Alvorada de que os irmãos Webbie e Webster Hellie, Rico Sefrin e o presidente do Tribunal Superior Eleitoral, Lauro Almada, tinham uma reunião marcada com ele.

Encontraram-se na sala de reuniões.

– Então foram vocês, os defensores da internet, que invadiram meu computador?

– Foi necessário. E demonstra bem como a presidência precisa de uma melhor proteção para as suas redes. Mas não é sobre isso que viemos falar. Viemos aqui para propor uma **Nova Plataforma de Representação e de Exercício da Democracia**.

– Uma forma nova de o mundo saber o que realmente é uma eleição direta e representativa para o governo – completou Rico Sefrin.

– Podem explicar melhor?

– Você estava falando realmente sério, quando propôs uma nova organização democrática? Quando disse organizem-se e usem seus novos instrumentos de tecnologia?

– Sim, muito sério. A nossa forma de representação no governo está ultrapassada. Não precisamos mais de deputados ou senadores que nos representem.

– Concordamos. E você tem ideia do que isso significa e do quanto isso é valioso?

– Sim, mas explique melhor.

– Tudo o que disse sobre representação direta é possível. Sobre a verdade das pessoas. Sobre a manipulação dos representantes. Sobre os votos comprados.

Webbie pegou seu aparelho e mostrou um vídeo do presidente discursando durante a campanha.

– Como escolher bem se só nos restam bandidos? Se todos eles são comprados e financiados pelos poderosos. Se servem apenas como atravessadores, como intermediadores, como vendedores de votos. Defendem somente os seus interesses e daqueles que lhes pagam. Recebem mensalidades e mensalões para votar de acordo com os poderosos e os interesses mais sórdidos. Corrompem-se. Isso representa vocês? Vocês são assim? Criem novas formas de serem representados e de representar. Usem a internet, os aplicativos e as redes sociais para o bem e não para fofocas ou para espiar a vida dos outros ou satisfazer o ego de vocês.

– Isso quer dizer o quê?

Webbie respondeu:

– Quer dizer que nós – e olhou para Webster e o presidente do Tribunal Eleitoral – podemos colocar isso em prática.

– E isso significa o quê?

– Significa que nunca mais precisaremos de deputados, senadores ou qualquer tipo de representante em Brasília. Significa que as votações de projetos, emendas, novas leis, antes feitas por deputados e senadores, poderão ser feitas diretamente por qualquer brasileiro apto a votar. Assim o Brasil será o primeiro país do mundo a ter uma Democracia Digital, uma Ultra Democracia. Propomos usar a internet, a rede de comunicações, as fibras óticas e toda a tecnologia para nos libertarmos da velha forma de representação democrática. Queremos colocar em prática o que você falou. Seremos uma República Internética, totalmente ativa e participativa!

– Vocês me garantem que essas votações serão imunes a qualquer tipo de fraude?

– Se o presidente garantir que vai permanecer com a consulta popular, nós garantimos que elas serão sempre respeitadas e terão toda a garantia de imunidade. Simplesmente teremos a votação exata, a manifestação pura e direta da vontade da população.

Não haverá mais compra de leis e votos.

Não haverá mais venda de leis e votos.

Não haverá mais negociações.

Não teremos mais deputados ou senadores corruptos.

Não haverá mais notícias sobre suas disputas de poder porque elas vão acabar.

– Vocês têm um espírito puro. Continuem assim. Defendam seus ideais e preparem-se, porque juntos nós vamos criar e ser o Maior Congresso Nacional do Planeta Terra. E, se me virem fugindo do que estamos combinando, não tenham nenhum receio de me falar ou de me tirar de onde estou. Afinal, dizem que o poder corrompe.

O presidente continuou a falar:

– Gostaria de ir um pouco mais adiante com vocês. Posso?

– Claro.

– Quero trabalhar com uma equipe pequena, mas atuante, guerreira, disposta para o trabalho, criativa e, acima de tudo, honesta. Quero usar novas tecnologias, plataformas e ideias para auxiliar na administração do país. Quero buscar alternativas e métodos com nossos próprios cientistas, inventores e pesquisadores para baratear, melhorar e facilitar os trabalhos do Governo e da população em geral. Enfim, buscar na ciência, criatividade e na tecnologia soluções para as centenas de problemas do país.

O presidente levantou da mesa, entusiasmado.

– Quero apoiar a ciência, as universidades, buscar novas tecnologias e tudo o que for possível nesta área. Para gerenciar esse desafio, estou criando o Ministério da Piração, Criação, Solução, Inovação e Tecnologia.

Webster olhou para Webbie.

– Muito louco!

– Se quiserem, joguem fora as escrivaninhas das antigas repartições públicas, as mesinhas de café, os memorandos e decorem como quiserem, pintem das cores que quiserem, mas sejam um canal para que a juventude e as ideias novas participem. Vocês me ajudariam com isso?

Os quatro se entreolharam. Como se tivessem combinado tudo antes em um ensaio para uma peça de teatro, juntos perguntaram:

– Liberdade total?

– Liberdade total!

– Você não terá um ministro. Mas terá seu ministério com seus objetivos sendo alcançados, mas administrado e comandado do nosso jeito. De acordo?, perguntou Webbie.

– De acordo.

A Democracia de Pero Lopes

Mas, como em política nem tudo caminha como o líder deseja e como em uma sociedade sempre há ideias divergentes, o presidente Vitor viu ressuscitar aquele que pensava que estivesse morto.

O General Bonzinho entrou em sua sala, dizendo:

– Vaso ruim não quebra. Vaso ruim não quebra.

Apresentou a Vitor um vídeo em que Pero Lopes de Sousa discursava.

– Perdi a eleição para presidente. Mas não posso deixar que o Brasil fique sem seus deputados e seus senadores. Como bem administrar um país sem a sabedoria dos senadores, sem a troca de ideias dos deputados? Quem vai legislar? Quem?

E continuou:

– Brasileiros e brasileiras, vocês estão prestes a se tornar vítimas de uma ditadura. E, para que isso não aconteça, pergunto quem dentre nós garantirá o Estado de direito? Quem? Os militares e sua força? O General Bonzinho?

Quem fará o papel de escudo do Estado de Direito, garantindo o respeito aos direitos fundamentais e à lei que deve estar acima de todos. Quem defenderá a harmonia, respeito e liberdade entre os três poderes?

Temos já o nosso Poder Executivo, representando pelo vulgo presidente. Temos ainda um Judiciário, mas, nesta democracia perneta, falta-nos agora o Poder Legislativo. Destruíram nosso Congresso Nacional, com uma bomba fantasma que eu mesmo desconfio de onde veio. Ficaram sob os escombros a carne e alma pura de nossos mais eminentes e ilibados parlamentares. Mas ainda restam grandes homens para representar este nosso povo, tão sofrido, seja no papel de deputados federais ou de senadores da república.

Por isso proponho e exijo em nome da democracia, a convocação imediata de eleições para a escolha de novos deputados federais e novos senadores para compor o Congresso Nacional da República Federativa do Brasil.

O presidente prestava atenção no discurso do oposicionista. Mas, ao mesmo tempo, pensava em Gisele, a mulher que acabou com todos os sonhos de poder do marido. A mulher que ajudou um desconhecido. A mulher que ele não conseguia esquecer. A mulher que, desde o dia 1° de outubro, ninguém mais vira. Estaria morta por vingança do marido? Teria fugido? Ninguém sabia.

O discurso terminou.

Bonzinho levantou da cadeira.

– O que pensa disso?

– Ele tem razão.

– Tem razão?

– Sim.

– Por quê?

– Peça para convocarem a imprensa e eu vou responder. Outro pedido: tente descobrir o paradeiro da esposa dele.

Eleições Para o Novo Congresso Nacional

Em menos de uma hora a imprensa já cercava o Palácio da Alvorada para ouvir a resposta do presidente.

– Irmãos e irmãs, colaboradores e colaboradoras, ouvi há pouco o pronunciamento do senhor Pero Lopes de Sousa e concordo com ele.

Também acredito que devemos ter um Congresso Nacional. Que devemos ter representantes. Mas me pergunto se precisamos seguir com a forma de representação que seguíamos antes.

Vocês querem novamente ser representados por deputados e senadores? Querem o sistema de representatividade e democracia como era antes? Ou acreditam que vocês mesmos podem se representar diretamente, através de votações pela internet?

Até agora vocês já optaram pela liberdade e escolheram seu presidente. Agora podem, por meio da representação direta, fazer o papel de deputados e senadores. Não precisamos de atravessadores, se vocês mesmos podem criar e votar as leis, podem fiscalizar, podem dirigir e cuidar das verbas públicas sem desvio de dinheiro, podem ajudar a definir os rumos do país. Mas para isso é bom saber que é preciso responsabilidade, estudo e participação.

Vocês perderão um tempo de seus dias ou alguns minutos de lazer e alienação frente à televisão ou vídeos na internet, lendo um projeto de lei, ou definindo o orçamento do país. Mas garanto que ganharão um presente melhor para vocês e um futuro melhor para seus filhos.

Acredito na democracia, no voto popular. Mas não acredito na forma como ela hoje se manifesta.

E para governar não precisamos de senadores e deputados que pedem comissão para votar a favor somente do que o governo e os poderosos querem ou desviam grande parte do dinheiro que deveria ir para a saúde, educação e futuro de nossas crianças.

Se Juscelino Kubitschek tivesse as possibilidades de comunicação, interação e conexão que temos hoje, não criaria Brasília. Brasília não precisa mais levar a alcunha de cidade dos corruptos. O Brasil não precisa mais de Brasília para ser governado e administrado.

Você vota em alguém para representá-lo, mas logo que eleito o novo deputado ou senador só representa seus próprios interesses e daqueles que têm poder e dinheiro para comprar o seu voto. Isso é democracia? Isso é representar a vontade de um povo?

Você em casa ou no trabalho acredita que aqueles que elegemos, aqueles que morreram tinham algum compromisso com você?

O que sempre vemos aqui ou em outros países é um partido brigando com o outro, numa luta doentia pelo poder. E nessa luta quem apanha é o povo. E eu, há poucos dias, me via assim ao acompanhar as notícias sobre eles. Alguém aqui lembra de uma notícia desses homens fazendo algo de bom por nós? Não. Apenas as lutas entre eles.

Cobras venenosas lutando com cobras venenosas, mas sorvendo sobre nós o veneno que delas escorre.

O que vemos é troca de interesses.

Venda de votos é uma verdadeira democracia?

Compra de votos é uma verdadeira democracia?

O serviço deles hoje é simplesmente atrapalhar o andamento de um país. Servir como atravessadores, de uma democracia que agora, com a tecnologia que temos, pode ser pura e direta. A grande pergunta aqui é se realmente precisamos deles para nos representar?

Num mundo de tecnologia digital, de internet, de comunicação rápida, não é totalmente descabido, desnecessário e ultrapassado esse tipo de representação? A sociedade hoje busca a fase adulta do povo, da imprensa aberta, plural, livre e investigativa.

Por isso hoje proponho mais uma grande votação para definirmos o funcionamento de nossa democracia e de nosso Congresso Nacional. São duas opções:

A eleição de um Congresso Nacional formado
como antes por 513 deputados federais,
81 senadores e seus milhares de assessores.

OU

A eleição de um Congresso Nacional formado
por quase 160 milhões de congressistas,
que, pela internet, poderão fazer suas escolhas
diretamente, como fizemos nas eleições para presidente.

Será uma ditadura? Não. A democracia continuará de forma muito mais direta e adequada ao mundo de hoje. Com a internet e toda a tecnologia que temos, não precisamos mais de uma forma ultrapassada de representação democrática.

Trata-se de trabalhar com quem realmente quer trabalhar.

Trata-se de ir radicalmente a fundo, letra por letra, palavra por palavra do que diz o parágrafo único do artigo 1° da Constituição da República Federativa do Brasil.

"Todo poder emana do povo, que o exerce por meio de representantes eleitos ou diretamente."

Proponho que, no novo texto de nossa constituição, tenhamos uma nova e única frase.

TODO PODER EMANA DO POVO, QUE O EXERCE DIRETAMENTE.

E isso, se vocês decidirem, deverá ser feito sem intermediários, sem atravessadores, sem homens ou mulheres que se vendem para empreiteiros, banqueiros e poderosos ainda antes de serem eleitos. Homens e mulheres que possuem compromisso apenas com sua gana doentia pelo poder, com a perpetuação de seus partidos e com nenhuma lembrança de nossa existência.

Proponho que vocês tomem o lugar deles. Proponho que vocês façam o trabalho que eles eram pagos para fazer e não faziam. **VOCÊS MESMOS, DIRETAMENTE, REPRESENTEM-SE.**

Quero repetir e deixar claro que não será simples, que não bastará dar um clique com o dedo para legislar, exercer o poder e comandar este país. Todos os maiores de 18 anos deverão dedicar um tempo de seu dia para ler projetos de leis, analisar planilhas orçamentárias no lugar de seu lazer ou de estar se alienando com a novela ou com um vídeo idiota na internet.

Mais uma vez, a pergunta que faço é: o que vocês querem como Novo Congresso Nacional?

A organização anterior ou a nova organização em que vocês mesmos exercerão os mandatos de deputados e senadores, em que cada um dos brasileiros aptos será deputado, em que cada um dos brasileiros será senador?

Foram dois dias de discussões e debates nas redes sociais e nos grupos de análise criados pelo Ministério da Piração, Criação, Solução, Inovação e Tecnologia, o MINP. Votação nos mesmos moldes e com a mesmo padrão de honestidade, clareza e supervisão do Coletivo Irmãos Grandes. Em um país que há pouco mais de um mês havia vibrado com a morte de grande parte de seus políticos, não houve surpresas. Votação esmagadora. Não havia como refutar. O Brasil não possuía mais o sistema de representatividade, através de partidos e seus políticos profissionais. Todos os brasileiros aptos a votar passaram a ser seus próprios representantes. Passaram a ser deputados. Passaram a ser senadores. Passaram a representar a si mesmos.

Do total de votos válidos, 92% pediram a representação direta, a responsabilidade, o desafio de fazer-se representar no lugar de eleger alguém que os representasse. Apenas 8% optaram por alugar ou conceder a um político profissional o poder que, segundo a Constituição Brasileira, emana de todo o povo.

No dia 9 de outubro de 2022, eram eleitos para um novo mandato sem prazo para terminar 157.429.297 novos deputados e senadores.

A antiga República Federativa do Brasil passou a se chamar

República Criativa, Ativa e Participativa do Brasil.

Resumia os novos propósitos da nova nação.

Criação, Ação e Participação.

Criação significando a idealização, as invenções e sonhos para um novo país.

Ação, a capacidade de transformar ideias em prática e de realizar.

E a participação, deixando muito claro que isso só poderia ser feito se o país tivesse um povo participativo, atento à vida política, sempre votando diretamente o que fora sonhado, criado e aquilo que deveria ser colocado em prática. **Um povo que deixasse de ser plateia e passasse a ser ator.**

Sávio Probo na Justiça

No mesmo dia, o presidente recebia no Palácio da Alvorada o Juiz Sávio Probo, que até poucos dias estava para ser deportado do país, caso o antigo presidente houvesse sancionado a lei aprovada pelo Congresso Nacional.

– Não nos conhecemos pessoalmente e sei que até pouco tempo se estivéssemos frente a frente talvez eu estivesse no papel de réu e você de juiz. Sempre acompanhei seu trabalho e sempre pensei que, se fosse julgado pelo senhor, seria de uma forma justa. Admiro, além disso, sua coragem, sua honestidade, sua simplicidade, sua vontade de trabalhar, seu compromisso com o bem comum e com a verdade.

Sei que talvez essa não seja a democracia que o senhor tenha imaginado, por isso gostaria de saber se aceitaria trabalhar como nosso Ministro da Justiça. Suas incumbências seriam essas.

O presidente lhe estendeu um papel. Sávio Probo começou a ler. Ao final da leitura, respondeu:

– Eu aceito.

A presença de Probo deu ainda mais segurança ao presidente e à nação.

O Plebiscito Gaúcho – O Sul É o Meu País

O novo Congresso Nacional teve como sua primeira grande decisão definir se dava a liberdade para o povo gaúcho ou se o país deveria enfrentá-lo em uma guerra para assegurar um território que era seu. Como fora conversado durante a campanha, esse era o compromisso do presidente com o general Moisés Canabarro.

Ficou apenas a dúvida se a população do estado do Rio Grande do Sul deveria ou não votar. Em conversa do presidente com o Supremo Tribunal Federal, os novos conselheiros informaram que, por ainda ser oficialmente parte da Federação Brasileira, um dos 26 estados da República Criativa, Ativa e Participativa do Brasil, eles deveriam participar da votação.

O Congresso se dividiu. Grupos defendiam a intervenção militar e a retomada de um território muito importante para o país. "Não podemos perder Gramado, Canela, os bares do Baixo em Porto Alegre, as bandas de rock gaúchas, o pôr do sol do Guaíba, as mulheres gaúchas. O Campeonato Brasileiro perderá muito em qualidade sem Grêmio e Internacional. Não serão mais brasileiros os Veríssimos, os Quintanas, os Caios de Abreu."

Outra facção simplesmente dizia: "Os incomodados que se retirem".

Para o presidente, ao ser inquirido sobre a questão, tudo se resumia à liberdade. Disse ele em um pronunciamento:

– A vontade de alguém ir embora, partir ou libertar-se é muito maior e mais valiosa do que o desejo daquele que não quer conceder essa liberdade. O direito do pássaro voar é muito maior do que o direito do ser humano que, admirado por sua beleza, o quer na gaiola. Portanto, aqui, mais do que a divisão de um território, o nascimento de um país ou a perda de um pedaço de terra, escolheremos entre o desejo da liberdade e a necessidade da posse.

Nas regiões Sudeste, Nordeste, Norte e Centro-Oeste, venceu a opção da retomada do território por 58% contra 42% da liberação.

No Paraná e em Santa Catarina, onde já começavam a existir levantes para uma anexação ao novo país, a votação foi de 60% a favor da liberação, e 40% contra.

Às 17 horas faltava apenas saber o que diriam as urnas do Rio Grande do Sul e a resposta foi esmagadora em favor de sua liberdade e criação de seu novo país. Foram 92% dos votos a favor e 8% contra a proposta de voltar às rédeas da República Federativa e Incompetente do Brasil, como fora o país apelidado pelo general Canabarro, durante a sua campanha.

A criação do país estava assegurada. Bastava apenas definir o valor da indenização a ser paga ao Brasil pelo território perdido, pelas obras de infraestrutura construídas com capital e mão de obra brasileiros.

O general Moisés Canabarro, um grupo de fazendeiros, oligarcas rurais e dezenas de presidentes de CTGs que lideravam a comissão "O Sul é o Meu País" alegaram estarem "meio desprevenidos financeiramente naquele momento". Para não estremecer as relações, o Brasil aceitou dividir o pagamento em prestações, ficando acordado pelo documento que ficou conhecido como **Tratado do Arroz Carreteiro**, assinado em 20 de outubro de 2022, que o novo país forneceria ao Brasil, sem qualquer tipo de reembolso, 20 mil toneladas de arroz por ano e 10 mil toneladas anuais de carne de primeira para churrasco, podendo ser esta única e exclusivamente picanha, mignon, alcatra ou maminha, pelo período ininterrupto de 20 anos.

O artigo 9° do mesmo tratado definia ainda os limites entre os dois países.

"Permanecem entre os dois países as mesmas fronteiras antes existentes entre o antigo estado do Rio Grande do Sul e o estado de Santa Catarina, a partir de então denominado Santa Catarina do Sul, passando a ser o estado mais meridional do país."

Deixava, portanto, de ser o Arroio Chuí o ponto extremo meridional do país para ser substituído, pela confluência do Arroio Josafaz, junto ao morro com mesmo nome, com as nascentes do Rio Pedras Brancas e o Rio Mampituba, no município de Praia Grande, na região conhecida como Serra Geral.

O nome para o novo país foi escolhido em um plebiscito, entre Gaúchia, Rio Grande, Pampônia, Farrapia, TcheLand, Pampas e Sul. O nome vencedor foi Rio Grande, tendo como gentílico o gaúcho.

Novo mapa da República Criativa, Ativa e Participativa do Brasil, após a assinatura do Tratado do Arroz Carreteiro, em 20 de outubro de 2022.

Experiência X Juventude

Após a votação do plebiscito gaúcho, o país entrou em uma discussão que iniciou em uma conversa simples nas mídias sociais. O debate levantava a seguinte questão: se no antigo Congresso Nacional existia uma divisão entre aqueles que eram deputados e aqueles que eram senadores, isso também não seria necessário no Novo Congresso Nacional?

A questão levantada era se o voto dos jovens – no papel de deputados – deveria valer o tanto quanto o voto dos mais velhos – os senadores.

Debateram por mais um tempo e concluíram que isso sempre daria poder aos mais velhos, o que nem sempre é bom para uma sociedade.

Sabiam que havia velhos revolucionários e jovens conservadores. Sabiam que havia velhos conservadores e jovens revolucionários. Concluíram que em cada voto havia uma sabedoria diferente e que, independentemente de sexo, idade, religião, preferência sexual, grau de instrução, opção culinária ou time de futebol, todo voto deveria ser dado com sabedoria. Aos velhos, não somente os votos de interesse dos velhos. Aos jovens, não somente o interesse dos jovens. A todos os que votassem, a responsabilidade e o aprendizado de que o seu maior bem é o bem de todos, o aprendizado de que o bem de um é muito maior quando há o bem de todos.

Fruto disso, foram extintos no Brasil a preferência nas filas para idosos, o estacionamento para idosos, as vagas prioritárias para deficientes, porque isso deixou de ser lei, e passou a ser apenas um ato diário de respeito a um próximo que poderia ter mais dificuldades.

Ultrapassada essa discussão, comum em qualquer sociedade que está aprendendo a se organizar, o presidente, já no dia 23 de outubro de 2022, sem dar descanso ao Maior Congresso Nacional do Planeta Terra, convocou mais uma reunião para definir outra importante votação.

A Lei das Drogas

O presidente estava em Recife. Eram 10 horas da manhã. À sua frente, o Marco Zero, o Parque das Esculturas e o mar. Atrás, o desenho fino e delgado do prédio da Associação Comercial, cercado, como se fosse a ponta da flecha de um índio apontada para o futuro, pela Avenida Rio Branco e pela Avenida Barbosa Lima. Qualquer um que lesse a paisagem por detrás do presidente saberia que, naquele dia, ele trataria da escolha de caminhos a seguir.

Antes de iniciar o assunto principal do dia, o presidente falou rapidamente do antigo Rio Grande do Sul e atual Rio Grande. Tentou demonstrar que não havia muita preocupação com a perda do território, o que não era uma realidade. Em 2022, o Brasil possuía cerca de 100 milhões de cabeças de gado, e 90% de todo o rebanho nacional pertencia aos gaúchos. Grande parte das terras da Amazônia e do Mato Grosso, destinadas à pecuária, também pertenciam a gaúchos. Ninguém sabia como iriam se comportar.

– Irmãs e irmãos, recifes do Brasil, temos agora um território menor, mas ainda há um grande país para governar. Temos a força industrial e agrícola do Paraná e de Santa Catarina, a garra de seu povo e a motriz de nosso país, a Usina Hidrelétrica de Itaipu. Podemos ter perdido parte de nosso Sul, mas jamais devemos perder o nosso norte. E o Brasil, intacto, continua para a frente.

Era um discurso que já detectava a possibilidade, nada remota e bem factível, de os estados do Paraná e Santa Catarina também declararem o desejo de libertação e se anexarem ao mais novo país da América do Sul: o Rio Grande.

– Mas estas são águas passadas, areias passadas e terras passadas. Pensemos no futuro, e, falando nele, hoje venho a este que é o Maior Congresso Nacional do Planeta Terra fazer mais uma consulta.

Todo o país, todos os brasileiros acompanhavam por videoconferência, por tablets, televisores, laptops, aparelhos celulares, rádios e todo o tipo de mídia eletrônica existente na época. O presidente continuou:

– Preciso que definam o posicionamento do país sobre o uso de drogas. E, desde já, quero deixar muito claro que aquilo que for decidido influenciará muito na forma deste presidente governar e na definição da sociedade em que desejam viver.

Afinal, para vocês, deve ser legal ou ilegal usar drogas? Devemos reprimir ou devemos liberar o seu uso?

Para administrar de maneira sadia e correta nossas vidas, nós mesmos, nossas empresas, nossa família, uma escola, um sindicato ou uma associação de moradores, precisamos tomar decisões, fazer escolhas e nos responsabilizarmos pelas consequências.

Trabalhei com o tráfico e sei muito bem o que as drogas podem significar e acarretar para um país, para uma pessoa e sua família.

E hoje não sei ao certo se as drogas e o seu uso são legais ou ilegais neste país.

A maconha no Brasil já está liberada. A cocaína é ilegal somente quando traficantes e policiais combinam uma apreensão. O crack tem até seu bairro próprio.

Como falar que a droga não está legalizada, se permitimos que esses usuários trafiquem, roubem e matem quando totalmente tomados pela sua fissura?

No mesmo caminho segue a cocaína, tão adorada por muitos políticos, artistas, banqueiros, empresários, modelos, publicitários, mas ainda grande moeda de troca, de mortes, de corrupção, ganância, prostituição, destruição da família e de perpetuação do poder.

Muitos me dizem que a maconha não vicia. Pode ser. Não vejo mal nenhum em fumar um baseado e sonhar ser o Bob Marley, criar ou simplesmente curtir. Não vejo nenhum mal nisso, desde que essa prática não se transforme em um vício, desde que não afete a sua família, desde que ela não seja um passo para que você se torne um viciado na cocaína, que mata a sua alma, e no crack que te joga no colo do capeta.

Não me interessa quem vai usar maconha, crack, cocaína, refrigerantes à base de coca, remédios para emagrecer ou antidepressivos.

Agora, independentemente da escolha, quero esclarecer quais serão as consequências e o posicionamento do governo.

Se a opção for por um "Não" ao uso de drogas, não haverá somente um discurso vazio de repressão. Haverá uma prática dura de repressão, que pode chegar à pena de morte para traficantes e usuários.

Porque aquele que destrói famílias não merece viver. E a esses eu digo que agora estou do outro lado.

No caso de optarem pela liberação do uso de drogas, é preciso deixar explícito que não haverá ações governamentais, subsídios ou apoio do governo para Clínicas de Tratamento de Dependentes Químicos. Àquele que optou por acabar com sua saúde não será dado o direito de usufruir de um centavo dos serviços de saúde pública.

Para aquele que optar pelo uso será dada apenas a liberdade e a responsabilidade pela escolha feita.

Entre salvar uma criança com câncer, entre gastar em saneamento básico para prevenir doenças, entre atender um trabalhador e um dependente químico, não quero ter dúvidas ou mesmo críticas ao dirigir 100% das verbas públicas para salvar aqueles que disseram "Sim à Vida" no lugar daqueles que optaram por jogar suas vidas no lixo ao se tornarem escravos das drogas.

Acrescentem às suas preocupações diárias mais esta. Esqueçam a Copa do Mundo do Catar, a trama da novela, as notícias sobre a subcelebridade que trocou de sexo, as bobagens que estão "bombando" na internet, a promoção no trabalho e pensem sobre qual posição nosso país deve tomar em relação às drogas e aqueles que as usam.

Debates no Congresso Legalistas X Não Legalistas

O Maior Congresso Nacional do Planeta Terra atendeu ao pedido do presidente e debateu o assunto.

Para os "Não Legalistas", optar pela liberação total legalizaria uma grande cadeia de tráfico e de comércio sem uma estrutura jurídica para controlá-la, agravando o problema da dependência química. A única saída seria a repressão total, como o presidente prometeu, com a pena de morte para traficantes e usuários, liberando a sociedade brasileira de todo o tipo de bandidos, traficantes e usuários de drogas.

Para os "Legalistas", os únicos a ganhar com a proibição eram os traficantes, que não pagavam impostos e os policiais corruptos. Com a liberação, a polícia cuidaria da segurança dos cidadãos de bem e deixaria de ser uma assalariada do narcotráfico.

Se um membro dos "Legalistas" argumentava que Bob Marley usou maconha e criou reggaes belíssimos, outros membros dentre os "Não Legalistas" já perguntavam, nos fóruns de debates naturalmente organizados na rede, quantos não haviam matado ou morrido pela cocaína ou pelo crack.

Os "Legalistas" argumentavam que maconha ou daime sequer poderiam ser considerados drogas, pois eram criações da própria natureza. Para estes o pecado estava em transformar quimicamente o que é da natureza, como acontece com a cocaína.

Como resposta, os "Não Legalistas" diziam que ela nada mais era do que o primeiro passo rumo ao encontro de outras drogas que destroem o ser humano e a sociedade.

Enquanto as discussões aconteciam, o presidente dedicou seu tempo à organização administrativa do governo e do estado brasileiro. Pensou em uma forma de governar que fosse ágil, eficiente, transparente e honesta, com funcionários públicos competentes, honestos e atenciosos. Um governo que não cobrasse impostos em excesso da população. Uma organização da qual os brasileiros tivessem orgulho. Desafio difícil.

A Nova Organização do Brasil

Dia 23 de dezembro de 2022. Dia histórico para o Brasil. Às 17 horas, o país teria o resultado da votação sobre a legalização ou repressão total ao uso de drogas no país. Logo em seguida, haveria um pronunciamento do presidente para apresentação do novo Ministério e da nova organização administrativa para os próximos cinco anos.

Eram 17 horas e dez segundos quando o resultado apareceu em todos os meios de comunicação do país. No placar, 54% dos votos válidos a favor da liberação de todas as drogas no Brasil, e 46% contra.

Menos de dez segundos depois, quem tomava o espaço do placar era a figura do presidente, junto à uma das dezenas de nascentes de água pura do Parque Nacional de Brasília.

– Irmãos e irmãs, legalistas e não legalistas, sobre a decisão que o Maior Congresso Nacional do Planeta Terra acabou de tomar, nada mais tenho a fazer do que sancionar esta lei, acreditando que com esta escolha abandonamos o período de festas da adolescência e passamos para idade adulta. Será um momento bastante importante de nossa história para aprendermos o que é responsabilidade.

Terminado o comentário sobre a liberação das drogas no país, o presidente passou a apresentar os novos ministros, por ele chamados de gerentes, e a organização do país para os próximos anos.

O Congresso Nacional estava definido e certamente era o mais soberano de todo o planeta. O Poder Legislativo já estava definido e mesmo assim seria necessária a criação dos escritores de lei, personagens com alta precisão linguística para colocar no papel o que era fruto do desejo de quase 160 milhões de congressistas.

Mas era preciso também definir quem seriam os gerentes que ajudariam o presidente a fazer o país funcionar bem.

Como não havia mais a existência de puxa-sacos, o evento não foi muito disputado. Foi apenas transmitido ao vivo pelo canal de comunicação do governo para que toda a nação tivesse conhecimento da nova equipe de trabalho que comporia o mais alto grau do poder executivo nacional. Junto às nascentes de água mineral, somente o presidente, seus gerentes e aqueles que faziam a transmissão para o país.

Os Ministérios e os Gerentes do Presidente Vitor

Para diminuir a burocracia, o tamanho da máquina administrativa, o número de vermes lutando pelo poder e agilizar o trabalho em equipe, o presidente Vitor substituiu os quase trinta ministérios existentes nos governos anteriores por seis.

Ministério da Terra, Água, Sol e Ar
Ministério da Correria, Realização, Organização, Defesa, Ataque e Logística
Ministério da Justiça, Educação, Cultura, Esportes e Liberdade
Ministério da Piração, Criação, Solução, Inovação e Tecnologia
Ministério dos Avós
Ministério da Fazenda, Economia e Disciplina

O **Ministério da Terra, Água, Sol e Ar** passou a englobar e administrar tudo o que envolvesse a natureza, fosse a pesca, as minas, a energia, a flora, a fauna, o meio ambiente, sua preservação e a relação dos brasileiros com ele. Para exercer o cargo de ministro, indicou o agricultor, homem da terra, do ar, e que, apesar de ex-sem-teto, analfabeto e órfão de pai e mãe, era letrado pelo trato diário com a natureza, Sebastião da Silva Boyrá, o Tião Boyrá.

Ao empossá-lo, o presidente disse:

– Tião, meu amigo e conselheiro. Sucesso e prosperidade só existem se estivermos em sintonia com estes elementos que a partir de hoje você passa a administrar no território brasileiro. Tenho toda a certeza de que você, graças à sabedoria que o diálogo diário com a terra lhe deu, nos proporcionará ao mesmo tempo a prosperidade de que necessitamos, o alimento de que precisamos, e o respeito que a Mãe Natureza merece.

O General Bonzinho, também empossado vice-presidente, marcaria a história do país administrando o **Ministério da Correria, Realização, Organização, Defesa, Ataque e Logística**.

– A você, Bonzinho, meu General, delego a missão de realizar e concretizar todos os sonhos, ideais e projetos que imaginarmos para este país, contando com o auxílio das nossas Forças Armadas. Se um dia trabalhamos juntos em prol do que era errado, acredito que possamos fazer algo muito melhor pelo certo.

Após as palavras sobre o futuro cargo e suas missões, em cada um deles, o presidente, como um João Batista que batiza seus discípulos, jogava um pouco daquela água cristalina que brota do solo do Planalto Central, dizendo:

– Que sejamos tão claros, cristalinos em nossas ideias e limpos em nossas atitudes como é esta água. Que ela nos proteja do mal dos vícios, e da escuridão do poder que nos transforma. A partir de hoje que morram nossos egos e nossas vaidades. Estamos aqui para trabalhar, não para o nosso próprio bem, mas para o bem de um país.

Para o **Ministério da Justiça, Educação, Cultura, Esportes e Liberdade**, chamou para chegar próximo à nascente Sávio Probo que, apesar de estar no meio do mato, não dispensou o terno azul-marinho de sempre, os sapatos pretos bem encerados, a gravata vermelha, os cabelos escuros bem penteados sobre o rosto branco e de formato quadrado.

– Caro Sávio Probo, educação é exemplo, e hoje você, assim como o bombeiro que arrisca a vida para salvar a de um desconhecido, é um dos grandes exemplos para o nosso país. Muitos devem se perguntar o que nos inspirou a unir estes ministérios que antes trabalhavam separadamente. Eu respondo.

Educação é conhecimento, e conhecimento é poder.

Cultura é criação.

Criação é transcendência.

Esporte é disciplina.

Justiça é compromisso e verdade.

E a liberdade é a harmonia entre todos.

Não haverá justiça com um povo sem educação e sem cultura.

Da mesma forma, não teremos uma cultura pura se não formos justos, não somente ao julgar, mas em cada momento de nossa vida. Dessa harmonia nasce o cidadão livre, aquele que honra a liberdade que conquistou e que, por isso, jamais fará algo de injusto com alguém, mas também jamais aceitará a injustiça contra ele ou quem está próximo dele. Seu desafio é não nos deixar cair em tentação e nos levar a um ponto em que não saibamos mais qual a diferença entre paz, justiça e liberdade. Que trabalhemos para que elas sejam uma coisa só.

Em seguida, o presidente apresentou a gerente do **Ministério da Piração, Criação, Solução, Inovação e Tecnologia**, que apareceu virtualmente em uma tela, cercada de vários jovens como ela.

– Conheci você, garota, há pouco tempo e hoje já a tenho como uma irmã. Quando ofereci a você este ministério, você me respondeu que eu teria um ministério, mas com ministros diferentes. E hoje é isto que você nos dá. Tem você, a quem devo me reportar, mas sei que estou trabalhando com um grupo, com um coletivo, representado por todos estes jovens que estão ao seu lado e que têm entre tantas outras tarefas o papel de vigiar e proteger nossa democracia.

A você, Webbie, e a todos os jovens que você representa, entrego a missão e toda a liberdade de criar, de buscar alternativas e de cuidar de nosso poder através da internet, das ciências, das novas tecnologias, da inovação e de todas as outras ideias que normalmente os mais velhos rejeitavam para esta ***startup*** chamada Brasil.

Coloco em vocês minha esperança de que as novas gerações, ao contrário das gerações passadas, saibam usar bem o poder que a tecnologia oferece.

O telão também recebeu a água cristalina do Planalto Central e, virtualmente, pingos de água atingiram todo o Coletivo do Ministério da Piração, Criação, Solução, Inovação e Tecnologia.

Para o **Ministério dos Avós**, a escolhida foi Djanira Soares Silvestre, mais conhecida como Vó Diva, uma enfermeira aposentada que, por sua beleza e vitalidade, não aparentava os 60 anos, exigidos a partir de então, para gerenciar esta pasta.

– Vó Diva, a senhora que tantos anos trabalhou entre os médicos e os pacientes e por isso sempre soube das dores e das necessidades de ambos, será a nossa gerente neste ministério que, a partir de hoje, substitui e unifica os antigos ministérios da Saúde, da Previdência Social e do Abastecimento. À senhora, idosa em um país que não respeita e não cuida de seus idosos, entregamos o desafio de administrar uma realidade de quem sofreu e ainda sofre com ela. Da senhora precisamos da previdência, da providência e de providências para melhor cuidarmos de nossa saúde e, em consequência disso, de nossa velhice.

E desde já convoco, por ideia da Gerente e Ministra Vó Diva, os avôs e avós que ainda estão dispostos, mas que, esquecidos pelo sistema, ficam em suas casas navegando na internet, fazendo crochê ou assistindo a programas na TV, que venham trabalhar como voluntários em nosso Ministério, pois o melhor elixir para a juventude e para uma vida longa é o trabalho e o bem que se faz aos outros.

À senhora, Vó Diva, e a todos esses seus voluntários que tenho certeza de que aparecerão já e que, por serem avôs e avós, são mães e pais duas vezes, também entregamos o cuidado com nossas crianças.

Por fim, o presidente apresentou o mandatário do **Ministério da Fazenda, Economia e Disciplina**, o professor de Economia Delfim Meireles. Seu desafio inicial: coordenar a reforma tributária que previa a diminuição dos impostos no Brasil e a criação de outros que há muito tempo esperavam por uma regulamentação.

Finalizando a solenidade, em uma transmissão online a partir da mesma nascente, o presidente participou de uma entrevista coletiva com a imprensa. A grande maioria perguntou se a diminuição radical no número de ministros não afetaria o andamento do governo.

O presidente não fugiu das perguntas.

– Antes eram 30 que fingiam trabalhar. Agora são somente 6 que realmente vão trabalhar. Antes eram 30 que usavam os ministérios em favor de seus partidos, pensando na sua próxima candidatura, pensando no seu próprio bolso, concedendo favores para receber outros, fazendo trocas e negociatas com deputados, administrando conforme o interesse de algum senador, e gastando 80% do seu dia de trabalho, lutando, pensando ou batalhando pelo PODER.

Agora temos trabalhadores e não pessoas colocadas no governo em troca de favores políticos.

Agora a escolha de um ministro não é mais o resultado de uma troca de interesses e favores entre partidos, em que um ganha apoio político para suas votações, e o outro, um ministério, e todo o seu poder e seu dinheiro.

Agora não loteamos ministérios como se fossem casas ou apartamentos de praia para alugar pelo período do Carnaval.

Hoje não temos mais esse problema. Agora estes ministros são como grandes diretores de uma empresa. Agora um ministro é como um gerente. E eu posso garantir que os meus sempre trabalharam bem. E estes vão trabalhar ainda mais porque, além de mim, eles têm outros 215 milhões de patrões.

A Reorganização do Brasil

No mesmo dia o presidente ainda apresentou para análise, discussão e aprovação do Maior Congresso Nacional do Planeta Terra um projeto de reorganização político-administrativa que dividia o Brasil em cinco sub-gerências.

Sub-gerência do Sul;

Sub-gerência do Sudeste;

Sub-gerência do Centro-Oeste;

Sub-gerência do Norte; e

Sub-gerência do Nordeste.

Todas elas sob a tutela e administração do Ministério da Correria, Realização, Organização, Defesa, Ataque e Logística e do Gerente da Correria, o General Bonzinho.

Com esta nova organização, acabava-se com a figura dos governadores e deputados estaduais. Na cabeça do presidente, havia o seguinte raciocínio:

– Pra que serve governador? Pra aumentar a rixa entre os estados e ficar tentando tirar o lugar do presidente. Figura inútil.

O mesmo projeto de lei a ser aprovado pelo Congresso Nacional propunha, como se fossem empresas, uma divisão dos municípios em:

Micromunicípios ou Microprefeituras

Mediomunicípios ou Medioprefeituras

Grandes Municípios e Grandes Prefeituras

Nesta nova visão e organização da administração municipal, a figura do prefeito deixava de ser a de um político, para ser substituída pela figura e função que um diretor executivo ou gestor representa no mundo corporativo e empresarial, um capataz no mundo agrícola e um técnico no mundo esportivo

As equipes seriam definidas de acordo com o tamanho dos municípios, e o papel dos vereadores passaria a ser feito pelos moradores da cidade, seguindo o mesmo raciocínio e molde do que já estava acontecendo com sucesso no Maior Congresso Nacional do Planeta Terra. Todos os gastos com os antigos vereadores seriam destinados para a educação no município. Os prédios das câmaras passariam a ser Escolas de Inovação Local, administrados pelo MINP (Ministério da Piração, Criação, Solução, Inovação e Tecnologia).

Interessante e inovadora neste novo regime da administração municipal, concebido pelo Presidente Vitor, era a possibilidade de o prefeito ser contratado pelos municípios, seguindo a mesma lógica existente entre craques e times de futebol ou grandes executivos e empresas.

A figura do prefeito continuou sendo eletiva, mas com a característica diretiva, tão importante quanto a definição do presidente de uma empresa por seus acionistas. No caso dos municípios, eram considerados acionistas os moradores que pagassem impostos.

Os prefeitos passariam, se aprovada a proposta, a receber como salário um valor fixo definido pelos acionistas-moradores, acrescido de uma comissão sobre os impostos voluntários, arrecadados de acordo com a satisfação dos moradores-clientes com o atendimento dado e os serviços prestados pelo chefe do Executivo municipal.

Para facilitar o entendimento da proposta, o presidente usou como exemplo a ida de qualquer brasileiro a um restaurante, bar ou boteco.

– Esse imposto voluntário é muito parecido com o que acontece quando vocês vão a um restaurante e o garçom diz: "Os 10% não estão incluídos, o senhor gostaria que incluísse?"

Aí, meu irmão, vai depender do atendimento. Se o trabalho for bem executado, o imposto voluntário será pago.

E isso, na cabeça do presidente, era necessário, porque toda cidade e seus moradores deveriam receber um atendimento especial e único, que só os bons garçons sabem dar aos seus clientes.

Ele se baseava na ideia de que, como se fossem seres humanos, cada cidade tem sua alma, seu território, seu corpo e, portanto, a responsabilidade divina e biológica de descobrir o seu DNA, o seu dom, a sua peculiaridade, aquilo que a faz única.

O presidente tinha certeza de que cidades que descobrissem o seu DNA, a sua personalidade, buscando soluções próprias seriam as cidades de sucesso no planeta. E, para ele, bons prefeitos eram aqueles que sabiam descobrir este DNA municipal, e assim sabiam como administrar uma cidade de forma criativa e inovadora.

E um prefeito criativo, que criasse bons projetos, que bem administrasse, que deixasse seus clientes satisfeitos, receberia maiores gorjetas e, além de seu salário, comissões que variariam de 0,5% a 2% destes impostos voluntários.

Haveria ainda a possibilidade de subir para o cargo de subgerente de Região e quem sabe Presidente do Brasil, além da participação nos lucros do município com a venda de "royalties" sobre novas ideias, e o mais importante: prefeitos especiais, excelentes prefeitos, receberiam o Título de Considerado. Afinal, como perguntou o próprio Presidente em sua explanação:

– Quem em uma comunidade não gostaria de ser Considerado? Quem não se orgulha de ser considerado, respeitado, admirado em um lugar. Esse para mim é o principal pagamento a ser recebido por quem se propôs a servir o público. Ser Considerado.

E os Funcionários Públicos?

O presidente terminou sua apresentação com um discurso dirigido aos funcionários públicos do Brasil.

– Para finalizar esta grande reforma administrativa, dirijo uma mensagem aos funcionários públicos do Brasil. Serei direto no que tenho a falar com vocês.

A ideia que os brasileiros têm de funcionários públicos é a de que são mal-educados e não gostam de trabalhar.

Não esqueço nunca a conversa com um amigo, antigo funcionário público, que largou o serviço público por não aguentar o que ele definiu como mediocridade no ambiente de trabalho. Resumiu isso a uma frase que refletia o pensamento dos funcionários públicos que trabalharam com ele nas esferas municipal, estadual e federal.

"Não me venha com ideias novas que me façam trabalhar."

Espero que aqueles que me escutam não se comportem assim, já que tal comportamento não combina com a nossa nova proposta de administração pública.

Por isso, venho a público para avisar a vocês que enviaremos para a votação no Congresso Nacional uma lei que acaba com a estabilidade no emprego para Funcionários do Serviço Público no Brasil. Fazemos isso pelo bem do Brasil e pelo bem de vocês como seres humanos, pois aquele que não se encanta com ideias novas e não quer trabalhar deixou também de existir.

Aqueles que quiserem ficar que fiquem, sabendo que trabalharão muito.

Mas aos que querem continuar vestindo a roupa do grande elefante branco, que quiserem continuar tratando mal os pobres nos postos de saúde ou nas repartições públicas, que desviam dinheiro, que roubam o erário, que não aparecem para trabalhar, eu aconselho que saiam já.

Apresentaremos um excelente plano de demissões voluntárias. O recurso para estes pagamentos virá dos cerca de 1,1 bilhão que gastávamos com a máquina de corrupção e mordomias do antigo Congresso Nacional.

Aos brasileiros que verdadeiramente e de coração quiserem servir como funcionários públicos, comunico que em todas as repartições serão lembrados de que, a partir da aprovação desta nova lei, deverão trabalhar dentro dos seguintes princípios:

– O povo é o seu patrão.

– Trate um patrão como se você fosse um garçom e ele o cliente de um restaurante.

– Seja sempre atencioso.

– Faça sempre mais do que você acredita que pode fazer.

– Seja honesto, pois o dinheiro que você manipula é sagrado.

– Se encontrar alguma ilicitude, denuncie para não ser acusado de cúmplice.

– Se pensar em cometer qualquer ato ilícito, pense duas, três, dez vezes, pois haverá punição.

Para finalizar, desejo a todos um Feliz Natal e Excelente Ano-Novo, pedindo que aproveitem este período para estudar, analisar e debater até o dia 29 de dezembro a Reforma Tributária e o Orçamento para o ano que vem. Ambos serão votados na sexta-feira, dia 30 de dezembro, às 17 horas.

Muitos artistas protestaram pelo fim do Ministério da Cultura e sua anexação ao Ministério da Justiça e Educação. Vários órgãos públicos ligados à cultura foram ocupados por manifestantes. Bonzinho propôs usar a força. Mas Vitor optou por enviar um pedido de reflexão aos manifestantes, publicado nas redes sociais. A mensagem dizia:

"Deixem de ser escravos do poder. Deixem de produzir arte ao gosto dos patrocinadores. Façam cultura. Não mendiguem cultura. Não deixem que burocratizem a arte. Façam arte pela arte. Isso pode nos trazer sofrimento agora, mas trará muito mais liberdade de criação e inovação no futuro."

Muitos saíram e partiram em busca de uma criação livre. Outros mantiveram a ocupação. A decisão sobre o que fazer com eles ficou a cargo do Maior Congresso Nacional do Planeta Terra, responsável por propor uma solução.

A solução, proposta por um brasileiro, e depois colocada em votação, foi a de que cada um recebesse uma flor e, gentilmente, fosse retirado no colo pelas forças armadas, comandadas pelo General Bonzinho, sem qualquer tipo de violência. Deu certo e o ano seguiu em paz.

Segundo o Censo realizado em 2022, o Brasil possuía 214.426.376 habitantes. O Congresso Nacional Brasileiro era formado por 157.429.297

deputados e senadores, o que fazia dele o Maior Congresso Nacional do Planeta Terra. Todos tinham o poder, todos faziam parte do alto escalão do governo. Todos os cidadãos aptos a votar eram deputados. Todos os cidadãos aptos a votar eram senadores.

A grande maioria das conversas nas ruas, em casa, na escola, na universidade, na padaria, no restaurante, no bar, no boteco, no salão de beleza, na fila dos bancos, nos postos de saúde eram entre parlamentares. Conversas entre brasileiros e brasileiras prontos para legislar, votar e escolher sem os velhos atravessadores corruptos o seu próprio destino e o destino do Brasil.

Nesse novo Brasil, fosse durante uma discussão de trânsito, na briga pela vaga no estacionamento, na fila do cinema ou durante uma batida policial, todos poderiam falar ou usar a frase: "Você sabe com quem está falando?"

No entanto, ninguém usava esse argumento. Os novos deputados, os novos senadores, não eram como os velhos deputados e os velhos senadores do velho sistema, movido pela arrogância, corrupção, vaidade e cobiça. E isso porque o poder não estava mais nas mãos de poucos. Estava nas mãos de muitos. E poder nas mãos de muitos, poder disperso, não consegue corromper.

Para o presidente, o dia 31 de dezembro foi de trabalho no Palácio da Alvorada. Ligou para os amigos, gerentes e ministros, desejando um Feliz Ano-Novo. General Bonzinho foi o último a falar com ele. Desejou saúde, um novo ano de muito trabalho e perguntou se havia alguma notícia de Gisele. A resposta foi: "Ainda não".

2023

NOVOS IMPOSTOS E A REVOLTA DE DEUS

Se 2022 terminou com flores e uma brisa calma e pacífica, o ano de 2023 começou com ventania e confusão.

No dia 24 de março, o Ministro da Fazenda, Economia e Disciplina comunicou sua saída do governo. Alegava incompatibilidade de ideias com a nova política tributária do governo e com a reforma tributária estudada, analisada e votada pelo Congresso Nacional no ano anterior.

Dez dias depois, os movimentos evangélicos foram às ruas protestar.

Para aumentar o caos, no dia 20 de abril, os fazendeiros de origem gaúcha, desde 1° de janeiro estrangeiros no país, fecharam várias rodovias brasileiras com milhares de cabeças de gado, impedindo a distribuição de alimentos e atrapalhando aqueles que viajavam para o feriado de Tiradentes.

Nas redes sociais e outros meios de comunicação, os milionários do país passaram a orquestrar propagandas contra o governo, atacando principalmente o presidente. Acusavam-no de ter manipulado o país e de ser o maior interessado na liberação do consumo de drogas.

Toda essa confusão e descontentamento tinham um motivo principal: a Nova Lei Tributária Brasileira, discutida, debatida, votada pelo Maior Congresso Nacional do Planeta e promulgada pelo Presidente da República Ativa, Criativa e Participativa do Brasil no dia 30 de dezembro de 2022.

Foram várias as modificações. A maioria da população estava satisfeita com a diminuição de impostos como o ICMS, que reduzia o valor de produtos e, principalmente, alimentos, o fim do imposto sobre os combustíveis, e a redução dos custos da luz e da água. O objetivo da redução destes e de outros impostos era também reduzir os custos de produção no Brasil, o que traria benefícios para todo o país.

Mas, por outro lado, um poderoso lado, os setores da sociedade que se revoltavam não aprovaram os novos impostos que passariam a pesar em seus bolsos.

Os líderes de seitas religiosas e seus seguidores se rebelaram contra a extinção do artigo 150, VI, alínea "b" da Constituição Federal que impedia a União de instituir impostos sobre templos de qualquer culto, e a criação da **AC/DC (Arrecadação sobre a Cobrança de Dízimo e Contribuições)**.

Pelo novo imposto, passava a existir incidência de tributos toda vez que um bispo, pastor ou padre pedisse alguma contribuição financeira a seus fiéis. O valor a ser repassado para o governo era de 50% sobre o montante total.

A **AC/DC** passou a incidir sobre os carnês que eram enviados aos fiéis, sobre qualquer venda efetuada, sobre as campanhas de arrecadação, sobre as comissões recebidas pelos pastores quando aumentavam o faturamento em seus templos-filiais e várias outras formas de contribuição criativamente inventadas pelos templos religiosos. A lei ainda previa a cobrança retroativa destes impostos, ou seja, sobre as fortunas arrecadas por religiosos, antes de sua criação.

A indignação entre os evangélicos foi ainda maior, porque um dos mais importantes bispos evangélicos do país morreu de ataque fulminante do coração no dia da promulgação da lei.

Tais líderes, principalmente das igrejas evangélicas pentecostais, onde a prática era muito mais comum, alegavam que o novo imposto estava inviabilizando seus negócios, ou melhor, trabalhos de evangelização.

Os grandes proprietários de terras, agricultores e pecuaristas gaúchos reclamavam da nova limitação no número e tamanho das propriedades de estrangeiros no Brasil e incidência do imposto sobre a transferência de seus lucros para outros países, neste caso o país limítrofe com o extremo sul brasileiro, o Rio Grande.

O presidente e Tião Boyrá chegaram inclusive a participar de encontros com estes proprietários. Apresentando o novo projeto de lei, ambos explicaram que o imposto taxado em 35% sobre a emissão de recursos para outros países foi criado para evitar que o dinheiro produzido com a riqueza do solo brasileiro saísse do país, sem os devidos pagamentos pelo uso da infraestrutura e território.

– Senhores – disse o presidente –, vocês têm que entender que dinheiro gerado graças à riqueza de nosso solo e à pureza de nossas águas deve ficar aqui para ser reinvestido para o bem de quem mora no país. Já a limitação no tamanho das propriedades é somente um ato de respeito ao artigo 190 da Constituição Federal:

> A lei regulará e limitará a aquisição ou o arrendamento de propriedade rural por pessoas física ou jurídica estrangeira e estabelecerá os casos que dependerão do Congresso Nacional.

– E, nesse caso, o Congresso Nacional definiu que, agora como estrangeiros, vocês não podem mais ser latifundiários no Brasil.

Tião Boyrá, com sua humildade, ainda tentou argumentar:

– Mais ói! Não interessa aos senhores continuar auxiliando, ajudando um país que tanta prosperidade deu a vossas senhorias, mas agora ganhando um pouco menos e trabalhando em uns terreninho menores? Num dá pra querê abarcá o mundo, pessoar. Vamu trabaiá junto.

A resposta veio do Presidente da Comissão Gaúcho-Brasileira de Pecuária e Agricultura.

– Não aceitamos esmolas, Tchê.

Tião e o presidente se entreolharam como se dissessem um ao outro que a situação não seria fácil.

Boa parte desses proprietários aproveitou a onda de protestos para transferir, sem o devido pagamento de impostos, milhares de cabeças de gado para o Rio Grande. Levaram os bois, as vacas e abandonaram suas terras, a maioria delas, nas regiões Norte e Centro-Oeste do país, gerando escassez da carne e aumento de preços.

A indignação dos milionários, a mais simples de ser explicada, vinha da regularização do **IGF (Imposto sobre Grandes Fortunas)**, previsto desde a Constituição Federal de 1988 e só transformado em realidade graças ao empenho de milhões de deputados e senadores do Maior e Melhor Congresso Nacional do Planeta Terra.

Para conter a crise, o General Bonzinho propôs colocar o exército nas ruas.

– Não, Bonzinho. Antes de qualquer atitude que possa gerar violência, vamos tentar resolver tudo no gogó.

O Presidente e a Bíblia

O presidente terminou a conversa com o General Bonzinho e de imediato entrou em contato com o MINP (Ministério da Piração, Criação, Solução, Inovação e Tecnologia) para que preparassem um comunicado à nação e ao Maior Congresso Nacional do Planeta Terra.

Duas horas depois, tendo ao fundo um campo plano com vegetação rasteira e árvores de pequeno porte, levando aqueles que o assistiam a pensar que ele estava na savana africana, quando na realidade se tratava do Lavrado, vegetação típica do estado de Roraima, o presidente iniciou seu pronunciamento.

– Irmãos e Irmãs, Deputados e Deputadas, Senadores e Senadoras, temos, nestes últimos dias, passado por um período de turbulência e bagunça. E frente a isso quero a cada um daqueles que foi às ruas, que tentou manipular ou que reclamou do que foi decidido pela maioria esclarecer alguns pontos.

Aos líderes de templos religiosos que hoje se recusam a dividir com o país os impostos arrecadados de seus fiéis em templos que funcionam como empresas, quero lembrar dois princípios que estão na base de grande parte das religiões.

Se eu lhes perguntar qual é o primeiro mandamento, vocês, provavelmente, me responderão "Amar a Deus".

Se eu perguntar qual o segundo mandamento, vocês, provavelmente, responderão "Amar ao Próximo".

Indo um pouco mais a fundo, quero lembrar Mateus, Capítulo 22, versículo 21, argumentando que, se o seu templo está em uma rua deste país, em uma cidade deste país há também ali a presença de nosso governo para que seus fiéis estejam vivos e cheguem até ele. Hoje é o Brasil que precisa de sua caridade e compaixão.

Por isso, senhores, de forma igualitária, peço que honrem os mandamentos de sua igreja e, conforme prevê o já citado Mateus, Capítulo 22, versículo 21, deem a César o que é de César e a Deus o que é de Deus. Deem ao Brasil o que é do Brasil e a Deus o que é de Deus. E saibam que quem lida com as coisas de Deus jamais deve usá-las para conseguir as coisas que são de César.

Desta forma poderemos ajudar a todos os fiéis desta imensa religião chamada Brasil.

Perdão X Cobiça

O presidente deu um breve suspiro e continuou o discurso.

– Aos donos das grandes fortunas, lembro que dinheiro não é tudo na vida e peço que aprendam a dividir o muito que têm com este país que tanto lhes deu.

O IGF (Imposto sobre Grandes Fortunas) nada mais é do que uma pequena contribuição sobre os gigantescos juros que vocês já cobraram do povo brasileiro, sejam eles bancários ou provenientes da corrupção, exploração do trabalho alheio ou da manipulação do mercado financeiro.

A lembrança do povo sofrido e explorado pela corrupção e o sofrimento daqueles que perderam bens para os bancos o inspirou em uma ideia e uma cartada final para ver a força dos bilionários brasileiros.

– E, falando em juros e em grandes fortunas, proponho ao Congresso Nacional a votação de um Projeto de Anistia. Da mesma forma que era uma prática muito comum do antigo Congresso Nacional, perdoar, em troca não sei de que, as dívidas dos banqueiros, dos empreiteiros, dos grandes empresários, da bancada ruralista e, o pior, perdoar as suas próprias dívidas com projetos de lei duvidosos e imorais, proponho a votação de um **Projeto de Anistia** isentando todo cidadão brasileiro de pagar juros ou multas sobre os pagamentos atrasados dos cartões de crédito ou qualquer outra dívida com bancos, passando a valer como débito o valor da data da compra ou do empréstimo.

Mesmo estando em uma região erma, o presidente pôde ouvir os gritos e a comemoração no país.

– Sobre a decisão da apresentação de um novo Ministro da Fazenda, Economia e Disciplina, e as turbulências em nossa economia, peço a ajuda de vocês para que sejamos todos Ministros da Fazenda, ao menos pelo período de um mês. Façamos a nossa parte. Vamos economizar. Lutem pela anistia para os juros abusivos, negociem suas contas, mas tentem pagá-las. Dentro do governo faremos o mesmo.

O presidente fez um breve silêncio para ouvir o som do vento varrendo a vegetação rasteira do Lavrado de Roraima e passou a falar sobre a crise da carne.

Não Dou o Pão, Não Dou o Circo, Mas Dou a Picanha

– Por fim, vamos falar de ex-brasileiros e da crise da carne.

Aos gaúchos, que tanto ganharam nesta terra, damos o nosso adeus, entendendo e respeitando o sentimento que têm por seu país.

Falo para eles que o nosso Brasil estará sempre de portas abertas à sua coragem, empreendedorismo e vontade de trabalhar, desde que respeitem sempre a nossa natureza e as leis ambientais.

Sobre a crise da carne, quero fazer uma proposta.

Há muito tempo, a medicina vem comentando sobre os malefícios do consumo exagerado de carne. Problemas cardíacos, câncer e outras doenças. Além disso, todos sabemos o quanto a criação de um boi ou uma vaca traz de danos ambientais. Desmatamentos, gasto excessivo de água, contaminação de nascentes e rios, emissão de gases de efeito estufa. Minha proposta é organizarmos um Programa de Adesão.

Cada família que não comer carne e praticar o vegetarianismo entre as segundas e sextas-feiras terá direito a 3 quilos de carne gratuitos para o churrasco do fim de semana.

O presidente se empolgou e continuou com o discurso acreditando ter uma multidão inflamada à frente.

– Isso mesmo! A carne que vier do Rio Grande, conforme previsto no Tratado do Arroz Carreteiro, será distribuída nos fins de semana.

Muitos países foram governados pela Política do Pão e Circo. Proponho que a República Criativa, Ativa e Participativa do Brasil, faça diferente.

Não daremos o Pão. Não daremos o Circo. Mas daremos a Picanha!

Tenho certeza de que alguns já devem estar se perguntando de que maneira vamos fiscalizar quem comeu e quem não comeu carne entre a segunda e a sexta-feira.

E a resposta é muito simples. Nós não vamos fiscalizar. Antes de fiscalizar, nós vamos confiar. Vamos confiar da mesma forma que estão confiando em nossa equipe. Vamos esperar que sejam honestos com o país e consigo mesmos. Esperar que exijam ética na política, e que vocês também sejam éticos. Vamos acreditar no compromisso, na palavra de que somente aquele que merece vai atrás da recompensa, isso se tiver vontade de comer carne, pois hoje vemos aumentar a cada dia o número de vegetarianos e veganos.

Vamos melhorar como país. E vamos melhorar como seres humanos também, pois nunca teremos um Brasil correto se não tivermos brasileiros corretos.

Aqueles que quiserem aderir ao programa podem fazer o seu cadastro a partir da semana que vem no site do governo. Mas não percam tempo, pois o desejo do governo é de que a primeira distribuição seja feita já no dia 21 de maio.

Os Brasileiros Se Organizam

A anistia para todos aqueles que deviam pagar juros abusivos sobre os cartões de crédito ou empréstimos a bancos, financeiras e qualquer outro tipo de agiotagem legal ou ilegal foi estudada, analisada e votada em menos de três dias pelo maior Congresso Nacional do Planeta. Com 99% dos votos a favor e 1% contra, a anistia foi aprovada.

Com o resultado, os bilionários, os banqueiros, os donos de empreiteiras acordaram para uma nova realidade no Brasil. Passou a ser muito mais difícil comprar um Congresso Nacional formado por mais de 157 milhões de congressistas que estavam lá para, com unhas, dentes, cabeça e coração, defender SEUS interesses e SEU próprio futuro. Os representantes do povo do antigo regime, que antes eram facilmente convencidos de como votar com o argumento financeiro, foram substituídos por uma maioria absoluta, verdadeira, defensora e compromissada com o futuro do país.

Mas ainda assim não perderam. No decorrer dos meses, tendo valores justos a pagar, milhares quitaram suas dívidas. E depois, mais adiante, livres do pagamento de juros, o dinheiro voltou a circular nas mãos de muitos. Os brasileiros voltaram a comprar, a produzir e a empreender, aquecendo a economia.

A organização e a honestidade no desejo dos brasileiros em saldar suas dívidas e a incrível recuperação da economia chamaram a atenção do planeta, a ponto de a famosa Agência de Classificação e Risco S&P conceder ao Brasil o selo de bom pagador, perdido há muito tempo.

Nos templos de qualquer culto, os próprios fiéis, vendo que o dízimo e as contribuições pagas retornariam em forma de postos de saúde, e outros benefícios, convenceram seus líderes religiosos a cooperar, sob o argumento simples de mudarem de religião caso não cooperassem. A citação de Mateus também agradou.

Dentre os gaúchos, cerca de 12% solicitaram cidadania brasileira e permaneceram no país. O restante retornou para o Rio Grande ou se mudou para países vizinhos.

No dia 21 de maio, um domingo ensolarado em todo o país, como primeiro resultado da **"Política do Não dou Pão nem Circo, mas dou Picanha"**, o Brasil foi tomado pelo delicioso cheiro da picanha, da alcatra, da costela e da maminha assadas na brasa. Era fruto da agilidade e da cooperação do Governo Sulista, que cumpria o previsto no Tratado do Arroz Carreteiro e temia a possibilidade de confisco das cabeças de gado que haviam passado para o país vizinho sem o devido pagamento de impostos.

Méritos também para o General Bonzinho e toda a equipe do Ministério da Correria, Realização, Organização, Defesa, Ataque e Logística que, com seu efetivo de mais de 250 mil guerreiros, distribuiu o prometido por todo o país.

O Novo Ministro da Fazenda e a Viagem Pelo Norte

O primeiro semestre de 2023 estava chegando ao fim. O presidente continuava, ao lado de Tião, viajando no Gabinete Móvel para conhecer a realidade da região Norte e seu povo. Para aqueles que não têm conhecimento histórico sobre o que era o Gabinete Presidencial Móvel, esse recurso automobilístico representou uma revolução administrativa, depois seguida por centenas de outros presidentes que passaram a também usar os gabinetes presidenciais nômades. A proposta respondia a apenas uma pergunta: "Como administrar um país e suas tantas realidades, tendo apenas um endereço?" O Brasil lançou isso para o mundo e, deste então, presidentes passaram a viver em trailers ou até, como os mais radicais, a dormir cada dia na casa de um habitante para aprender com ele, e vivenciar a realidade de seu povo. A ideia nasceu de um raciocínio simples do Presidente Vitor, já que o Palácio do Planalto estava interditado. "Se não tenho mais gabinete, o jeito é ir emprestando uma vaga com a vizinhança."

Apesar de uma sutil melhoria na economia, e dos ventos leves que voltaram a soprar na sociedade brasileira, o presidente ainda precisava de um Gerente ou Ministro da Fazenda, Economia e Disciplina. Gostava mais de Gerente da Fazenda. Com a desoneração de tantos impostos, o governo precisava arrecadar para governar e para realizar obras. E isso era urgente.

Muitos dias e horas se passaram até que, acompanhando um culto em um templo evangélico em Porto Velho, capital de Rondônia, um nome veio à cabeça.

Saiu da celebração, entrou em contato com Bonzinho e já no dia seguinte o homem que mais entendia de arrecadação e gestão financeira no país estava sentado à sua frente na sala de reuniões do Gabinete Presidencial Móvel, que ainda se encontrava em Rondônia.

Solução dos problemas financeiros do país, o Mestre em arrecadar, em faturar, em coletar, em convencer cidadãos a contribuir, contribuir e contribuir. O bispo da maior de todas as seitas do país, o bispo Edir Niero.

O presidente fez os devidos cumprimentos protocolares, agradeceu o rápido atendimento do bispo e foi direto ao assunto.

– Caro bispo, o senhor deve ter conhecimento de que, com a redução e extinção de vários impostos, o governo diminuiu muito a sua arrecadação. Hoje um dos grandes desafios do Brasil é arrecadar e arrecadar com sabedoria. E dificilmente alguém saberia fazer isso melhor do que um bispo de uma igreja evangélica pentecostal. Por tal motivo, já que os grandes economistas, os professores de economia, os donos de banco, os consultores e os burocratas não souberam fazê-lo, gostaria de convidá-lo a ser o nosso próximo Ministro da Fazenda, Economia e Disciplina.

O bispo, formado em economia, via ali a realização de um grande sonho. Quis sempre ser um grande economista, mas sem conseguir o devido reconhecimento optara pelo caminho mais fácil para arrecadar e ganhar dinheiro, fundando uma igreja.

Mesmo assim, como bom bispo e economista, tentou negociar.

– Caro presidente, seu convite é uma honra. Mas, caso eu venha a aceitar, poderíamos conversar sobre o ACDC, no sentido de extingui-lo.

– Bispo Edir, o Brasil vive hoje outros tempos. Não fazemos concessões em troca de sabedoria. Gostaria que o senhor aceitasse o cargo e o desafio unicamente por compromisso ao seu país. E com um detalhe, a criação no prazo máximo de dois meses, para que seja analisado, votado e cobrado em um período próximo, de um novo imposto que não gere confusão, que seja optativo e que não onere os mais pobres, traga recursos e alternativas para as universidades receberem mais verbas, sem que saia um tostão da saúde, da segurança e da educação fundamental ou de qualquer ministério. Lembre que tudo isso tem que ser aprovado pelo Congresso Nacional até outubro. O senhor aceita?

O bispo levantou, dirigiu a cabeça nua de cabelos para o céu e respondeu:

– Eu aceito.

Completar a equipe foi fácil. Como todos ensinam que para assuntos de dinheiro sempre se deve confiar desconfiando, o presidente criou dentro do Ministério da Fazenda o cargo de Olheiro, com a função de vigiar o ministro e mais duas secretarias.

Para a Secretaria de Pão-Durismo, nomeou Edimirdes Rosa, a dona de uma padaria, descendente de portugueses, do bairro de São Cristóvão, no Rio de Janeiro. Tinha a única função de analisar cada ação do governo, como se fossem fios de cabelo, para enxergar cortes, diminuição ou alternativas de gastos. Algo que somente aqueles que possuem o dom de ser um pão-duro são capazes de encontrar. Dona Edimirdes deveria colocar em prática a **arte do pão-durismo** e fazer muito mais com muito menos, prática que a maioria das donas de casa do Brasil sabem, mas a maioria dos governantes desconhece. Um dos primeiros atos de Edimirdes foi criar a **"Comissão de Donas de Casa"** para ajudá-la.

Para a **Secretaria de Flutuação Econômica**, nomeou Perdiga, apelido de Otávio Lins de Macedo, duas vezes campeão brasileiro de truco e três vezes Campeão Mundial de Pôquer. Quando trabalhou para o mundo do tráfico, atuava como "perdigueiro", com uma incrível capacidade para detectar traidores e antever batidas policiais.

– Perdiga, sua missão é ficar de olho nas notícias econômicas. Analisa o movimento do mercado internacional, descobre oportunidades e vê se tem alguém querendo passar a perna no Brasil.

O Rematamento da Amazônia

Com a economia aparentemente em ordem, o presidente e o Ministro Tião Boyrá continuaram percorrendo a região Norte.

Vitor, em cada local que passava, repetia em seus discursos.

– Só podemos administrar a realidade que conhecemos. E só conhecemos a realidade se a enxergarmos com os próprios olhos.

E isso só era possível porque, com a nova organização política do país, o presidente não precisava permanecer em Brasília, para administrar a guerra do poder, as negociatas e os conchavos políticos.

Juntos, viram as fazendas vazias no Acre e em Rondônia, ouviram as reclamações de falta de alimento, sofreram com a exploração dos ribeirinhos e dos marinheiros que trabalhavam nas balsas do Amazonas porque perderam suas terras para os pecuaristas, participaram de guitarradas e estudaram a cultura do açaí no Pará, comeram espetinho de jacaré em Manaus, e visitaram várias tribos indígenas na região.

No caminho entre Rondônia e o Acre, viram grandes áreas desmatadas. Não possuíam mais o gado dos pecuaristas. Não possuíam mais sua mata original. Não possuíam mais a alma de natureza.

O sol se punha. O presidente e Tião Boyrá estavam sentados sobre a cerca de madeira do mangueiro. Olhavam para a paisagem destruída, sem alma, sem personalidade. O presidente amassava algo entre os dedos. Tião mastigava a ponta de um capim que tirou da terra.

– Terrível, hein, Tião!?

– Por outro lado é bão, patrão.

– Pô, Tião já te falei pra você não me chamar de patrão.

– Mas ocê é meu patrão. Você é presidente. Eu sou gerente. Então você é meu patrão. Se um dia eu for presidente e você gerente, você vai ter que me chamar de patrão.

– Mas o que é que você vê de bom nisso?

– Uai, sem os bois e os pecuaristas, pararam de desmatar, sô. Não era isso o que todo mundo queria? Que parassem de desmatar a Amazônia? Taí. Sem boi, sem pecuarista, sem desbravador das terras amazônicas, param de desmatar. Agora só tem os índios e os comedor de açaí.

– E fazemos o quê?

– Uai, devolve a terra pra quem já era dono delas. Os índios e os ribeirinhos.

É Índio ou Não É Índio?

Duas semanas depois, o presidente foi convidado a participar, no Centro Cultural dos Povos da Amazônia, em Manaus, de um encontro com quase a totalidade dos caciques das tribos do país. Ouviu os discursos de vários caciques. Reclamavam de questões antigas. A demarcação das terras indígenas, a invasão de suas terras por garimpeiros, o número cada vez maior de alcoólatras nas tribos. Era um período tenso, causado pela construção de uma hidrelétrica em terras indígenas que afetaria todo o ecossistema da região.

Um cacique Tikuna chegou a amaldiçoar Pedro Álvares Cabral.

– Choro todo maldito dia 22 de abril.

Depois de ouvir todos os caciques, chegou a vez de o presidente falar e tentar propor alguma solução para suas reivindicações.

– Senhores caciques, no Brasil costumamos definir as etnias pela cor de sua pele. A pele branca define os brancos, a pele negra define os negros. Mas, no caso dos índios, não basta o tom amarelado da pele. Dos índios, curiosamente, para que ainda seja mantida a sua identidade indígena, é exigido também um modo de vida indígena. Talvez porque seu antigo modo de vida ainda seja uma esperança de vida para o planeta que estamos perdendo, mas não queremos perder. Um desejo de que um dia tenhamos a sabedoria e a coragem para admitir que a forma de viver dos índios seja muito mais evoluída do que a de uma civilização que destrói sua própria casa, no lugar de cuidar dela. Exigir tudo isso de um índio é a esperança covarde dos brancos.

Prova disso é o que ouvi esses dias de um agricultor nessa minha caminhada pelo país. Disse ele: "Se você torce para um time de futebol, bebe pinga, usa chinelo de dedo, escuta e canta rap, dança forró, assiste aos programas burros no domingo, ajuda estrangeiros a extrair pedras preciosas do seu país, extrai madeira ilegalmente com madeireiros, come lasanha, tem luz elétrica, água encanada, fala inglês e come hambúrguer, você não é índio. Você é branco".

E, nesse caso, eu, que sou neto de uma índia, não seria índio.

Além disso, ouço o cacique Tikuna malograr o "maldito dia em que Pedro Álvares Cabral pisou neste solo e trouxe sua cultura europeia".

Frente a essa situação, gostaria de fazer uma proposta a vocês. Uma proposta para que esqueçamos os discursos e possamos partir para a prática.

Se vocês acreditam que o Brasil pode voltar a ser de vocês, como era até aquele maldito dia 22 de abril de 1500, como disse o cacique Tikuna, quantos aqui gostariam de viver como viviam seus ancestrais, antes da chegada da civilização branca?

Os primeiros braços começaram a se levantar. O presidente continuou falando.

– Mas quero ir ainda mais longe. Quero propor uma parceria entre o Governo da República Criativa, Ativa e Participativa do Brasil e os índios brasileiros. Quero ser parceiro de vocês, assim como seus antepassados foram dos primeiros brancos que chegaram aqui, com a diferença de que quero preservar não somente a cultura, mas a civilização de vocês. Vou resumir a proposta.

O Brasil hoje, e principalmente a Amazônia, tem muitas terras que foram abandonadas pelos gaúchos que voltaram ao seu país.

Devolvo parte dessas terras a vocês com as seguintes condições: de forma alguma poderão ter qualquer contato com a civilização branca, a não ser comigo ou com meu Ministro da Terra, Água, Sol e Ar, Senhor Tião Boyrá, que definirá com os caciques um amplo e intacto território da Amazônia para que seja habitado por vocês, com a proteção do Governo para que não sejam importunados por ninguém.

Peço que fiquem reclusos na mata, sem qualquer alimento, medicamento ou resquício da civilização branca. Que enfrentem as dificuldades da mata, a falta de alimentos e que curem as doenças com as plantas e medicamentos que a mata oferecer, entregando somente ao governo brasileiro o direito de patente sobre estes medicamentos, e recebendo como pagamento ainda mais terras na Amazônia, caso o Brasil venda isso a outros países ou companhias farmacêuticas, até que todo o território do estado do Amazonas, excetuando-se o território do município de Manaus, volte a ser uma grande aldeia indígena.

E por que proponho isso a vocês? Porque acredito que estamos passando por uma fase em que o planeta não quer mais os remédios alopáticos e a química enganosa da indústria farmacêutica e suas drogas. O planeta está descobrindo que a natureza é muita mais sábia e eficiente do que a química humana. Proponho sermos sócios e juntos fundarmos a NatuBrasil, a Companhia de Medicamentos Naturais dos índios Brasileiros.

Quem aceita?

Pouco mais de 1/3 dos caciques levantou as mãos e começou a dançar e gritar. O restante permaneceu quieto.

Entre as tribos que optaram pela parceria, o presidente e o ministro Tião Boyrá, ficou marcado um próximo encontro nas nascentes do Rio Urubaxi, ao meio-dia de 5 de julho de 2024. A proposta do encontro era a de que os primeiros medicamentos já fossem entregues ao país. Antes de ir embora, sem nenhum tom de ironia, o presidente ainda pediu aos caciques que tentassem descobrir um remédio natural que acabasse com a ganância dos corruptos.

O Açaí É Nosso

Antes de retornarem a Brasília, o presidente e Tião Boyrá percorreram muitos quilômetros por rios e estradas do Pará, do Amapá, do Tocantins e do norte do Maranhão. Conversaram com técnicos da Embrapa, com madeireiros, com moradores ribeirinhos e, principalmente, com os envolvidos na cultura do Açaí.

Às sete e meia da manhã do dia 31 de agosto de 2023, o presidente já explicava aos seus ministros o Programa O Açaí é Nosso, elaborado em conjunto com o ministro Tião Boyrá.

– Senhores, vamos devolver à Amazônia o que sempre foi da Amazônia. Vamos, como fala o meu amigo Tião, rematar a floresta, vê-la reverdecer e reverdear. E quem nos ajudará com isso? Os madeireiros que vão receber por árvore plantada.

E o que vamos cultivar? Uma parte com árvores nativas, que nos serão indicadas pelos índios e outra parte com o açaí que, graças à competência e carisma do gerente Tião Boyrá já está sendo plantado, manejado e cultivado na região amazônica.

Onde antes havia bois e vacas, vamos cultivar açaí. Onde antes havia plantações de arroz, vamos cultivar açaí. Menos pastos e nenhum agrotóxico.

À equipe do Ministério da Piração, Criação, Solução, Inovação e Tecnologia peço que pesquisem todas as suas propriedades, usos e formas de aproveitá-lo ao máximo.

A você, Sávio Probo, peço que cuide de todas as leis de proteção para este nosso produto. Marcas, patentes e registros de princípios ativos.

A você, Ministro Edir Niero, que já estude os custos de exportação.

Vó Diva, com a sua equipe, pense em receitas, e nas mais diferentes maneiras de comermos o açaí.

Os chineses tem que comer mais açaí do que cachorro. Os japoneses tem que comer mais açaí do que sushi. Os americanos devem consumir mais açaí do que cachorro-quente e hambúrguer, juntos. Quero até o início de 2026 o mundo inteiro comendo açaí.

Todos os ministros foram dispensados. Ficou apenas o ministro Edir Niero, para apresentar o novo estudo de impostos que o presidente havia solicitado.

A Lei do Cão

Os dois estavam sentados ao redor de uma mesa do antigo Catetinho, a estrutura de madeira, onde os primeiros administradores de Brasília tomaram suas atitudes.

O gerente movimentou a cabeça nua para o alto, suspirou e fez uma pergunta ao presidente.

– O senhor já deve ter ouvido alguém comentar que, quanto mais conhece o ser humano, mais gosta de animais.

– Sim, já.

– Tem conhecimento de quanto a indústria pet movimenta neste país?

– Não.

– Tem conhecimento de que já há mais casas com animais do que com crianças em nosso país?

– Não.

– E sabe por que a maioria destas pessoas prefere ter animais em casa a ter crianças?

– Não.

– Porque hoje ter um animal em casa é muito mais barato do que ter um filho. Porque por um preço muito menor, para aqueles que nunca tiveram um filho, estes animais oferecem as mesmas sensações, os mesmos sentimentos, o mesmo amor que a pureza de uma criança proporciona.

– Sabe o que isso pode representar para o futuro deste país se as famílias tiverem como filhos cachorros ou gatos e não seres humanos? Todos são criaturas de Deus, mas gatos e cachorros não produzem, não criam riquezas, não inventam novas tecnologias e não pagam impostos.

– Sim, e aí?

– Aí que, se não inibirmos a presença de ***pets*** nas casas no lugar de crianças, seremos um país sem força de trabalho jovem daqui 35 anos.

– E o que você propõe?

– Com base nos princípios de grande parte das religiões e na premissa de que, se um contribuinte tem recursos financeiros para tratar um animal como ser humano, ele também deve contribuir para ajudar que seres humanos deixem de ser tratados como animais em postos de saúde, presídios ou salas de aula...

O presidente pensava.

– Com base na premissa de que, se há dinheiro para pagar o veterinário, também há de existir o dinheiro para auxiliar na manutenção dos postos de saúde...

O presidente ouvia.

– Com base na premissa de que, se há dinheiro para comprar a roupinha para o cachorro ou gato, também há de existir dinheiro para contribuir para a compra de roupas para as crianças...

O presidente entendia.

– Com base na premissa de que, se há dinheiro para o adestrador do cachorro, também deverá existir dinheiro para o pagamento do professor dos seres humanos, sugiro a criação da Lei do Cão, lei que instituirá o imposto sobre tudo o que for relacionado a animais de estimação, de cachorros a gatos, de peixes a sucuris.

O presidente concordava.

– Desta forma, com base nas leis de Deus, proponho que todos os serviços para animais, estabelecidos em lei, considerados supérfluos, e aqui já excluo os serviços veterinários, e todos os produtos para animais, sejam eles rações, ossinhos e petiscos, casinhas e acessórios, caminhas, cosméticos, coleiras, guias, roupas, caixas e bolsas de transporte, artigos de adestramento, produtos de higiene e limpeza, incluindo hidratantes, desembaraçantes de pelo, e qualquer outro item usado por qualquer animal de estimação, sofram uma taxação de 250%.

– Duzentos e cinquenta por cento?

– Sim, presidente.

– Eu sabia que não estava errado quando escolhi você.

Votando A Lei do Cão

Por ser um fenômeno mundial, a votação da Lei do Cão, para a instituição do **IPPET (Imposto sobre Propriedade de Pets)**, pelo Maior Congresso Nacional do Planeta, suscitou um debate mundial.

No Brasil, a Sociedade Protetora do Ser Humano e o Movimento de Preservação do *Homo sapiens* declararam total apoio ao governo.

O mesmo aconteceu com alguns membros da Sociedade Protetora dos Animais, que sempre considerou um massacre à vida animal usar cães e gatos como se fossem bonecas que meninas escolhem como vestir.

Procurando um termo que misturasse esse ato, que eles consideravam uma barbárie e mais a transformação dos animais em bonecas, surgiu o movimento contra A "Barbierização dos Animais", em que questionavam se os donos já se haviam perguntado se seus cachorros ou gatos realmente queriam usar uma roupa, um sapato ou uma bijuteria?

Uma parte mais consciente de proprietários de cães e gatos concordou com a posição da Sociedade Protetora dos Animais, sendo decisiva numa votação que ficou em 50,5% a 49,5% a favor da aprovação da Lei do Cão na República Criativa, Ativa e Participativa do Brasil.

A lei passou a vigorar a partir de 1° de janeiro de 2024. Nos dois primeiros meses, os donos de lojas de produtos para animais de estimação reclamaram da queda nas vendas. Mas, logo depois, elas voltaram ao normal, segundo eles por um motivo simples. Aquele que ama seu animal de estimação não mede esforços e nem dinheiro para oferecer todo o carinho que ele merece. Desde então, o **IPPET (Imposto sobre Propriedade de Pets)** se tornou uma das mais importantes e justas fontes de arrecadação do país.

Brasil X Rio Grande

O final do ano se aproximava. O Brasil ainda tentava se organizar. O Rio Grande crescia com a exportação de arroz. Dentro das comemorações de 1° ano da Independência Gaúcha, e para inaugurar o novo uniforme da seleção gaúcha nas cores verde, vermelha e amarela, Moisés Canabarro propôs ao Brasil um jogo amistoso entre as seleções brasileira e rio-grandense.

O presidente aceitou o amistoso, o que não foi consenso entre os ministros e gerentes.

O Bispo Edir perguntou:

– Vamos lucrar quanto?

Vó Diva argumentou:

– Se for para o bem deles...

Webbie e sua equipe se propuseram transmitir.

Tião Boyrá propôs um bolão.

Probo propôs um jogo justo.

Bonzinho foi totalmente contra.

– Isso é golpe.

A decisão ficou com o Congresso Nacional, que aprovou o evento.

No dia 13 de dezembro de 2023, Brasil e Rio Grande se encontravam no Estádio do Clube Atlético Grenal, time que surgiu da fusão entre Grêmio e Internacional, exigida pelo General Canabarro para não dividir a nação por motivos contrários à união necessária para o bem-estar e harmonia do país. Essa foi a primeira das grandes revoltas dos cidadãos gaúchos, em relação à administração centralizadora e excessiva do General Canabarro. Dizia ele:

– A nação Gaúcha é uma só e, por tal motivo, não podemos ter disputas internas entre times de futebol. A rivalidade entre gaúchos fica, no máximo, em um joguinho de truco.

O estádio estava todo vestido de verde, amarelo e vermelho. Nenhum tom de azul, preto e branco. Nenhuma camiseta somente rubra. Torcedores que vestiram a camiseta tricolor do extinto Grêmio Foot-Ball Porto Alegrense ou a camiseta vermelha e branca, do extinto Clube Atlético Internacional, foram obrigados a retirar as camisetas sob pena de não entrarem no estádio e serem enquadrados na Lei de Segurança Nacional do Rio Grande. O clima que devia ser de festa tornou-se tenso entre os torcedores.

A seleção brasileira entrou desfalcada de Neybar, Romarinho, Eduardinho e Canabrava. O time gaúcho entrou completo. Foi um marco para a história do Rio Grande ver todo o estádio, cantando o Hino Farroupilha.

Essa emoção, sensível somente a quem é gaúcho, durou até os 35 minutos do primeiro tempo, quando Pozoba abriu o placar para o Brasil.

No intervalo, os torcedores cantaram o Hino Farroupilha com o objetivo de incentivar uma seleção pouco guerreira no primeiro tempo.

Aos 18 minutos do segundo tempo, Cheguerria cometeu uma falta maldosa em Carrasco, tirando o jogador de campo. Dois minutos depois, Soarez acertou o travessão do goleiro brasileiro em um voleio inesquecível.

Aos 32 minutos, Soarez, grande artilheiro do extinto Grêmio, roubou a bola no meio-campo, e o time gaúcho partiu para o contra-ataque com quatro atacantes, contra três defensores do Brasil. Estavam Falcão, Osíres, Cesário, antigos atletas do extinto Clube Atlético Internacional. Falcão pediu a bola. Osíres pediu a bola. Cesário pediu a bola. Mas Soarez permaneceu com ela. Driblou o primeiro brasileiro, o segundo brasileiro e perdeu a bola para Garrinha, o terceiro, que lançou a bola para João Santos, que driblou o primeiro gaúcho, o segundo gaúcho, o goleiro gaúcho e meteu para o gol.

Aos 34 minutos do segundo tempo, Brasil 2 X Rio Grande 0.

Aos 35 minutos, um silêncio triste no estádio.

Aos 39 minutos, as primeiras vaias.

Aos 43 minutos somente um canto era ouvido em todo o estádio. Um grito que os governantes gaúchos não sabiam se era de protesto, ironia, ou indignação.

– Ahhh, sou brasileiro com muito orgulho, com muito amor!

Aos 49 minutos do segundo tempo, o juiz paraguaio Joan Manuel Tranquera deu o apito final.

Brasil 2 x 0 Rio Grande.

O resultado no jogo e nas arquibancadas desagradou a alta cúpula gaúcha. Vários torcedores foram presos pela **Polícia de Proteção às Tradições Gauchescas**.

No Brasil, muitos cidadãos passaram o Natal sem sua picanha, maminha, costela, alcatra, pernil e arroz à grega, porque, pela primeira vez, desde a assinatura do Tratado do Arroz Carreteiro, o Rio Grande não enviou sua cota devida de carne e arroz para o Brasil.

No final de 2023, as relações entre os dois países não poderiam ser consideradas seguras.

2024

A GUERRA DOS BRÓCOLIS

Décimo quarto ou décimo quinto salário para deputados, brigas pelo poder, gastos inúteis do governo, disputa por ministérios, mordomias para senadores.

Não é preciso raciocinar muito para concluir que esses assuntos não faziam mais parte das notícias ou do cotidiano dos brasileiros quando 2024 chegou.

O presidente percorria o nordeste brasileiro com seu gabinete presidencial móvel. Estava em Maceió. Tinha o mar azul da Praia de Pajuçara ao fundo com dez ou doze jangadas navegando. Ao redor dele, na areia da praia, Vó Diva, Tião Boyrá, jangadeiros, ambulantes, moradores, membros da prefeitura, brasileiros e alagoanos para o lançamento do **Programa Brasil Veg** e dos **Edifícios-Horta**, pensados desde o início de 2023, durante a Crise da Carne.

Não se tratava de um projeto ou programa com grandes construções ou gastos. Simplesmente, mudança de hábitos, práticas e atitudes, baseados na crença de que **muita gente fazendo coisas pequenas, em lugares pequenos, muda um país e o mundo**.

Ainda no primeiro semestre de 2023, o Ministério dos Avós lançou uma campanha, divulgando receitas com gosto de comida de avó. Como ingredientes: verduras, legumes e frutas. Tudo criado pela **Secretaria de Receitas e Comidas de Vó**, com a garantia de que os pratos, além de bonitos, incríveis e deliciosos, eram saudáveis e, em alguns casos, medicinais.

Com extrema competência e sabedoria, trataram do aproveitamento de talos e folhas de verduras que antes eram desperdiçados, criaram esculturas com verduras e legumes e prepararam peças publicitárias muito engraçadas.

Em uma das peças, criadas pelo MINP, uma garota que nunca havia comido brócolis, tomate, ervilha, quiabo ou qualquer outro tipo de fruta, verdura ou legume se olhava no espelho com olheiras, cabelos sem vida e a pele cheia de espinhas. Na cena seguinte, ela via outras garotas comendo frutas, legumes e verduras. Todas lindas. As cenas seguintes apresentavam a garota de olheiras comendo em diversas situações, diferentes frutas, legumes e verduras e virando o rosto para um fast-food, a carne e as comidas industrializadas. O filme terminava com ela se olhando no mesmo espelho do início, mas agora o que tinha à sua frente era uma menina linda.

As peças publicitárias dirigidas para os garotos uniam o poder das verduras e legumes à masculinidade e força. Em uma das peças, dois garotos apareciam na praça de alimentação de um shopping. Um deles comia um hambúrguer gorduroso. Outro, um prato gigante de salada. Cada um em uma mesa. De uma "saladaria" saía uma garota linda. Era a garota do comercial anterior. Na praça de alimentação, somente dois lugares vagos. Um na mesa do garoto que comia o hambúrguer gorduroso e outro junto à mesa do garoto que comia salada. Ela se dirigia para o lado dos dois. Os dois olhavam torcendo para que ela sentasse ao lado. Tensão por alguns segundos até que ela, sem nenhuma dúvida, optava por sentar à mesa do "garoto salada". A história terminava com os dois juntos, já mais velhos, com seus filhos, ao redor de uma mesa colorida pela fartura de frutas, legumes e verduras.

O sabor das receitas e a comunicação perfeita criada pelo MINP fizeram do programa um sucesso.

As cozinheiras aposentadas, que antes permaneciam em casa, postavam vídeos com receitas de infância. As avozinhas, da Secretaria de Receitas de Avó, com suas receitas deliciosas, se tornaram as personagens preferidas das crianças, tomando o lugar dos palhaços idiotas que as convenciam a comer os hambúrgueres venenosos das redes de fast-food.

As crianças começaram a implorar por brócolis, cenoura, alface, tomate, acelga, couve-flor, chuchu, beterraba, escarola e outros. A venda de fogões a lenha, para dar aquele sabor de roça à comida, aumentou nesse período inicial em 358%. Já no final do ano de 2023, mesmo com as festas de Natal e Ano-Novo, o consumo de carne e derivados apresentou uma queda de 28% em relação ao ano interior. Já a busca por verduras e legumes aumentou em 196%.

A carne da Freeboi não fazia mais falta. As doenças coronarianas começavam a diminuir. Os gastos com saúde, também.

Mas, se alguns problemas foram resolvidos, outros surgiram. Com o aumento no consumo de legumes e verduras, passou a faltar até jiló nas feiras e supermercados.

Nos três primeiros meses de 2024, o vídeo mais acessado na internet era o de duas crianças brigando em um supermercado pelos últimos brócolis no expositor.

O ministro Tião, em sua sabedoria direta, disse:

– A comida tem que estar perto do povo. Não dá pra plantar longe e o transporte ficar caro. Se tem o hábito de comer a verdurinha e o leguminho, tem que voltar o costume saudável e muito antigo de mexer na terra, trabalhar na horta, plantar e colher seu próprio alimento. Só não pode faltar alimento e vitamina na mesa da criançada. Vamu trabaiá no ritmo da natureza. Ela tem que ser nossa parceira. Onde há terra, não pode faltar comida.

Educação Verde

O ministro Probo e sua equipe apresentaram, e logo colocaram em prática, uma solução educativa. Webbie e seu coletivo apresentaram uma solução tecnológica: **os edifícios-horta**.

Nas ações de educação, aproveitando o poder de administrar um bairro, dado às escolas a partir do final de 2022, e seguindo os princípios da nova administração de dar **"Poder ao Local"**, todo terreno livre, próximo a uma escola, foi transformado em horta. Todo o processo, desde a colocação das sementes na terra, passando pelas técnicas de compostagem, até a colheita e a distribuição para suas próprias casas ou para a vizinhança ao redor da escola era feito pelos próprios alunos e professores, dentro da disciplina de **"Mãos na Terra"**, que veio a dividir a grade escolar com outras matérias. Para os alunos de 2° e 3° anos do Ensino Médio, ela substituiu todo o tempo destinado para aprender trigonometria, passando inclusive a ser tema de questões no vestibular.

A solução de Probo procurava aliar a organização e o comprometimento da população, à educação e a incentivos legais e premiações para aqueles que contribuíssem, ao invés de punir os que não contribuíssem com a proposta.

Toda horta, por menor que fosse, foi incentivada a ser cultivada em casa. A frase lema era: "Tem espaço em sua casa para um pé de salsinha, plante". **No lugar de animais, houve o incentivo para amar plantas. Para ter "Pet Hortas" e "Plantas Pet"**.

E assim nasceu o desconto progressivo no IPTU – o imposto que se paga para que uma casa "more" em uma cidade – para aqueles que cultivassem hortas caseiras.

Os Edifícios-Horta

Os edifícios-horta, imaginados e desenvolvidos por vários coletivos dentro do MINP e colocados em pé pelos soldados e engenheiros comandados pelo General Bonzinho, eram estruturas cilíndricas verticais com cerca de 30 metros de altura, produzidas em ferro e plástico reciclados. No meio, uma coluna de aço reciclado com cerca de 2 metros de diâmetro dava sustentação a várias "floreiras" a céu aberto, onde eram cultivados legumes e verduras que exigiam pequenas áreas e pouca profundidade do solo.

As "floreiras" por serem giratórias, proporcionavam luz às plantas durante todo o dia. No caso de chuvas fortes ou geadas, grandes panos de proteção eram acionados automaticamente, baixando a quase zero a possibilidade de perdas. Isso também garantia um preço justo durante todo o ano e impedia a especulação por parte de produtores maiores.

A estrutura, fácil de ser desmontada e removida, podia atender diferentes comunidades, conforme suas necessidades.

A produção descia por um sistema de elevadores manuais, sem qualquer gasto adicional de energia.

Os andares eram locados para produtores particulares, preferencialmente locais, que se responsabilizavam pela produção orgânica e pela distribuição em um determinado raio previsto pela administração local. Outros produtores e as escolas representavam um volume maior na produção de hortaliças, mas os edifícios-horta se tornaram totens de celebração à saúde e prevenção de doenças através de uma boa alimentação.

– Na mesa dos brasileiros, nós queremos saúde e não mais o veneno dos agrotóxicos – disse o presidente, finalizando o seu discurso e a inauguração de mais um edifício-horta.

Pouco depois recebeu uma ligação do Ministério da Fazenda, Economia e Disciplina. Era o Ministro Edir Niero.

– Não aguento mais esse seu amigo jogador de truco e pôquer tentando me convencer a comprar moeda chinesa. Pra quê? Não para de dizer pra eu trocar as reservas de dólar por iene chinês, sem que ninguém note. O que eu faço?

– Faça o que ele está dizendo, mas arrisque só a metade das nossas reservas.

As Buscas Por Vadiane

A apresentação de mais um edifício-horta não ganhou tanto destaque na mídia brasileira porque boa notícia não interessa para a imprensa. Outras notícias dominavam os noticiários, as páginas da internet, as redes sociais ou as conversas no bar.

O número de viciados em crack e de overdoses por cocaína havia aumentado assustadoramente entre 2023 e 2024. As guerras pelos pontos de tráfico aumentaram. Chacinas já eram transmitidas ao vivo pelos programas policiais.

Também trataram da falta de arroz na mesa dos brasileiros, causada pelo atraso no envio por parte do Rio Grande, dentro do Tratado do Arroz Carreteiro. Reclamavam da pequenez brasileira e da fraqueza do governo nesta queda de braço com um país menor.

A corrupção, por mais que a honestidade e novos valores fossem incentivados, ainda existia.

No mês de março de 2024, a grande vilã no Brasil era Vadiane Alves, prefeita de uma pequena cidade do interior do estado do Sergipe. Vaidosa, fez plástica no nariz, colocou silicone nos seios e na bunda, viajou e construiu um palácio para si com o dinheiro que deveria ser destinado para a merenda das crianças carentes nas escolas públicas da cidade.

Cega por sua soberba, organizou festas luxuosíssimas e luxuriosíssimas com o dinheiro destinado à saúde de velhos, jovens, adultos e crianças.

Foragida, era a bandida n°1 na lista de procurados da Polícia Federal do Brasil, da Interpol e do FBI. O Brasil estava em busca da loira, de pele branca, que sempre fez questão de estar com as unhas pintadas de vermelho, combinando com o vermelho do batom que usava.

Queda de Braço

Uma semana depois, em uma reunião entre os ministros Edir Niero, Sávio Probo e o presidente, ficou decidido que, enquanto o Rio Grande não cumprisse com o que fora acertado no Tratado do Arroz Carreteiro, o Brasil aumentaria os impostos sobre os produtos provenientes do petróleo vendidos ao país vizinho. Isso não assustou Moisés Canabarro. Pelo contrário, a medida brasileira o ajudou.

Com a volta de milhares de gaúchos ao Rio Grande, durante o ano de 2023, ele enfrentou uma luta interna entre aqueles que pregavam a preservação das Matas de Araucárias e o que restava do Pampa Gaúcho e aqueles que precisavam de grandes áreas para plantar ou cultivar o gado que veio do Brasil.

Nessa luta, a palavra final foi de Canabarro.

– Entre satisfazer as frescuras dos ecologistas e encher o bucho de nossa gente, fico com a segunda opção. Desmatem. Plantem seu arroz e criem o gado.

A medida deu certo em partes. Em 2023, o Rio Grande se tornou o maior produtor de arroz do planeta e o terceiro maior exportador de carne, reproduzindo muito bem as cabeças que chegaram do Brasil e se estabeleceram nas regiões de Santana do Livramento e Alegrete.

Mas 2024 se revelava um desastre. Havia dois meses que não chovia mais de 2 mm constantes no país. As cabeças de gado começavam a morrer e a safra de arroz corria o grande risco de não ser novamente a maior do planeta.

A violência com furtos, roubos e mortes em Porto Alegre aumentava.

Apesar da oposição da população, que pedia que a riqueza arrecadada com as exportações do ano anterior fosse destinada a resolver esses problemas que começavam a preocupar, Canabarro teimou em investir tudo no Programa **"O Petróleo é Gaúcho"**.

Não importava mais o alimento na mesa do povo gaúcho. Para Canabarro e seus ministros, era uma questão de honra encontrar petróleo para não depender mais do Brasil. E isso não era um sonho.

Ainda em 2022, no início de seu governo, estudos da URG (Universidade do Rio Grande) apontaram grandes jazidas de petróleo a serem exploradas a 80 km da costa do país.

Canabarro não perdeu tempo. As perfurações começaram rápido. Estavam adiantadas. Em poucos meses, em seu pensamento visionário, o Rio Grande seria autossuficiente na produção de petróleo.

Um mês se passou sem que se chegasse a um acordo. As pressões dos brasileiros que já sentiam a falta do arroz para combinar com o feijão aumentavam.

A tensão era ainda maior nos estados de Santa Catarina do Sul e Paraná, onde, incentivados pela prosperidade do Rio Grande e pelo Movimento "O Sul é o Meu País", aumentavam os sentimentos e os movimentos separatistas, patrocinados pelo General Canabarro.

Isso levou o presidente, em 10 de junho de 2024, a assinar, por sugestão do General Bonzinho, o **Ato Institucional n°6 que extinguia todos os Centros de Tradições Gaúchas no Brasil e considerava crime de insubordinação a reunião de dois ou mais gaúchos ao redor de uma cuia de chimarrão.**

Como uma forma de aliviar o clima tenso, o ministro Sávio Probo e o presidente Vitor foram até o Rio Grande para coordenar novos diálogos e uma tentativa de acordo.

Na reunião, comentaram que caso o fornecimento de carne e, principalmente, arroz para o Brasil não fosse reativado, conforme previsto no Tratado do Arroz Carreteiro, o Brasil deixaria de fornecer energia elétrica para o país vizinho. O presidente e o ministro Probo retornaram para o Brasil com um acordo. A carne e o arroz voltariam à mesa dos brasileiros, mas com uma diminuição de 20% no fornecimento por parte do Rio Grande.

O acordo foi celebrado. Mas o assunto principal ainda era a caçada à Vadiane Alves, que passou a ser conhecida como Prefeita Afetação. Um ódio aflorava na população que queria vê-la atrás das grades. A Polícia Federal espalhou seu retrato pelo mundo e ofereceu uma recompensa de US$ 100.000 para quem a encontrasse.

O presidente pediu todo o esforço do Ministro Probo para prendê-la e, em seguida, partiu para o Amazonas, onde, conforme agendado no ano anterior, deveria se encontrar com os índios que optaram por voltar à sua vida antiga para viver em paz e redescobrir a medicina da floresta e de seus ancestrais.

No dia 5 de julho de 2024, Vitor e Tião Boyrá alcançavam as nascentes do Rio Urubaxi.

No local, nenhum índio presente. Somente algumas palavras escritas em uma Samaúma, numa linguagem que nem o presidente, nem Tião ou qualquer um dos guias que estavam com eles conhecia.

Fotografaram o tronco da árvore rabiscada e enviaram para um estudioso de línguas indígenas do Museu Paraense Emílio Goeldi, em Belém. Dois dias depois, ele enviou a tradução.

"Nada ainda. Contem 49 luas, 366 alvoradas e quando a grande estrela vermelha estiver no alto do céu, estaremos aqui" Em resumo, era para voltarem ao mesmo local, no mesmo horário, em 5 de julho de 2025.

Brasil e China: Sócios

Quando retornaram, o país ainda falava das buscas à Vadiane.

A notícia só deixou por pouco tempo as manchetes, quando o governo chinês, no dia 26 de agosto de 2024 ao ver o planeta totalmente dependente de seus produtos eletrônicos, aumentou o valor de sua moeda e elevou as taxas de impostos para os produtos produzidos no país. Resultado: o produto chinês, antes considerado barato e fácil de ser encontrado em qualquer lojinha do planeta, tornou-se caro e difícil de ser encontrado.

Os Estados Unidos, a Europa, a Índia, a Austrália, o Canadá, e tantos outros continentes ou países entraram em desespero. Todos haviam se tornado reféns da nova potência do Planeta Terra. O Brasil, com uma grande reserva de moeda chinesa, menor apenas do que a da própria China, tornou-se quase sócio dela.

O presidente ligou para Perdiga, seu velho amigo, campeão de pôquer e truco, a mais nova estrela do Ministério da Fazenda, Economia e Disciplina.

– Parabéns, meu rei, e obrigado pela sugestão. Mas o que fez você deduzir que eles iam fazer isso?

– Ah, véio. Os caras estavam escondendo carta e blefando. Aí me perguntei: se não tinham mais matéria-prima, iam conseguir comprar como de outros países com carta baixa? Logo vi que essa história de preço baixo da grana deles uma hora ou outra ia passar. Peguei o blefe na hora.

Para acalmar a população faltava apenas encontrar Vadiane.

O Mundo Quer o Congresso Nacional do Brasil

Quando o 7 de setembro de 2024 chegou, o imenso buraco e alguns escombros que ficaram do estouro da bomba e da queda do avião ainda estavam intactos, como se fossem algo perigoso e infectado em que ninguém queria ou tinha coragem de tocar.

A data passou em branco. Nenhuma comemoração. Nenhuma lamentação. Nenhuma homenagem. Era apenas algo de que o Brasil não queria lembrar.

Havia apenas um futuro para construir e um presente. Um novo presente que outras partes do planeta quiseram conhecer. No dia 8 de setembro de 2024, presidentes ou primeiros-ministros dos Estados Unidos, Alemanha, Canadá, França, Itália, Japão e Reino Unido, desembarcavam no Aeroporto Internacional Juscelino Kubitscheck, em Brasília, para conhecer o Novo Brasil e conferir de perto o funcionamento da maior democracia e do Maior Congresso Nacional do Planeta Terra.

Era uma resposta desses Chefes de Estado às centenas de manifestações de cidadãos norte-americanos, europeus, canadenses, japoneses e de tantos outros países do planeta que passaram a exigir uma organização democrática semelhante à ultra democracia brasileira.

Em uma pesquisa do *New York Times*, publicada na edição do domingo, dia 1° de setembro de 2024, o novo Congresso Nacional Brasileiro aparecia como mais respeitado do que a Rainha da Inglaterra ou a honestidade dos suíços. Com a visita, o Brasil deixava de ser sinônimo de samba, futebol e bunda de mulata, para se tornar exemplo para o planeta de uma nova organização democrática e de um novo formato de república.

Nos anos que seguiram, 32 países passaram a usar a mesma organização e procedimentos do Congresso Nacional do Brasil, mas ainda assim o país não deixou de ter o maior Congresso Nacional do Planeta Terra.

Somente a partir de 10 de setembro de 2024, quando os presidentes voltaram a seus países, a Polícia Federal, até então preocupada com a segurança dos Chefes de Estado, retomou as buscas à Vadiane.

Um Novo Santo

O gabinete móvel da presidência seguiu viagem pelo nordeste brasileiro. Cruzou a caatinga nordestina, com seu solo fértil, mas seco. Viu a riqueza nas ruas próximas ao mar das capitais litorâneas e a pobreza nos bairros periféricos. Ouviu o repente dos cantadores, seguiu as procissões nas pequenas cidades, adormeceu ouvindo as ondas breves do Rio São Francisco. Percorreu as estradas cercadas por canaviais e assentou em movimentos de sem-terra e sem-teto.

No Piauí, o presidente reencontrou-se com a inteligência simples do ministro Tião Boyrá que, meses antes, havia sugerido a um bispo da região a criação de um Santo Padroeiro que formasse um casal com a Santa Padroeira do Brasil, Nossa Senhora Aparecida.

– Mas, Tião, isso é um pecado, um sacrilégio, disse o bispo seis meses antes.

– Sacrilégio por quê, seu Padre? Nossa Senhora Aparecida merece um namorado pra esquentar a vida dos fiéis católicos, que tá muito capenga.

– E qual seria o melhor namorado, Tião?

– Ói, seu Padre. Na minha opinião, o melhor seria São Judas Tadeu. Trabalhador. Se o senhor olhar nos santinhos dele, bonito, e acima de tudo lutador, guerreiro e esperançoso, que nem o povo brasileiro e, por isso, é o Santo das Causas Impossíveis. Quer par melhor? Além disso, essa história de ter só uma santa muié é muito feminismo. Por que não dá pra ter um santo homem também?

Dias depois uma imagem gigante de São Judas Tadeu começou a ser construída em uma pequena cidade, junto ao Parque Nacional da Serra da Capivara.

Em pouco tempo, uma lenda se espalhou pela comunidade. Tadeu e Aparecida apaixonaram-se. Ele branco. Ela negra. Ambos, sempre dedicados a ajudar o próximo, nunca tiveram filhos. Viveram um amor tão puro que morreram castos.

A estátua do Santo das Causas Impossíveis foi inaugurada em outubro de 2024 e, desde então, passou a ser venerada e visitada por grandes esportistas que pediam sua bênção na busca de novos recordes ou por jogadores ou pilotos que buscavam mais vitórias. Pousadas e hotéis surgiram em vários outros municípios da região para receber esportistas de todo o mundo que, além de buscarem as bênçãos do santo para seu próximo desafio impossível, também usufruíam de um número imenso de opções para a prática de esportes radicais, a ponto de, no verão de 2026, o Piauí ser o estado do nordeste brasileiro que mais recebeu turistas estrangeiros.

Finalmente, Vadiane!

12 de outubro de 2024. Onze horas da manhã. Milhares de turistas aproveitavam o domingo de sol na Praia de Boa Viagem, em Recife, quando foram surpreendidos pela imagem de um helicóptero preto, sem identificação.

As mãos largaram os sorvetes, os tubos de protetor solar, os copos de caipirinha, água de coco, refrigerante ou água e passaram a filmar a nave e suas acrobacias.

O helicóptero bailou por cerca de dois minutos, até parar a cerca de 200 metros da praia.

Aqueles que filmavam ou aqueles que simplesmente olhavam viram a figura de uma mulher loira aparecer na nave sem portas, assim que seu capuz foi jogado ao mar. Estava nua, pintada de vermelho. Possuía quatro bolsas de plástico amarradas na cintura de onde pingava também um líquido vermelho e outras quatro no pescoço, de onde escorria esse mesmo líquido.

Depois de seis horas encapuzada, Vadiane via a luz do sol.

Da noite anterior, lembrava-se somente de estar tomando um coquetel de frutas com um bonitão que apareceu na casa de uma família poderosa do Maranhão, onde estava escondida.

Quando atirada ao mar, Vadiane pensou fazer parte de algum programa de televisão ou um "reality show", o que era muito comum entre pessoas famosas e que, como ela, sempre repetiam a seguinte frase ao receber críticas por sua ostentação:

– Falem mal, mas falem de mim.

Assim que caiu na água, uma mancha vermelha e espessa se formou ao redor de seu corpo, contrastando com o azul do mar pernambucano. De início, sem saber o que fazer, Vadiane ficou cerca de 5 segundos quieta. Mas logo em seguida, após se situar e ver para qual lado ficava a praia, passou a nadar. A essa altura, o helicóptero preto, já tendo partido, fora substituído por helicópteros de sites e emissoras de TV que já haviam reconhecido Vadiane. Ela acenou para as câmeras. Os programas policiais interromperam a programação e entraram com edições especiais. Transmissões online de quem estava na praia surgiram na internet.

Vaidosa, como sempre, vendo que o Brasil lhe assistia, parou um pouco para ajeitar os cabelos e se livrar ao menos dos sacos com sangue que colocaram em seu pescoço. Não entendeu o sentido daquilo. Teve toda a certeza de que fazia parte de um desafio. Não precisava mais fugir. Pensou:

– No Brasil se perdoa tudo. Ricos e celebridades não vão para a cadeia.

E ela era rica e, desde que todos viram sua beleza vulgar nas telas de TV, smartphones ou computadores, também era uma celebridade. Teve toda a certeza de que, logo que chegasse à praia, seria convidada para posar nua e apresentar um programa na internet ou na TV.

Nadou na direção dos prédios, tentando manter as braçadas e o estilo de uma salva-vidas que a inspirou em um seriado norte-americano quando ainda era criança, tinha os cabelos negros e andava com os pés descalços em sua cidade natal, no interior do Sergipe.

Sentiu uma pequena fisgada na perna direita, mas não perdeu o estilo das pernadas e das braçadas. Pensou ser uma câimbra. Mas não podia parar. Tinha que nadar na direção do sucesso. E não podia demonstrar dor ou perder a pose na frente das câmeras.

Sentiu a mesma fisgada na outra perna, na cintura e no braço esquerdo.

A dor começou a dilacerá-la. Quando viu as barbatanas, veio o medo e o terror. Levantou o braço direito. Ele existia somente do cotovelo para cima.

Os tubarões a degustaram aos poucos. Pareciam funcionários contratados para fazê-la sentir a mesma dor, o mesmo sofrimento, que cada morador, vítima de seus desvios de dinheiro, de sua corrupção, de sua ostentação e ego, sentiu. Perceberia em cada mordida, em cada pedaço que deixava de fazer parte de seu corpo, o quanto da carne e do sangue que sugou de cada um dos moradores daquela pequena cidade do interior do Sergipe.

Na praia, palmas soaram assim que ela afundou.

A Nova Lei Anticorrupção

Assim que a transmissão terminou, o presidente recebeu uma ligação. Estava no Ceará. Era o ministro Sávio Probo.

– Você tem alguma coisa a ver com isso?

– Não.

O presidente desligou e, imediatamente, ligou para Pataba, um ex-gerente responsável por criativas execuções de caguetas, noias e inimigos.

– Pataba.

– Opa, Vitão.

– Você tem alguma coisa a ver com a morte dessa prefeita corrupta?

– Aãããã?

– Pataba, fiz uma pergunta.

– Pô, patrão, o pessoal só se enrolava. A Polícia Federal não conseguia achar a vadia. Coloquei o pessoal pra trabalhar. Contratei o Valtair, aquele bonitão, que conseguia pegar qualquer mulher. Fui buscar a sem-vergonha numa comunidade no fim do mundo. Quando a comunidade viu que prendemos a bandida, fizeram até questão de me dar um leitãozinho. Ia entregar a sem-vergonha pra polícia, mas, quando vi que estava com ela e com o leitãozinho, não suportei. Matei o bichinho, passei seu sangue no corpinho gostoso dela, amarrei uns saquinhos furados com sangue no pescoço e na cintura. Era só pra assustar, mas aí vi a barbatana de um tubarão na praia, não me contive e joguei pra ver no que dava. Mas era só pra assustar, tipo dar um tiro na perna, cortar um dedo. Só pra ela se ligar. Não imaginei que tivesse tanto tubarão naquela região, Vitão! No fundo, a culpa foi dela. Se nadasse mais rápido e melhor, vivia até hoje.

Dois dias depois, logo no início da manhã, um vendedor de queijo coalho, que caminhava junto ao mar, viu um dedo indicador direito, com a unha ainda pintada de vermelho e um farto anel de brilhante na altura do metacarpo. Não teve dúvidas a quem o dedo e o anel pertenciam. Refletiu e fez o que acreditava ser um compromisso cívico. Tirou o anel para vender e enviar o valor arrecadado para a cidade pobre do Sergipe. O dedo direito, ainda com a unha pintada de vermelho, devolveu ao mar e aos tubarões para que, no Brasil, não sobrasse sequer uma unha de gente corrupta como Vadiane.

O Comitê de Sustos Radicais

As imagens, as cenas chocantes e tudo que envolveu a morte de Vadiane inspiraram no Congresso Nacional a criação do **Comitê de Sustos Radicais** e da **Lei Boa Viagem**, sugerida, criada, debatida, lapidada e votada rapidamente. O presidente, frente à vontade popular, só pôde sancioná-la.

Pela nova lei, aplicada a qualquer um que desviasse ou roubasse dinheiro público, caberiam medidas sociorradicais, com o objetivo de assustar o criminoso ou criminosa.

Essas medidas começavam com desafios "leves", como o imposto a Vadiane, e seguiam para outros mais repreensivos e punitivos, conforme a reincidência do corrupto.

Seguindo o que previa o artigo 5°, inciso VII, da nova lei anticorrupção, também chamada de Lei Boa Viagem, como medida socioeducativa o infrator passaria por um banho de sangue de porco, e seriam presas às suas nádegas, pescoço e cintura bolas furadas contendo sangue. O corrupto, posteriormente, seria jogado de um helicóptero no mar, a uma distância de 1 km da Praia de Boa Viagem. Com o argumento de que ficava sob a competência do infrator alcançar a praia ou vencer o desafio radical proposto, tal medida ficou longe de ser considerada uma pena de morte.

Desde a criação do Comitê de Sustos Radicais, somente Diego Valente, um ex-campeão de natação que se tornara um funcionário público corrupto, conseguiu alcançar a areia. Usufruiu, por um tempo, de certa fama, alimentada pela imprensa marrom. Mas, dominado pela vaidade e pelo vício da corrupção, reincidiu em outro caso de desvio de dinheiro público, sendo submetido a um novo desafio. A ele, aventureiro corajoso, foi dado o desafio de pular do Braço Direito do Cristo Redentor com um paraquedas de 30 cm de diâmetro. Infelizmente para ele, e felizmente para os bolsos da nação, não conseguiu repetir a mesma sorte e competência do desafio anterior.

É importante esclarecer que ao Comitê de Sustos Radicais cabia unicamente a criação e administração dessas medidas socioeducativas, inspiradas em esportes radicais. Seu lema era: **"Se tem a coragem de roubar o dinheiro público, deve também ter a coragem para enfrentar desafios ainda mais excitantes e perigosos"**.

Com o tempo, os desafios foram ganhando características regionais. Na região pantaneira, entre o Mato Grosso e o Mato Grosso do Sul e alguns estados do Norte, um dos sustos radicais preferidos era trancar o corrupto ou corrupta em um quarto totalmente fechado, junto a uma jiboia ou sucuri com, no mínimo, 8 metros de comprimento, que estivesse sem comer há seis meses. Nem mesmo um corrupto que foi campeão de halterofilismo conseguiu vencer esse susto radical.

As Clínicas Para Tratamento e Recuperação de Corruptos

Os sustos radicais passaram a ser transmitidos ao vivo e foram responsáveis por uma diminuição considerável no número desta espécie perigosíssima de parasitas, a dos *Corruptos brasiliensis.*

Os sustos foram úteis, mas foram distorcidos. Alguns brasileiros, em busca de fama, passaram a roubar o dinheiro público, na esperança de se tornarem celebridades, ao saírem vivos de um "susto radical". Observou-se que ganância, corrupção, insegurança e vaidade têm uma relação forte entre si, sendo consideradas um vício a ser tratado da mesma forma como alguns tratam o vício dos "alcoólatras", "maconhólatras", "cocainólatras", "crackólatras", "cocacólatras", ou qualquer outra tóxico-dependência.

O Comitê de Sustos Radicais continuou existindo por muito tempo. Paralelamente ao seu brilhante trabalho, já em meados de novembro de 2024, o presidente e o ministro Sávio Probo entraram em sintonia de comunicação com a população e o Maior Congresso Nacional do Planeta Terra para apresentar as **Clínicas para Tratamento e Recuperação de Corruptos** e outras medidas alternativas para tratar a corrupção e a falência moral do ser humano.

Antes que Probo explicasse e detalhasse as clínicas e as novas medidas, o presidente discursou.

– Irmãos e irmãs, honestos e honestas! Se é que existe um dinheiro a ser respeitado, esse deveria ser o dinheiro público. Ele vem do suor do homem e da mulher que trabalharam, do comerciante que vendeu produtos, da escola que pagou pela prestação de serviço, da professora que teve a paciência de aguentar alunos que muitas vezes não querem aprender e não querem estar em uma sala de aula, do trabalhador que teve o imposto já descontado na sua folha de pagamento ou do empresário que produziu.

Há nosso sangue e nosso suor no dinheiro proveniente dos impostos. Por isso, de forma alguma, podemos aceitar que esse dinheiro tenha qualquer outro destino que não seja o de servir ao bem do nosso povo, sem nenhum centavo perdido, desviado ou desperdiçado.

Por isso com uma alternativa para as ações do Comitê de Assuntos Radicais, estamos aqui para propor medidas preventivas, que, deixo claro desde já, não excluem as ações do Comitê de Sustos Radicais, para o tratamento desses viciados em dinheiro e corrupção que hoje conhecemos como corruptólatras.

Probo Fala

O presidente deu a palavra ao ministro Sávio Probo, que passou a detalhar as novas ações e medidas que mudaram a história do Brasil e que ficaram conhecidas como **"O Plano Probo"**.

Iniciou explicando como funcionariam as Clínicas para Tratamento e Recuperação de Corruptos.

Tentando trabalhar com a prevenção e os princípios humanitários, para que os corruptos não tivessem "sustos" futuros, elas eram indicadas tanto para aqueles que sentiam alguma predisposição para a corrupção quanto para aqueles que já se viam tomados pelo vício.

Seguindo estudos e pesquisas de corruptólogos de respeito e do Centro de Corruptologia da USP (Universidade de São Paulo), as Clínicas para Tratamento e Recuperação de Corruptos, gananciosos, ou viciados em dinheiro, possuíam várias fases para o tratamento, conforme o grau de dependência física, química ou psicológica do corrupto ou corrupta.

Com subsídio de um governo ciente de que todas as medidas são baratas, se comparadas às perdas causadas pela corrupção em um país, o tratamento podia ser feito tanto pelo serviço público de saúde quanto pelos planos de saúde privados.

Todo funcionário público ou todos aqueles que trabalhassem com o governo assinavam um termo declarando que estavam cientes de possíveis sustos radicais ou internação nas clínicas, se detectado qualquer desvio de dinheiro público.

Nos casos de corrupção mais leve para corruptos primários, como servidores que furtavam a caneta ou o papel da repartição pública, matavam trabalho ou usavam do cargo para fazer pequenos favores, era indicado um tratamento psicológico, trabalhando questões relacionadas ao comportamento, às emoções, à motivação, aos relacionamentos sociais e em como cada um desses aspectos podia incentivar a corrupção.

Com palestras, treinamentos, terapia familiar e acompanhamento dos corruptólogos que tinham o papel de auxiliar este ser humano falível, buscavam-se alternativas para lidar com a vida sem a corrupção.

Na primeira fase de implantação das clínicas, todo funcionalismo público, assessores, ministros e o próprio presidente tiveram que passar pelo **Curso Obrigatório de Honestidade Pública e Estatal**. No currículo, um pouco da história da corrupção no Brasil, os males resultantes, técnicas de pechincha para diminuir orçamentos para a administração pública, teorias anticorrupção e formas corretas de organizar um orçamento. O mesmo curso era exigido para qualquer pessoa que fosse prestar serviço ou vender algum produto para qualquer órgão ligado à administração pública no Brasil.

Para aqueles que se encontravam numa fase mais aguda de intoxicação eram indicadas as internações escolhidas pelo próprio corrupto ou de forma compulsória pela família ou amigos, na tentativa de livrar alguém de uma medida radical. Nessa fase, entravam de fato as **Clínicas de Tratamento e Recuperação de Corruptos**, que em sítios ou fazendas, acolhiam e tratavam os corruptólatras por um período de seis a nove meses. Nesse período, o doente permanecia sem qualquer contato com dinheiro ou assunto que pudesse incentivar a corrupção, passando por um profundo processo de desintoxicação. Todo o processo envolvia o tratamento psicológico, psiquiátrico e com medicamentos alopáticos para conter o desejo e a fissura pela corrupção.

Após os primeiros seis meses, caso se verificasse um progresso no perfil do paciente, ele retornava para casa ou trabalho, tomando ainda medicamentos para controlar os sintomas da abstinência em corromper.

Na fase final do tratamento, aos poucos, o antigo corrupto passava a ter acesso ao dinheiro. De início, volumes pequenos, para que o grau de recuperação fosse medido, passando para volumes e responsabilidades maiores, até alcançar as atividades práticas, enfrentando situações de poder, definições sobre quem vai vender um produto ou prestar um serviço para o governo, sem o recebimento de caixinha, pixuleco, propina, ajuda, contribuição partidária, doação para campanha ou qualquer outro apelido dado pelos corruptos ao dinheiro do povo desviado de suas reais funções.

Com o passar do tempo, outras entidades não governamentais também passaram a auxiliar no tratamento. Uma das mais combativas e atuantes, criada em 2 de dezembro de 2024, foi o **CA (Corruptólatras Anônimos)**, que com seus 12 passos também ajudou a curar muitos safados, bandidos e usurpadores do dinheiro público.

No final de 2025, quando o Brasil passava por um momento de muita tensão, o depoimento emocionado do corruptólatra Josué Pompeu, um homem que para muitos não tinha mais solução quando o assunto era corrupção, ajudou muito a elevar o moral do povo brasileiro.

– Meu nome é Josué Pompeu. Hoje faz 1 ano, 4 dias, 10 horas e 11 minutos que não corrompo e não sou corrompido por ninguém. Admito que sou impotente perante o dinheiro, a ganância e a corrupção e que por isso perdi o domínio sobre minha vida e me prontifico inteiramente a deixar que Deus remova todos esses defeitos de meu caráter.

O Plano Probo nas Escolas

Preocupado com as novas gerações e o futuro do país, dentro do Plano Probo, substituindo o tempo gasto para ensinar logaritmos no Ensino Médio, foi instituída a disciplina Honestidade e Respeito ao Patrimônio Público nas escolas.

Mas Probo foi ainda mais longe. O respeito aos mais velhos e técnicas de grafitagem e não pichação substituíram a matéria de Química Orgânica.

Já a disciplina **Minha Cidade, Meu Futuro** substituiu História Geral, nos períodos em que os alunos deviam decorar as revoluções russa e francesa e Geografia Geral, em que os alunos deviam decorar as capitais de todos os países do planeta. Na nova disciplina, Minha Cidade, Meu Futuro, os alunos passaram a estudar a história da cidade, do bairro em que moravam e a definir ações práticas de modificações sociais. **No lugar de estudar Napoleão, aprenderam a ser heróis locais.** No lugar de saber o que aconteceu durante a revolução russa, francesa ou americana, passaram a ouvir as histórias dos mais velhos da comunidade. Cavaram as próprias raízes. Plantaram suas sementes. Colheram os frutos de todos.

Universidade na Bolsa

O Plano Probo também atingiu as universidades.

Entre as medidas punitivas para coibir a desonestidade, a fraude na entrega de TCCs (Trabalhos de Conclusão de Curso) passou a ser considerada passível de punição, segundo o Novo Código Penal Brasileiro. Trabalhos comprados de uma criminosa indústria de produção de TCCs e trabalhos escritos por outros que não o próprio estudante que viria a se formar passaram a ser considerados crimes hediondos.

Essa medida radical de Probo foi criada pensando em garantir o sucesso de outra proposta do governo: **o lançamento de ações das universidades públicas na Bolsa de Valores.**

A proposta, simples e prática, procurava resolver o eterno problema da falta de verbas para o ensino superior no Brasil e partia do princípio de que as universidades públicas e seus alunos têm a responsabilidade de entregar algo de positivo para o país.

Pelas regras, os acionistas que comprassem ações das universidades em que confiassem e acreditassem não teriam nenhum poder de voto, opinião ou intromissão nas decisões da entidade. Entravam como investidores e apoiadores na pesquisa científica, podendo ver seu dinheiro se multiplicar com uma descoberta revolucionária para a ciência e a venda dos royalties para outros países ou empresas por parte do Governo da República Criativa, Ativa e Participativa do Brasil.

Não eram doadores. Não eram mecenas. Eram sócios, eram parceiros em um negócio que buscava o desenvolvimento científico para o país.

Em uma parceria entre o Ministério da Fazenda, Economia e Disciplina e o MINP, ficou definido que 1 % de todo o lucro proveniente da especulação financeira fosse diretamente repassado para pesquisa e desenvolvimento de projetos científicos. Ninguém questionou quando o Ministro Probo perguntou:

– O que é mais importante: os dividendos daquele que deixa o seu dinheiro parado no banco, sem trazer retorno para a sociedade ou o dinheiro investido em um cientista que busca a cura de doenças e que busca melhorar a nossa qualidade de vida e desenvolvimento social?

Toda a verba arrecadada na bolsa ou com o novo imposto passou a ser administrada pelo **BNDI (Banco Nacional de Desenvolvimento e Inovação)**.

A Loteria das Ideias

Probo também anunciou a criação da **Loteria das Ideias**, em substituição à Mega-Sena e outros prêmios em que a sorte definia o ganhador. Nesse novo modelo de premiação, administrado pelo BNDI, seria vencedor aquele que apresentasse ao país uma grande ideia, junto a todo um projeto de viabilização, concretização e diminuição nos custos da obra. Não seria mais a sorte, os números, as estatísticas ou probabilidades que definiriam o vencedor. Seria a criatividade, a inteligência e a inimaginável capacidade que o ser humano tem de encontrar soluções para os problemas que ele mesmo causou.

Buscando a justiça e isenção total no processo, o ministro ainda explicou que para ser aceita como boa solução, como uma ideia ou projeto merecedor do prêmio, seria necessário receber o apoio de 90% do Congresso Nacional. Caso não houvesse escolhas, o prêmio acumularia seguindo a mesma lógica das loterias comandadas pela sorte. Como prêmio inicial, foi estipulado o valor de R$ 3.000.000,00, com aportes mensais de 5% sobre o valor destinado ao BNDI.

As Cadeias Ambulantes

Probo foi ainda mais longe. Sem precisar prender traficantes e, assim, tendo uma polícia com mais tempo para buscar somente os latrocidas, os homicidas, os ladrões de banco, os estelionatários, os ladrões de automóveis, de casas e tantos outros modelos de bandido que existem em qualquer país, e que atormentavam a cidade e o campo, aumentou também o número de bandidos presos e a necessidade de prisões maiores.

Completando as ações que envolviam justiça e educação no Brasil, Probo, em resposta àqueles que exigiam a pena de morte no país, apresentou a proposta das **Cadeias Ambulantes** perguntando:

– Pra que matar o bandido, se ele pode ser uma excelente força de trabalho?

Pelo projeto, as prisões, cadeias ou qualquer outra forma de guardar bandido tornavam-se itinerantes, estruturas móveis, fossem elas balsas para percorrer a região amazônica, trens ou grandes naves para percorrer os mais distantes pontos do país e colocar criminosos ou criminosas para trabalhar nos locais onde o Brasil precisasse de mão de obra pesada. As estruturas também poderiam ser transportadas para locais onde a criminalidade tivesse aumentado.

Fugas? Muito difíceis de acontecer, com a proteção do exército e com um novo sistema de rastreamento desenvolvido pelo MINP, capaz de detectar mudanças no pensamento dos bandidos. Esse **GPS MENTAL** funcionava de maneira muito simples. Qualquer mudança na adrenalina, no batimento cardíaco, na movimentação da retina ou no fluxo de ondas cerebrais, comuns a quem está pensando em aprontar algo, cometer algum crime ou fugir, era detectada por um sistema que alertava policiais e todo um sistema de monitoramento. Tentar fugir era possível. Mas ter sucesso ou permanecer vivo após a fuga era difícil. O GPS era instalado no bandido com ele desacordado.

A esses criminosos era oferecida a oportunidade de sobreviver se cooperassem. Mas, no caso de fuga, pesava o princípio do "Damos uma chance. A segunda, não". Para quem simplesmente tentasse a fuga ou fosse capturado após uma tentativa, valia a pena de morte, sem qualquer direito de julgamento, visto que aqui a culpa era presumida. Pena para fuga, morte imediata, sem necessidade de julgamento. Aos policiais que cooperassem com criminosos também valeria a mesma pena, baseada no princípio de que policial que coopera com bandido não é policial. É bandido duas vezes.

O sistema foi inspirado em uma dica do presidente.

– Com a bandidagem, meu irmão, você tem que estar sempre um passo à frente.

O Plano de Transparência do Congresso

O Maior Congresso Nacional do Planeta Terra foi ainda mais longe no **Plano de Transparência das Ações do Governo e de Combate à Corrupção** apresentado por Probo. Tudo começou com uma pergunta feita por um brasileiro e compartilhada nas redes sociais e nos fóruns de debate do Congresso. **"Se o povo pode ser filmado nas ruas, que são espaços públicos, por que os funcionários públicos também não podem ser filmados e gravados nas repartições públicas?"**

O debate levou ao surgimento da **Lei do Olho Grande, que previa a instalação obrigatória de câmeras e gravadores de voz em todas as repartições públicas.**

Para comprovar sua constitucionalidade, a nova lei se baseou no princípio da publicidade, previsto no artigo 5° da Constituição Federal.

O Maior Congresso Nacional do Planeta Terra foi ainda mais além, organizando grupos de voluntários para vigiar, em diferentes turnos, cada repartição pública do país. Isso porque todos sabem que é o olho do dono que engorda o gado. E, naquele momento, todos se sentiam, e verdadeiramente eram, donos do Brasil.

Como todo o projeto foi desenvolvido e executado em uma ação coletiva do MINP, em parceria com a sociedade organizada e os soldados do General Bonzinho, os custos foram mínimos e a instalação rápida.

Nas repartições públicas, emojis sorriam tendo abaixo as frases:

"Trabalhe, você está sendo filmado."

"Não roube, você está sendo filmado."

"Não se corrompa, os Irmãos Grandes estão de olho em você."

O sonho de Webbie, Webster e de todo o Coletivo Irmãos Grandes havia se tornado realidade. Não era mais o cidadão comum o vigiado e monitorado, ininterruptamente, por um governo totalitário, representado pela figura do *"BIG BROTHER"*, o Grande Irmão. Agora era o governo, o Estado e todos os seus funcionários os vigiados, monitorados e comandados pelos cidadãos, pelos *"BROTHERS BIG"*, pelos IRMÃOS GRANDES.

Da nova medida não escapou nem o funcionário público maior da nação. Câmeras e gravadores foram instalados no Gabinete Presidencial Móvel e no Palácio da Alvorada, onde se lia: "Sorria, você também está sendo filmado e gravado".

Todos podiam acompanhar as 24 horas do presidente. Com quem falava, com quem estava trabalhando, o que fazia, quantas horas dormia.

Esse dia-a-dia do presidente acabou tomando um novo caminho e tamanha repercussão que se tornou o ***reality show*** com maior audiência na história do Brasil. Recebeu o nome de **"A Vida do Presidente"** e rendeu inclusive o recebimento de direitos autorais para o país, com a venda do formato para emissoras de TV e portais de internet, que exibiram muitas ditaduras caírem e corruptos serem caçados, apresentando sua rotina.

Somente com uma emenda parlamentar, apresentada tempos depois por uma legião de fãs que sonhavam passar uma noite com o presidente, é que ele foi autorizado a dormir de portas fechadas e desligar a câmera de seu quarto durante a noite, desde que nenhuma palavra fosse ouvida.

Com a exposição e transparência da vida do presidente e os suspiros das fãs, os sites e órgãos especializados em fofocas sobre celebridades passaram a observar a falta de uma companheira para ele. Uma das perguntas mais ouvidas nas redes era: "Há quanto tempo ele não agarra alguém?"

No Palácio da Alvorada, ao fechar a porta, sem saber ou pensar no que falavam, ficando somente consigo e seus santos, e finalmente, sentindo a dor da solidão, o presidente Vitor pensava há quanto tempo, ele que se considerava um pegador, não tinha ao menos um minuto sozinho com alguma mulher. Parecia hipnotizado pelo país. Eram poucos, mas, nos únicos momentos em que se desligava do que era importante para a nação, apenas uma mulher lhe vinha à lembrança, Gisele.

Guerra

No vasto território da América Latina, cada país tentava, a seu modo, resolver seus problemas. A Argentina tentava se reconstruir do pós-guerra, o Chile, do último terremoto, o Paraguai do aumento da moeda chinesa, a Colômbia da peste que matou e acabou com todos os pés de coca do país, a Venezuela da invasão norte-americana e o Rio Grande do que o mundo passou a chamar de a **Peste Negra Gaúcha**. Seis meses de seca, acabaram com a plantação de arroz do país que fora o maior produto no ano anterior. O abastecimento de água nas cidades era precário. Havia mais de 5 meses que não chovia mais de 2 mm constantes no país. Metade das cabeças de gado estava morta, a safra de grande parte dos produtos agrícolas gaúchos estava toda perdida. Um povo que sempre se orgulhou da fartura em sua mesa corria o risco de morrer de sede e fome. Churrasco nos fins de semana se tornou um privilégio somente dos generais gaúchos.

O programa "O Petróleo é Gaúcho", do General Canabarro, revelou-se só um grande sonho. Mais da metade dos recursos do país haviam sido investidos nele sem que uma gota de petróleo fosse encontrada. E, mesmo que fosse encontrado, de pouco valeria, pois já estava se tornando obsoleto.

Refugiados gaúchos sofriam na periferia de São Paulo, com o preconceito dos açougueiros nordestinos, que a partir de 2023 dominaram o mercado da carne na capital paulista.

O Brasil sofria as consequências, como se fosse aquela pessoa próxima que recebe toda a carga de nossa raiva por uma culpa ou por um motivo criado por alguém distante.

Perto do final de 2024, hospitais de todo o país estavam repletos de brasileiros doentes com a pouca carne contaminada enviada pelo Rio Grande e pelo arroz dos produtores gaúchos que, lutando contra o ataque dos gafanhotos e outras pestes, ultrapassaram todos os níveis aceitáveis de utilização de agrotóxicos e defensivos na agricultura. O Rio Grande não exportou esse arroz para o mundo, mas enviou ao Brasil.

Em resposta, o fornecimento de energia para o Rio Grande foi cortado.

– Ficamos sem carne e sem arroz. Mas eles ficam sem luz e petróleo. – decidiu o Maior Congresso Nacional do Planeta Terra.

Moisés Canabarro não se intimidou. No dia seguinte, todos os meios de comunicação gaúchos exibiam sua barba grande, com o chapéu de couro e o lenço vermelho no pescoço para mais um discurso daquele que era considerado o gaúcho mais valente de todos os tempos.

– Se não temos luz, vamos viver como viviam os gaudérios do passado, com o mate sobre o fogo de lenha, o lampião a óleo e a comida charqueada pra não estragar pela falta da geladeira. Se não temos os carros que só nos engordam e poluem nossas cidades, voltemos a cavalgar. Garanto que será por pouco tempo.

Canabarro sabia do que estava falando, quando garantia para todo o seu povo que aquele período de sofrimento seria breve.

Em sua cabeça, o problema era o Rio Grande possuir um território muito pequeno para a grandeza do povo gaúcho.

O que faltava para que o Rio Grande fosse a maior nação do planeta era um território digno de sua gente, de sua raça, de sua hombridade, coragem, força e beleza. O maior e mais próximo era o Brasil.

Foi um pouco mais longe em seu pensamento e concluiu que o Brasil seria outro se fosse gaúcho. Teve o pensamento e de imediato se viu como O Salvador. Os pelos dos braços ficaram arrepiados. Os pelos da barba se arrepiaram. Os pelos de outras partes do corpo se arrepiaram. Canabarro, em êxtase, não conseguia parar. Todo um plano se desenhava em sua cabeça, como se fosse escrito pelo próprio Deus, o patrão de cima.

Não era em vão que recebera o nome de Moisés, Moisés Canabarro, o guia, o libertador, o escolhido para libertar o povo gaúcho e lhes dar de volta a casa que sempre foi deles.

A peste, a seca, as doenças, as durezas da vida, eram apenas provações que o povo gaúcho deveria vencer para mostrar a Deus ser realmente digno de um território sagrado.

Para surpresa do governo brasileiro, em 20 de dezembro, o Rio Grande entregou carne para o Brasil. Canabarro emprestou carne da Argentina.

O Natal foi tranquilo e farto. O Ano-Novo, de novidades. A primeira delas, já em seus primeiros segundos.

Na passagem de 2024 para 2025, tropas gaúchas invadiram os extremos sudoeste e sudeste do estado de Santa Catarina do Sul. Como declaração de um feliz ano novo, o Rio Grande havia declarado guerra ao Brasil.

2025

FELIZ ANO NOVO, BRASIL!

No final da madrugada de 1° de janeiro de 2025, quando o General Bonzinho, o Estado Maior Conjunto das Forças Armadas Brasileiras e o presidente conseguiram se reunir, os municípios de Itapiranga, Chapecó, Concórdia, Alto Bela Vista e Anita Garibaldi já estavam tomados pelas tropas gaúchas.

Antes de qualquer comentário, o General Bonzinho pediu desculpas ao presidente pela falta de atenção à movimentação gaúcha.

– Nunca imaginei que fizessem isso conosco, presidente.

Em seguida, usando um mapa digital, Bonzinho demonstrou como estava organizando o exército brasileiro para proteger a região.

De imediato, o 23° Batalhão de Infantaria de Blumenau, o 28° Grupo de Artilharia de Campanha de Criciúma, a 3ª Companhia do 63° Batalhão de Infantaria de Tubarão e o 14° Regimento de Cavalaria Mecanizado de São Miguel D'Oeste coordenavam as ações e já iniciavam a formação de linhas de defesa para que as forças de Canabarro não avançassem. Outras forças do Comando Militar Sul também se dirigiriam para a fronteira nos dias seguintes e, caso necessário, militares de outras regiões, envolvidos em obras de engenharia e construção do governo, também seriam convocados.

– Caso o presidente acredite ser conveniente, também podemos atacá-los com nossa Força Aérea.

O presidente não aceitou.

– Não quero atuar como um bandido. A população gaúcha não tem culpa por esta guerra. Vamos tentar resolver isso com diálogo. Vamos ouvir o que ele quer. Talvez queira apenas nos assustar para que voltemos a fornecer petróleo e energia ao Rio Grande. De qualquer forma, interrompa o fornecimento, através do GasBol. Se este maluco inventar de explodi-lo, o Brasil todo vai pelos ares.

O presidente se referia à interrupção total no fornecimento de gás natural ao Rio Grande e parte das regiões Sul, Sudeste e Centro-Oeste do Brasil, feito através do Gasoduto Brasil-Bolívia, o GasBol. Nesse período, o Brasil, já autossuficiente na produção de gás, foi abastecido com o gás natural vindo de Urucu, no estado do Amazonas.

Mas o Rio Grande não era o único problema.

Se havia seca por lá, havia seca no Brasil também. Não tão forte e devastadora, mas preocupante. A maior preocupação era com São Paulo, que apresentava baixíssimos volumes de chuva em um período em que a pluviosidade deveria ser alta. O ministério de Bonzinho já começava a se preocupar com a emigração no estado de São Paulo.

Terça-Feira de Cinzas

Se havia esperança de diálogo, ela não se concretizou. No dia 9 de janeiro de 2025, o Congresso Nacional optou por enfrentar o Rio Grande.

Durante os meses de janeiro e fevereiro, o Brasil manteve sua posição no extremo sudoeste. Não havia retomado Itapiranga, mas ao menos não havia perdido outros municípios no extremo oeste de Santa Catarina do Sul. No extremo leste, as notícias eram festejadas pelo Rio Grande, que já havia conquistado as regiões de Criciúma, Jaguaruna, Tubarão, São Joaquim, Urupema e Urubici, vencendo todas as batalhas entre os morros, cânions e descampados nas serras gaúcha e catarinense.

Esse poderio gaúcho tinha uma explicação. Ao se retirar da República Criativa, Ativa e Participativa do Brasil, o então estado do Rio Grande do Sul possuía em seu território 140 das 242 unidades do exército na região Sul do Brasil. Ao se tornar um país, permaneceu com todas elas.

Pelas movimentações das tropas de Canabarro, Bonzinho não sabia ao certo definir e entender se, para o líder gaúcho, bastava conquistar o Paraná e Santa Catarina do Sul, ou se ele pretendia tomar São Paulo para depois dominar todo o Brasil.

Do total de seu efetivo no estado de Santa Catarina do Sul, o Brasil já havia perdido um terço de suas forças. As distâncias dificultavam a movimentação de homens de outras regiões, que também não podiam deixar seus territórios para não serem vítimas de uma nova invasão. Afinal, em uma guerra nunca se sabe quem está do lado de quem.

Independentemente disso, e muito alheio a esses pensamentos restritos somente a uma nação que quer ser melhor, o Rio Grande avançou na guerra. Aos gaúchos valia a prática e não a teoria.

Ao Brasil, país que pouco investia em suas Forças Armadas, que tinha a paz como regra e que havia transferido grande parte de seu exército para trabalhar em obras de engenharia do governo, naquele momento, o empate já era uma grande vitória.

A imprensa, em suas abordagens de guerra, além de lamentar as perdas e faturar em audiência com as imagens, analisava a competência técnica do exército brasileiro, e criticava a falta de recursos destinados às Forças Armadas. Perguntavam:

– Por que tirar o exército de suas reais funções?

– Por que transformar militares em operários a serviço do desenvolvimento do país, quando sua função é defender este país?

As opiniões se dividiam. Em resposta, grupos de apoio defendiam que todo o trabalho que o exército, até aquele momento, estava fazendo pelo Brasil compensava a "soneca" que possibilitou a invasão gaúcha.

– Se perdermos o Paraná e Santa Catarina do Sul, ao menos não perderemos nossa dignidade e o desejo de sempre colocar a paz e a construção de um novo país em um nível muito superior ao desejo da guerra – disse um congressista.

No dia 28 de fevereiro de 2025, as tropas gaúchas, repetindo o que aconteceu em 1893, durante a Revolução Federalista, conquistaram Florianópolis. Em respeito aos soldados brasileiros mortos naquela que ficou conhecida como a **"Batalha de Floripa"**, as escolas de samba do Rio de Janeiro não desfilaram na Marquês de Sapucaí. O mesmo aconteceu em São Paulo.

Alguns blocos desfilaram. Todos com um público muito menor e menos animado do que nos anos anteriores. O país que só não é pacífico nas notícias dos programas policiais, nos bares depois das dez horas da noite, na ira dos maridos que batem nas esposas, na maldade do bandido que tem coragem de roubar e bater em velhos, na ganância do estelionatário, na doença do pedófilo, ou na loucura daquele que invade o lar de alguém e que destrói uma família para ter somente alguns momentos de prazer, estava amedrontado. No dia 4 de março de 2025, a terça-feira foi de cinzas.

Bombardeio em Florianópolis

No dia 5, o General Bonzinho era informado por espiões em Florianópolis que um volume grande de soldados gaúchos estava chegando à cidade, com a missão de seguir rumo ao norte dominando Blumenau, Joinvile e, finalmente, Curitiba.

A resposta do General Bonzinho foi imediata e dividiu opiniões no Brasil. Sem condições de enviar homens rapidamente à região para conter o avanço, talvez irreversível das tropas gaúchas, no dia 5 de março de 2025, às 14h45, seis caças brasileiros bombardearam e destruíram as pontes Colombo Sales, Pedro Ivo Campos e Hercílio Luz, acabando com qualquer ligação terrestre de Florianópolis com o continente brasileiro. Florianópolis voltava a ser uma ilha, no sentido exato da palavra.

O Aqueduto e Gasoduto Brasil Flex

Nas palavras do presidente, que percorria a região centro-oeste: "O Brasil podia guerrear, mas não podia parar".

E assim, no dia 14 de março de 2025, o presidente apresentou à nação, depois de vários meses sem ganhadores na Loteria das Ideias, o projeto e os planos de ação do **Aqueduto e Gasoduto Brasil Flex**. Fora proposto por um cientista do Tocantins, obteve mais de 90% de aceitação e, por isso, venceu. Como boas ideias e soluções não apareciam já fazia algum tempo, o genial felizardo recebeu o prêmio acumulado de R$ 28.864.322,24.

No projeto, o cientista propunha que os encanamentos dos gasodutos brasileiros passassem também a transportar água abundante da região amazônica, principalmente dos rios Amazonas e Madeira, para a caatinga nordestina e os reservatórios de água no município de São Paulo.

De início, a proposta pareceu impossível. Mas, quando o Governo, o Congresso Nacional e toda a população se deram conta de que faltavam poucas ligações para que os gasodutos ligassem o Brasil de Norte a Sul, ela se tornou genial, simples e barata.

No extremo Norte do Brasil, bastava uma ligação simples com cerca de 2.380 km para unir toda a tubulação de Manaus com a tubulação do gasoduto que partia do Ceará, descia cortando todo o litoral nordestino, capixaba e fluminense. Conforme o projeto, a parte nordestina do encanamento ganharia ramificações na direção do sertão.

O mesmo raciocínio se repetia com as águas do Rio Madeira, bastando a construção de uma tubulação ligando Porto Velho a Corumbá, no

Mato Grosso do Sul, alcançando toda a região Sudoeste através de uma tubulação construída há mais de 10 anos.

Com esta interligação, tornava-se possível escoar as águas do Rio Madeira, que tem o seu período de cheias intensas em março, para o estado de São Paulo, onde no mesmo período inicia-se o período da seca.

Assim que os reservatórios de São Paulo ou os açudes do Polígono das Secas estivessem cheios, as grandes torneiras seriam fechadas e lacradas, para que o aqueduto passasse a funcionar como gasoduto. Era uma versão "flex" de gasodutos e aquedutos.

Com a obra o país garantia o abastecimento deste importante combustível para a indústria e ao mesmo tempo utilizava todo o seu encanamento para a distribuição de água da bacia amazônica nos períodos de seca na região Sudeste do Brasil e para a irrigação de quase 1.300 municípios do Polígono das Secas, entre os estados de Alagoas, Bahia, Ceará, Minas Gerais, Paraíba, Pernambuco, Piauí, Rio Grande do Norte e Sergipe.

Como o período de cheias na região Amazônica coincidia com o período de seca na região Sudeste do Brasil, nas palavras do presidente **"bastava abrir as torneiras da Amazônia, evitando enchentes, para regar os jardins do Sudeste e da caatinga, e evitar a seca"**.

O Brasil teria uma rede de aquedutos que ligava a região Norte com suas águas abundantes, passando pela caatinga e sua sede, seca e desespero, à maior cidade do país, que pensou na sua riqueza, na abundância, na prosperidade, na organização das baladas, mas que esqueceu que um ser humano para sobreviver precisa de água.

A presidência, pensando em um longuíssimo prazo, ainda apresentou a proposta de fazer a mesma ligação para o Oriente Médio.

De imediato, o que importava mesmo era resolver o problema no Brasil. E, para isso, eram necessários muitos recursos, os quais o governo, naquele momento, que investia nos planos de Educação do Ministro Probo e de Saúde Preventiva de Vó Diva, não possuía.

Como solução, o Ministro da Fazenda, Economia e Disciplina, Edir Niero, sugeriu o Programa de Privatização dos Pontos de Tráfico de Drogas.

Defendia que, desde a legalização das drogas, tanto a sociedade quanto o governo não haviam se organizado para atender a demanda e, por isso, era necessário profissionalizar este tipo de comércio no país.

O Programa de Privatização dos Pontos de Tráfico de Drogas

Terminada a premiação da Loteria das Ideias e finalizados os últimos detalhamentos sobre o Aqueduto e Gasoduto Brasil Flex, o presidente passou a discursar sobre o mais novo e mais agressivo programa de privatização de toda a história brasileira, apresentando ao país uma realidade.

– Durante muito tempo, **o comércio de drogas no Brasil atuou como se fosse uma empresa estatal, com os presídios sendo usados como escritórios e a polícia servindo para proteger os traficantes**. Oferecemos ainda o mercado consumidor, formado pelos ignorantes que se viciam, e a mão de obra barata, baseada na pobreza e desespero daqueles que vivem nas favelas, nos guetos e na periferia. Com base nessa realidade, em que o vendedor recebeu tudo do Estado sem devolver nada à nação, é que venho apresentar ao Maior Congresso Nacional do Planeta Terra e a toda população brasileira o **Programa de Privatização dos Pontos de Tráfico de Drogas no Brasil**.

O presidente rapidamente explicou como tudo seria organizado. Após um levantamento preciso dos pontos de tráfico no país, feito em conjunto por todos os ministérios, todos foram catalogados. Passava de 50 mil o número de "pontos" a serem leiloados e privatizados.

Pelo programa, a empresa que arrematasse determinado "ponto", "biqueira" ou "boca de fumo" passaria a ser responsável por realizar obras de saneamento básico, infraestrutura geral, calçamento de ruas, em um raio de 10 km ao seu redor. Todos os impostos arrecadados com as vendas também seriam diretamente destinados à cidade em que estava.

Conforme previsto na Lei de Legalização aprovada em 2022, nenhum recurso poderia ser destinado para o atendimento a dependentes químicos.

Os primeiros leilões foram marcados para o dia 31 de março de 2025, tendo como primeiro lote somente os pontos de tráfico do município do Rio de Janeiro.

Voltando à guerra na região Sul do país, a decisão de Bonzinho de explodir as pontes de Florianópolis parecia dar resultado. As tropas gaúchas permaneciam entrincheiradas, sem nenhum avanço.

As tropas brasileiras na região, já contando com o apoio de tropas paranaenses apoiadas por soldados enviados pelo Comando Militar de São Paulo, já formavam uma grande linha que seguia por terra no sentido sul, com a missão de retomar Santa Catarina do Sul. A Marinha também participava da missão. Em 29 de março, da base do Rio de Janeiro, partiram duas fragatas, duas corvetas e um submarino, com mais de 5 mil homens que tinham a missão de conquistar Florianópolis.

Seguindo o raciocínio do presidente de que "o Brasil podia guerrear, mas não podia parar", conforme previsto pelo ministro Probo, no dia 31 de março de 2025, foram realizados os primeiros leilões de privatização de pontos de comércio de drogas no Brasil.

Rocinha, Morro da Babilônia, Morro dos Cabritos, Cantagalo, Pavão -Pavãozinho, Chapéu-Mangueira e Vidigal, por sua localização privilegiada e perspectiva de retorno financeiro, foram as que receberam as melhores ofertas. Mas, com uma cidade com um público excelente para este tipo de comércio, os leilões foram satisfatórios e muito lucrativos em todos os bairros e regiões, ultrapassando as expectativas. O valor atingiu um volume muito maior do que o arrecadado, em conjunto, com as privatizações das companhias aéreas durante o governo Collor, da siderurgia no governo Itamar Franco, da mineração e das telecomunicações no governo FHC e da energia e aeroportos, no final da década de 10, já no século XXI.

As empresas que arremataram os territórios também causaram surpresa. Ao contrário do que se pensava, a PCCV Holding não foi a grande vencedora, perdendo vários pontos importantes para conglomerados formados por empreiteiros e banqueiros.

As Obras do Aqueduto e Gasoduto Brasil Flex

No dia 1° de maio de 2025, data em que todas as forças brasileiras já cercavam Florianópolis e somente esperavam uma ordem para atacar, o presidente já estava em Corumbá, no Mato Grosso do Sul, para dar início às obras do Aqueduto e Gasoduto Brasil Flex, na porção entre Porto Velho e São Paulo.

O Ministro Tião Boyrá estava em Manaus para dar início às obras que ligariam o Rio Amazonas ao Polígono das Secas.

O feriado de 1° de maio foi escolhido para demonstrar que nenhum dia deveria ser desperdiçado na execução da obra, com prazo para entrega em fevereiro de 2026.

Também era um recado aos presidiários que trabalhariam na obra e que, a partir daquele dia, deixavam de ser bandidos para se tornarem trabalhadores.

Com os soldados do General Bonzinho em guerra, o cumprimento da missão ficou sob responsabilidade dos "Homens de Probo". Apenas 2 mil soldados participariam do projeto para dar suporte aos policiais no trabalho de vigília aos operários.

Do total de 800 mil presidiários do Brasil em maio de 2025, cem mil foram recrutados para trabalhar nas obras, dentro do sistema dos presídios ambulantes. De início, foram selecionados os injustiçados pelo sistema penal, os de menor periculosidade, os mais fortes e sadios e os que apresentavam maior predisposição para canalizar a energia, antes dirigida para o crime, à construção de uma única obra que, ao mesmo tempo, resolveria os problemas das secas e das enchentes no país.

Outro grupo de presidiários permaneceu em unidades estáticas que passaram a ser chamadas de **cadeias-operárias** para realizar a produção das tubulações de aço-carbono, com diâmetro entre 40 e 82 cm, que ficariam enterradas no solo a uma profundidade média de 1,20 m.

Em uma parte de seu discurso, acompanhado ao vivo pelos presidiários -operários em Corumbá e por grandes telas pelos operários em Manaus o presidente perguntou:

– Vocês querem ser lembrados pelos crimes que cometeram ou pela ajuda que prestaram ao país em que seus filhos viverão o futuro?

A metade dos homens optou pela segunda opção e foi imediatamente reunida e organizada para trabalhar nas obras e, assim, o Brasil ganhou a sua melhor equipe de operários na construção de uma das mais importantes obras de infraestrutura na história do país: o Aqueduto e Gasoduto Brasil Flex.

As Batalhas em Floripa

No dia seguinte, as forças brasileiras iniciaram o ataque a Florianópolis. A ofensiva que aos olhos do General Bonzinho seria fácil durou bem mais do que o esperado.

Os gaúchos defenderam Florianópolis como se aquela terra fosse realmente deles. Lutaram como o proprietário luta contra ladrões que invadem seu quintal. Cada soldado gaúcho lutava e defendia a cidade com a mesma competência, garra e raça dos zagueiros de sua seleção.

Somente depois de um mês de batalha, o exército brasileiro tomou o Forte Santana, utilizado pelos gaúchos para armazenar munições. Mas isso não fez falta aos gaúchos, pois havia ainda mais na Fortaleza de Anhatomirim, de Santo Antônio, São José da Ponta Grossa e em vários resorts que foram transformados em Quartéis Generais.

As batalhas continuaram homem a homem. Batalhas em terra, sem bombardeios ou presença de aviões e mísseis.

Retirada a destruição das pontes que ligavam Florianópolis ao continente, havia de ambas as partes uma preocupação em não destruir a cidade que, no futuro, seria de um ou de outro.

Como marcas das batalhas, os mortos nas ruas da cidade e as marcas de balas nas paredes, o que não era novidade em determinadas porções do país, onde mortos nas ruas e balas nas paredes já eram comuns antes da guerra.

Não fosse a participação dos soldados conhecidos como "Manezinhos da Ilha", as forças gaúchas teriam vencido rapidamente o Brasil e partido em menos de duas semanas para Curitiba.

O êxodo florianopolitano dominava as notícias.

Ficaram os homens para lutar e defender um território que eles jamais gostariam que voltasse a ser um quintal dos gaúchos.

Fugiram a maioria das mulheres que colocaram seus biquínis nas malas, as malas nos barcos e buscaram refúgio em Curitiba, São Paulo e cidades vizinhas.

O dia 24 de junho, por coincidências inexplicáveis, nasceu para ser decisivo na Batalha de Floripa.

Ambos os generais, sem que um imaginasse o que o outro estivesse preparando, mexeram suas peças para dar um xeque-mate naquele dia.

Sem força naval, Canabarro criou a figura dos mergulhadores-bomba e preparou uma estratégia de ataque aos navios e fragatas brasileiros aportados nas praias do Campeche, Naufragados, Joaquina e Praia Brava. Pretendia com isso destruir as forças brasileiras que se mantinham como reforço nesses navios e fragatas.

Bonzinho pretendia, em uma jogada final, usar 5 mil homens que chegaram no dia anterior e estavam preparados para invadir a cidade assim que o sol se pusesse.

Canabarro também pretendia usar o disfarce da noite para que seus mergulhadores seguissem até a esquadra e, entregando sua vida pela vitória gaúcha, explodissem as bombas presas em seus corpos para destruir as embarcações brasileiras e exterminar os soldados que estavam nelas.

Em terra, o dia também era de ataque. Assim que o sol nasceu, gaúchos e brasileiros saíram de suas fortalezas e, como se soubessem que aquele era o último dia de suas vidas, fizeram o que tinham que fazer.

Às 10 horas da manhã, os brasileiros dominaram toda a porção central de Florianópolis, tomando o Mercado Municipal, onde estavam os suprimentos de alimentação e água e a maior parte das munições gaúchas.

Sem alternativas, Canabarro retirou soldados de outras posições na tentativa de retomar o Mercado Municipal.

Desguarnecidos, dois fortes foram dominados pelos brasileiros.

Vendo que não seria possível esperar até a noite para que seus mergulhadores-bomba agissem, perto das 14 horas, Canabarro ordenou que eles adiantassem a missão.

Conseguiram explodir um navio brasileiro. Mas, após serem descobertos, enfrentaram em luta submarina vários brasileiros que, em maior número e superiores no uso de facas embaixo da água, exterminaram todos os mergulhadores-bomba.

Dos navios ainda intactos, os quase 5 mil soldados brasileiros partiram na direção da terra e da guerra. Apesar da valentia e garra dos soldados gaúchos, a vitória do exército brasileiro, em maior número, foi inevitável.

Quando o sol se pôs, no dia 24 de junho de 2025, Florianópolis voltou a ser brasileira.

No dia seguinte, o Brasil propôs um acordo para o fim da guerra, perdoando o Rio Grande, que permaneceria com o mesmo território, desde que o país vizinho se retirasse das cidades de Santa Catarina do Sul que estavam sob seu domínio e posse.

Canabarro pediu um tempo para pensar. Nesse período, as nações assinaram um acordo de trégua até que representantes diplomáticos do Brasil e do Rio Grande tentassem chegar a um entendimento.

Rixa Antiga

Mesmo com um cessar fogo entre os militares gaúchos e os brasileiros, no início de julho de 2025, a guerra já extrapolava a ação dos soldados e as fronteiras. Havia acendido um pavio que levou à explosão de antigas mágoas. Mais do que decidir fazer parte ou não do Brasil ou fazer parte do Rio Grande, era preciso, antes, definir quem seria quem e como cada um se comportaria nesta nova organização, caso ela viesse a se tornar uma nação.

Em todas as regiões de Santa Catarina do Sul, do Paraná e até do Rio Grande, estouraram batalhas que nada mais eram do que rixas antigas ou sentimentos que estavam entalados na garganta há muito tempo. Rixas e paixões dos sulistas afloravam e ganhavam um caminho próprio que extrapolava os interesses dos militares, dos exércitos ou do poder.

Por mais simples, qualquer tema se tornou motivo para a guerra entre gaúchos, paranaenses e catarinenses.

As piadas que os gaúchos faziam dos catarinenses.

Santa Catarina do Sul sempre ser considerada um quintal dos gaúchos.

A insinuação, por parte de catarinenses e paranaenses, de que os gaúchos não eram homens.

A entrada desleal que o jogador gaúcho havia dado no jogador de algum time do Paraná, durante uma partida do Campeonato Brasileiro, no final do século XX.

A patente de invenção sobre quem, dentre os antigos estados do Sul brasileiro, havia criado o hábito de tomar chimarrão.

Quem tinha as mulheres mais bonitas, as praias mais bonitas, a culinária mais saborosa.

Cada uma dessas antigas discussões saiu das mesas de bar ou dos bancos das universidades e partiu para a luta armada, para a guerra, para dezenas de batalhas que matavam milhares de homens paranaenses, gaúchos e catarinenses.

Reunião com Índios

Enquanto as forças diplomáticas gaúchas e brasileiras tentavam entrar em um acordo, o presidente e Tião Boyrá partiram para a Amazônia esperançosos de, numa segunda tentativa, encontrar os caciques para receberem os medicamentos naturais que dariam início a NatuBrasil.

No mesmo local combinado, exatamente ao meio-dia, do dia 5 de julho de 2025, conforme agendado no ano anterior, o presidente e Tião Boyrá alcançavam as nascentes do Rio Urubaxi. No local, nenhum índio presente. Somente algumas palavras escritas na mesma Samaúma, numa linguagem que nem o presidente, nem Tião ou qualquer um dos guias que os acompanhava conhecia.

Fotografaram o tronco da árvore rabiscada e enviaram para o mesmo estudioso de línguas indígenas do Museu Paraense Emílio Goeldi, em Belém. Dois dias depois, ele enviou a tradução.

"Nada ainda. Contem 49 luas, 365 alvoradas e quando a grande estrela vermelha estiver no alto do céu, estaremos aqui." Em resumo, era para voltarem ao mesmo local, no mesmo horário, em 5 de julho de 2026.

Apesar da decepção, essa não era a maior preocupação para o presidente, Tião Boyrá e o Brasil em geral. A seca em São Paulo preocupava o país. As estatísticas e as reportagens revelavam que as primeiras famílias paulistanas, na busca de novos sonhos, de uma vida mais digna, de mais qualidade de vida, de menos violência e de um futuro melhor para seus filhos, já se dirigiam à caatinga nordestina e a qualquer lugar do Polígono da Secas, região considerada o novo eldorado brasileiro, graças à possibilidade de irrigação, através do Aqueduto e Gasoduto Brasil Flex.

Canabarro Decide

No dia 1° de agosto de 2025, Canabarro deu sua resposta.

Às 6 horas da manhã, os 5 mil soldados gaúchos que estavam acampados em Garopaba até a noite anterior, iniciaram um ataque a Florianópolis. Guaraciaba, no extremo oeste de Santa Catarina do Sul e Barracão, no Paraná, estavam tomados por homens que, até aquele dia, ainda não haviam participado da guerra: os soldados argentinos. Isso mesmo. Os soldados argentinos.

E, para entender os motivos desta escolha, é preciso voltar ao dia em que a trégua iniciou, e Canabarro foi convidado a tomar uma decisão.

Quando começou a pensar em se entregar, permanecendo com o Rio Grande, ou manter a guerra e correr o risco de perder tudo ou ganhar tudo, Canabarro ponderou.

Estava sem combustível, sem energia, sem munições, e seu povo não suportava mais ter de ficar sem a erva para colocar na cuia. Seu exército estava reduzido a menos da metade. Seu maior artilheiro estava machucado, e o jogo era no estádio do adversário. Não havia mais feijão, arroz, carne, pão, café ou açúcar.

Canabarro, inteligente, fez o que a maioria de nós faz quando está sem dinheiro e suprimentos: foi buscar ajuda com os vizinhos.

Para a Argentina, que viu seu futebol destruído pela criatividade bélica de Tramp, aquela era uma oportunidade de voltar a pensar grande e buscar forças para uma possível vingança contra os norte-americanos.

Mas eram necessários ainda mais argumentos para convencer um dos mais audaciosos exércitos do planeta a participar da guerra. E, para isso, Canabarro foi muito ardiloso e sagaz em seus argumentos e propostas.

Pelo **Tratado de La Cuia**, assinado um dia antes do reinício das batalhas, Canabarro apresentava algumas condições que aos argentinos pareceram difíceis de recusar:

- A proibição do samba e do funk no novo país, com sua substituição imediata por estilos musicais que realmente representariam a nova nação, como o vanerão, o chamamé, a chula gaúcha e o tango.

– A concessão da metade das praias do litoral de Santa Catarina do Sul para exploração por parte do governo argentino, incluindo o Balneário de Camboriú e a Praia de Canasvieiras, em Florianópolis.

O tratado ainda definia, em sua cláusula 6ª que, mesmo em caso de derrota do Rio Grande na guerra, os juízes gaúchos sempre tomariam o lado dos times argentinos na Copa Libertadores da América. Sem perspectivas de bons jogadores por vários anos, o argumento foi uma esperança para os argentinos.

Com a entrada da Argentina no campo de batalha, a situação mudou para o Brasil. Guerrear com argentinos e gaúchos juntos era como, do ponto de vista futebolístico, enfrentar metade da Seleção Sulamericana de Futebol.

A boa estratégia e força superior do exército e da marinha asseguraram que Florianópolis permanecesse brasileira. Mas, no centro do estado e no oeste, as vitórias eram todas "gautinas". No início de setembro, os exércitos gaúchos e argentinos já haviam alcançado e dominado Ampere e Pérola do Oeste, no estado do Paraná.

Sem alternativas, Bonzinho resolveu desguarnecer áreas da Amazônia e do nordeste e convocou homens das Forças Especiais brasileiras que, no final de setembro, retomaram todo o sul de Santa Catarina do Sul. O Brasil, que antes só defendia, começava a atacar.

A Nação Platina

Vendo que aos desejos do Rio Grande, a Argentina não bastava, Canabarro, silenciosa e inteligentemente, buscou a ajuda de mais um vizinho: o Uruguai.

Ao Rio Grande, a guerra e a vitória eram a única solução. Suas plantações estavam devastadas e seu povo, com fome, fugia em massa para países vizinhos procurando trabalho e abrigo. A seca continuava como se o próprio Deus tivesse colocado um guarda-chuva sobre o Rio Grande. Para Canabarro tudo era somente provação e desafios que o povo gaúcho deveria enfrentar para alcançar a vitória final.

Ao Uruguai, durante um mês de negociações totalmente secretas com gaúchos e argentinos, sem que o Brasil soubesse, foram apresentados vários argumentos, até que, em um domingo, em Porto Alegre, dia 2 de novembro de 2025, os três assinaram o **Tratado da Nação Platina**.

Pelo tratado, os três países formariam uma grande nação, tendo o Paraná e Santa Catarina do Sul como colônias a serem exploradas pela nova Nação Platina. Não haveria mais o Rio Grande. Não haveria mais a Argentina. Não existiria mais o Uruguai. Não existiria mais o Brasil. Existiria apenas uma nova nação, amante do campo e das atividades campeiras, do bom chimarrão, da churrasqueada, de Simon Bolívar, do lenço vermelho no pescoço, da tradição, do churrasco no fogo de chão, do respeito às chinocas, do homem que sabe cavalgar e de um poder que sempre foi desejado, mas que nunca lhes foi dado.

O nome da nova nação: Platina.

Não era mais o Rio Grande contra o Brasil. Era o Uruguai contra o Brasil. Era a Argentina contra o Brasil. Era Platina contra o Brasil.

Vamos Apagar o Brasil

Como se um pesadelo estivesse recomeçando para os brasileiros, no dia 20 de novembro de 2025, um exército de 30 mil homens uruguaios entrou na guerra.

Em uma reunião no quartel-general das Forças Armadas em Brasília, um General Bonzinho, de rosto cansado e preocupado, apresentava em um mapa virtual o posicionamento dos inimigos nos campos de batalha.

O mapa resumia que 70% das forças argentinas haviam sido direcionadas para a porção oeste de Santa Catarina do Sul e Paraná. O restante foi para a porção central e leste. Bonzinho, enquanto não recebia mais reforços do Norte e Nordeste, ainda protegidos pelas forças locais, e segundo muitos sem necessidade, enviou 80% das forças brasileiras na região para o extremo oeste, deixando pouquíssimos homens em Florianópolis.

O presidente questionou os motivos de um contingente muito maior no oeste de Santa Catarina do Sul e do Paraná.

O general levantou o dedo indicador, respirou da forma leve que lhe era comum, e apontou para a Usina Hidrelétrica de Itaipu.

E Bonzinho estava certo. Na inteligente estratégia de Canabarro, ao tomar Itaipu, ele teria um grande poder de dominação sobre o Brasil, que perderia perto de 20% de geração e transmissão de energia. Ao mesmo tempo, garantiria energia para o Rio Grande que, com sua Companhia de Geração e Transmissão de Energia Elétrica, produzia apenas 30% do total necessário ao país. O pensamento de Canabarro era "apagar o Brasil e acender o Rio Grande".

Brasil X Uruguaios, Gaúchos, Argentinos e Paraguaios

As batalhas realmente se concentraram no oeste do Paraná e de Santa Catarina do Sul. Em Capanema, no Paraná, em uma das batalhas, eram 60 mil soldados brasileiros contra 40 mil do exército inimigo.

Era um exército menor, mas nessa luta era possível ver que, no campo de batalha, cada dois brasileiros equivaliam a um platino. Muito mais corajosos, determinados, aguerridos e fortes, venceram várias batalhas em que o contingente de brasileiros era três vezes maior do que o seu.

Bonzinho perdia batalhas, mas dizia que jamais perderia a guerra. Por mais que o presidente, com sua experiência em lutas por pontos de tráfico, sugerisse outros movimentos, o general sempre insistia e decidia por perder batalhas em outros lugares, mas jamais perder uma batalha no extremo oeste de Santa Catarina do Sul e do Paraná.

Mas há um momento em que a habilidade cansa a força e assim, no final do dia 10 de dezembro, já eram novamente brasileiros o extremo oeste do Paraná e de Santa Catarina do Sul.

Enquanto Bonzinho se enxergava perto de uma vitória, Canabarro, incansável, pensava em mais uma estratégia para vencer o inimigo. Preparou cerca de 5 mil dos seus melhores homens e, pessoalmente, os comandou em uma volta que buscava um atalho para a vitória pelo território argentino até alcançar a cidade de Puerto Iguazu, vizinha de Foz do Iguaçu.

Cada grupo seguiu caminhos diferentes. Seguiram divididos em grupos pequenos para não despertar a desconfiança do inimigo. Uns foram por estradas, outros foram pela mata. Cada um por seu caminho até que, no dia 25 de dezembro de 2025, alcançaram a Ponte da Fraternidade, em Puerto Iguazu, venceram o exército brasileiro e atravessaram para o lado do Brasil.

O presidente, que até aquele momento deixou que as estratégias de guerra ficassem nas mãos do General Bonzinho, decidiu que era preciso convocar uma nova leva de soldados. Ele mesmo fez uma convocação curta e direta pelas redes sociais e outros meios de comunicação:

– Bandidos e Bandidas deste país! Se você é bandido, agora é a hora de, ao menos uma vez na vida, fazer algo de bom pelo seu país. A você que sempre lutou contra o Brasil, hoje eu peço que lute a favor do Brasil.

O Brasil precisa que você venha lutar como soldado brasileiro. O Brasil precisa que a bandidagem empreste as suas armas e a sua coragem para o Exército Brasileiro.

Em caso de vitória, para aqueles que estão nos presídios, prometo o perdão para seus crimes. Para os que estão livres, dou o meu agradecimento de irmão.

Os presídios que guardavam os bandidos mais perigosos do país esvaziaram. Os roubos, os estouros de caixas eletrônicos no país pararam. Os assaltos, os roubos no metrô desapareceram.

Um mar de "soldados-bandidos" começou a se organizar para seguir até Foz do Iguaçu.

O período natalino e a esperança do ano novo prestes a chegar não diminuíram a força das batalhas em Foz do Iguaçu.

No dia 27 de dezembro, os gaúchos já haviam tomado os hotéis e restaurantes da Avenida das Cataratas. No dia 28, tomaram o centro da cidade e no dia 29 de dezembro bairros mais próximos da Usina Hidrelétrica de Itaipu.

Bonzinho, como se fosse o melhor técnico que uma seleção brasileira poderia ter, arriscou. Com a informação de que o Exército Brasileiro de Bandidos estava para chegar, enviou a metade de seus homens e todos os seus navios para cercar o Rio Grande.

No dia 30 de dezembro, mais uma surpresa para o Brasil. Recebendo dos generais platinos a promessa de que jamais pagaria pela energia elétrica gerada em Itaipu e acreditando na derrota brasileira, o Paraguai se uniu ao grupo.

No dia 31 de dezembro de 2025, as Forças Platinas chegaram até a entrada da usina. Não havia guardas.

Avançaram sem medo, sem se perguntar por que não havia brasileiros por ali. Assim que chegaram à barragem, homens de verde-oliva, de coturnos ou chinelos de dedo passaram a sair de galerias e de todos os cantos da represa para a luta.

A batalha se espalhou por todo o complexo da usina.

Longe dali, São Paulo, que a menos de seis meses sofria com a seca, agora estava quase submersa. E as chuvas torrenciais que caíam no estado, e em toda a bacia dos rios Tietê e Paraná, também afetavam a Usina Hidrelétrica de Itaipu.

A água que não parava de chegar com a cheia do Rio Paraná já ultrapassava a barragem e já encharcava os soldados que lutavam.

Isso porque os técnicos e engenheiros paraguaios de plantão haviam recebido ordens que vinham de seu governo para não permitir que as comportas fossem abertas até segunda ordem. A determinação vinha do General Canabarro, que não queria atrapalhar ou atrasar a chegada de mais forças argentinas, que subiam o Rio Paraná em barcos e barcaças.

Cumprir a missão foi fácil. Bastou aos paraguaios colocar sonífero no chimarrão que constantemente compartilhavam com os técnicos e engenheiros brasileiros de plantão com eles.

Nos meandros da barragem, a bandidagem dominava a situação. Todos lutavam com a força e com a honra que, apesar de bandidos, sempre tiveram.

Em cada ponto da represa havia um brasileiro. A grande parte, entrincheirada nas estruturas internas da barragem.

Para alcançá-los, Canabarro, também presente no local de batalha, ordenou que começassem as ações dos gaúchos-bomba, exército suicida formado pelos mais valentes platinos, fossem eles antigos argentinos, antigos uruguaios, antigos gaúchos ou antigos paraguaios.

De início, foram 10 explosões sincronizadas e depois mais 20. Todas elas buscando os brasileiros entrincheirados no interior. Na ação, trinta gaúchos-bomba morreram, deixando 1.200 inimigos mortos.

Pela primeira vez, desde sua construção, uma trinca com mais de 2 metros de comprimento apareceu na estrutura da barragem. A água que antes a ultrapassava pelo volume histórico que havia alcançado o Rio Paraná, passou a escorrer.

Na central de operações, centenas dos quase 3 mil sensores que acompanham a dilatação das rochas e da barragem tinham os alarmes de atenção disparados.

Sem ter o conhecimento da rachadura e com a estratégia dando certo, Canabarro foi ainda mais agressivo. Aumentou o número de gaúchos-bomba para 100, e ordenou a explosão de toda a linha de frente do exército brasileiro que tinha como principal objetivo defender a barragem. Ordenou que todos acertassem seus relógios, para detonar as bombas exatamente no primeiro segundo de 2026. Queria começar um novo ano com vitória.

Ao exército platino interessava somente o ataque. Ou tomavam Itaipu ou não teriam mais nada.

E assim os seus gaúchos-bomba fizeram. No primeiro segundo de 2026, 100 guerreiros bombardearam toda à linha de frente do exército brasileiro que protegia a barragem.

Deu certo. Fossem bandidos recém-alistados ou soldados, metade do exército brasileiro morreu com aquele ataque.

O que também não suportou a força das explosões foi a trinca de 2 metros na barragem. Rapidamente a água, que antes escorria, passou a jorrar. Fortes estrondos foram ouvidos por todos os homens que ainda estavam vivos. Mesmo assim eles não paravam de lutar. A terra começou a tremer. Mais água começou a jorrar por cima da barragem. A água que jorrava pelas fendas abertas já matava homens com sua força.

Alguns homens que lutavam na Praça de Observação pararam a batalha, quando viram uma enorme rachadura no meio da barragem se romper, formando uma fenda no formato de um V. Em segundos uma onda com aproximadamente 130 metros de altura, formada pelas águas do Rio Paraná e por toneladas de concreto, com uma força 10 vezes maior que a de um tsunami, atingiu todos os homens que lutavam e partiu na direção de Ciudad de Leste e de Foz do Iguaçu, a uma velocidade de 500 km/h.

Não havia mais Itaipu.

Entre os homens que guerreavam nenhum sobrevivente. Nem mesmo os tripulantes das barcaças e barcos argentinos que estavam chegando para engrossar o caldo do exército platino.

Canabarro havia perdido a guerra, mas apagou o Brasil. Canabarro apagou o Brasil, mas perdeu a guerra.

No dia 1° de janeiro de 2026, um Rio Grande totalmente devastado não ofereceu qualquer resistência à Brigada de Operações Especiais e seus mil paraquedistas, às tropas que avançaram por terra ou à Marinha Brasileira, que dominou todo o litoral gaúcho de Torres até o ponto em que o Arroio Chuí encontra o mar.

Argentina e Uruguai voltaram aos seus lugares.

O Rio Grande voltou a ser o que sempre foi. Nada mais do que um dos três estados da Região Sul do Brasil.

2026

FOZ DO IGUAÇU DESTRUÍDA FLORIANÓPOLIS ILHADA E SÃO PAULO SUBMERSA

Na manhã de 1° de janeiro de 2026, o mundo pôde ter noção dos estragos e da destruição que a onda causou. Ciudad del Este não existia mais. Para desespero dos sacoleiros, todo o seu centro comercial foi soterrado e estava coberto por barro. Bairros periféricos também estavam destruídos. A força da onda também mudou as divisas do Brasil com o Paraguai. No ponto extremo leste da cidade, o Rio Paraná passou a fazer uma grande curva para a direta, ficando toda a porção central de Ciudad del Este para o território brasileiro.

No local da Ponte da Amizade, apenas um imenso vão. No lado brasileiro, apenas um pedaço de sua estrutura. Na porção argentina, nenhum cassino de Puerto Iguazu ficou em pé.

De Foz do Iguaçu, restaram intactas apenas suas partes mais altas e mais distantes da onda de destruição. Milhares de mortos.

A cerca de 200 km pelo Rio Paraná acima, primeiro um som e depois uma imagem começaram a chamar a atenção dos moradores da cidade de Guaíra, no oeste do Paraná. Pouco a pouco uma, duas, três, quatro, cinco, seis, sete, oito, dezenove cachoeiras, perfeitamente organizadas em sete grandes quedas, começaram a se formar e a se revelar.

O Salto de Sete Quedas, desde1982 submerso pelas águas da represa de Itaipu, voltava a aparecer. A Mãe Natureza novamente tomava o lugar da engenharia humana.

O Brasil voltava a ter uma das mais belas paisagens do planeta. Por outro lado, havia perdido a sua maior usina hidrelétrica. A usina responsável por cerca de 20% da energia produzida no país.

No dia 1° de janeiro 2026, não havia energia para iluminar as cidades, para os eletrodomésticos ou para bombear a água dos reservatórios das companhias de abastecimento em milhares de cidades brasileiras.

Somente no dia 3 de janeiro, o Sistema Nacional de Energia começou a administrar a situação, providenciando um plano urgente de racionamento, para que o país não ficasse paralisado.

Os problemas iam muito além da falta de energia elétrica. Foz do Iguaçu estava destruída; Florianópolis, ilhada; São Paulo, submersa, e o recém-reanexado estado do Rio Grande do Sul, devastado.

Soluções Rápidas

Às 10 horas da manhã, do dia 4 de janeiro, com o gabinete presidencial móvel já em Foz do Iguaçu, o presidente e todos os ministros se reuniam na Sala Itinerante de Reuniões para resolver o "apagão brasileiro".

Após uma análise rápida da situação, restaram apenas dúvidas.

– O que fazer?

– Reconstruir Itaipu levaria quase 10 anos.

– E isso valeria a pena?

O presidente não demorou muito no assunto.

Apontando a mão esquerda para Webbie e a mão direita para Tião Boyrá, disse:

– Vocês dois são os mais indicados pra resolver isso. Já que estamos destruídos e desorganizados, vamos nos reorganizar, porque muitas vezes é nos desorganizando que a gente pode se organizar. Pensem em novas formas de produzir energia para o Brasil. Pensem em uma nova matriz energética. Pensem em tudo o que sempre sonharam e ninguém teve coragem de fazer. Pensem no que acreditam ser correto. Você, Tião, com sua experiência na terra e você, Webbie, reunindo sua turma, com suas pirações e novas tecnologias me tragam uma alternativa nova, rápida, barata, criativa e que preserve a natureza.

Conversem com todos os cientistas, reúnam-se, não durmam, usem sua mentalidade criativa. Também ativem o Banco Nacional de Desenvolvimento e Inovação e a Loteria das Ideias. Façam o que for necessário. Vocês têm 89 dias.

– É pouco tempo – disse Webbie.

– Não é. Sei que o difícil é rápido e que o impossível só demora mais um pouco.

– E, patrão, por que 89 dias? – perguntou Tião.

– Porque 89 é o meu número da sorte.

Ao Paraguai, derrotado na guerra e sem 95% de energia gerada ao país pela ex-Usina de Itaipu, só havia a alternativa de construir sua própria matriz energética ou passar a ser brasileiro, argentino ou uruguaio.

Abram as Torneiras!

Para que as obras não atrasassem, o próprio presidente, sabendo que um bom exemplo é melhor do que um discurso, foi a campo para ajudar o General Bonzinho no gerenciamento das obras do Aqueduto e Gasoduto Brasil Flex. Bonzinho ficou responsável pelas obras que iriam irrigar a região do sertão brasileiro e o presidente pela ligação entre Porto Velho e São Paulo. Assim, no último dia de fevereiro de 2026, conforme tratado um ano antes, o Aqueduto e Gasoduto Brasil Flex foi inaugurado.

O protocolo de inauguração previa que o presidente abrisse as torneiras para que as primeiras gotas do Rio Madeira caíssem em um reservatório de água na região metropolitana de São Paulo, e o General Bonzinho abrisse as torneiras para que as primeiras gotas do Rio Amazonas caíssem sobre o semiárido. Bonzinho cumpriu com o combinado e todo o país que assistia online aplaudiu quando as primeiras gotas do Rio Amazonas caíram sobre o chão seco do sertão, no município de Cabaceiras, na Paraíba.

O mesmo não aconteceu com o presidente. As comportas para a entrada das águas do Rio Madeira nos canos de ligação até São Paulo nem foram abertas para não despejar sequer uma gota em uma região metropolitana que possuía boa parte de seu território alagada.

A imprensa reclamou que o governo devia ter investido em obras para acabar com as enchentes.

Mas a opinião pública se dividiu, pois aqueles mesmos paulistanos que estavam submersos no final de fevereiro, sabiam que, na cidade dos extremos, estariam passando sede e com suas caixas d'água totalmente secas em agosto ou no mesmo mês do ano seguinte. São Paulo havia se tornado uma cidade de extremos também em seu clima. Era possível ter seis meses sem nenhum pingo de chuva, como aconteceu entre março e outubro, e, depois, três meses seguidos de chuvas torrenciais, como já acontecia desde dezembro de 2025.

Em seu discurso de inauguração, o presidente defendeu que o investimento não era perdido. Lembrou que com a possibilidade flexível de uso, enquanto houvesse água de sobra em São Paulo, o aqueduto seria usado como gasoduto, que auxiliaria na geração de energia em geradores movidos a gás, durante a crise energética do país.

Terminou agradecendo a todos os operários que trabalharam na obra, comentando que, dos quase 100 mil operários presidiários que trabalharam, apenas 258 tentaram fugir. Infelizmente nenhum sobreviveu. Quatro policiais também foram condenados à morte por facilitarem fugas.

No mesmo dia, durante à tarde, o presidente presenciou de perto a sujeira dos rios da cidade. Viu um Rio Tietê morto e o Córrego Ipiranga, marco da independência do Brasil, transformado em um canal para transporte e recebimento de esgoto. E sabia, percorrendo o Brasil com o Gabinete Móvel, que o mesmo se repetia em grande parte das cidades brasileiras.

O presidente se conectou a Webbie e Tião. Os dois atenderam.

– Oi, Vitor.

– Tarde, patrão.

– Já se passaram quase dois meses. Como vocês estão indo na busca das soluções que pedi?

– Está andando, presidente.

– Já que está andando, coloque no pacote uma solução para que nossos rios deixem de ser só um canal de transporte de esgoto doméstico e poluição das indústrias e voltem a ser limpos e ter peixes.

O telefone silenciou, e eles foram trabalhar.

O Crack Explode

O presidente permaneceu por mais dois dias junto dos mais de 25 milhões de habitantes da região metropolitana de São Paulo.

Conversou com centenas de moradores.

Viu milhares de paulistanos deixando suas casas. Partiam para o nordeste, para a região do semiárido nordestino, agora irrigada pelo Aqueduto e Gasoduto Brasil Flex, em busca de uma vida melhor. Fugiam das enchentes, da seca, do trânsito insuportável, dos congestionamentos quilométricos, dos problemas de respiração causados pela poluição, das doenças causadas pela poluição dos rios e pelo excesso de produtos químicos na água em que bebiam, pelo alto custo de vida e pelo medo de ver um filho ou um parente envolvido com o crack ou com outras drogas mais fortes e mais viciantes.

Viu também pelas ruas da cidade as hordas de pessoas viciadas em crack, os assaltos causados pelo crack, a violência causada pelo crack, a destruição das famílias e do ser humano causada pelo crack.

Não havia mais traficantes. Mas havia um grande número de pessoas que não ouviram os conselhos, as mensagens de conscientização e fizeram a grande bobagem de experimentar uma droga que transforma seres humanos em escravos e zumbis.

Neste Brasil do início de 2026, do total da população, 50% não ingeria qualquer tipo de droga, incluindo álcool, refrigerantes à base de coca, cocaína, maconha, remédios para emagrecer, vacinas para cavalo ou anabolizantes.

Do total dos que consumiram maconha, cocaína ou crack, 99% permaneceu somente na maconha. Não havia mais a guerra entre traficantes. A venda estava legalizada. Mas 1% de viciados em cocaína ou crack preocupava e causava muitos problemas.

A população, bastante receosa com o aumento dos assaltos motivados pelo vício e fissura, já começava a exigir uma atitude do governo, que se comprometera em não gastar nada com o tratamento de dependentes químicos.

Outros movimentos, dentro do próprio Congresso Nacional, exigiam a pena de morte para os crackólatras, como passaram a ser chamados, baseados no argumento de que todo aquele que experimentasse a droga já poderia ser considerado um morto. E, **em uma sociedade que pregava a liberdade, a opção por viver na escravidão, tendo a droga como feitor, era considerada um grande crime.** Matá-los seria nada mais do que um favor ou uma obrigação para uma boa parte do Maior Congresso Nacional do Planeta.

Uma repórter do diário virtual *A Folha de São Paulo*, que acompanhava o presidente em sua caminhada, perguntou qual seria a solução para aquela situação.

Ele pensou e, pela primeira vez desde que se tornou presidente, não teve uma resposta imediata.

O Brasil havia vencido a guerra contra o Rio Grande, a Argentina, o Uruguai e o Paraguai, mas permanecia perdendo a guerra contra o crack.

Floripa sem Ponte

Em um país machucado pela guerra e pelas drogas, havia muito o que remediar e consertar.

No dia 26 de março de 2026, às 8 horas da manhã, o presidente e o General Bonzinho tomaram um barco para atravessar o Canal do Estreito e chegar à Ilha de Florianópolis. Seguiram preocupados. Afinal, Bonzinho, que seguia junto para prestar as devidas explicações e pedir desculpas, havia destruído em um só dia, e em menos de 5 minutos de bombardeios, um patrimônio histórico do município, e duas de suas únicas ligações por via terrestre com o restante do país, as pontes Colombo Sales e Pedro Ivo Campos.

Partiram do Estreito e do outro lado, na ilha, já enxergavam milhares de pessoas que os aguardavam. Algumas com faixas nas mãos. Mas a distância e o astigmatismo, no caso de Bonzinho, os impediam de enxergar o que estava escrito.

Só quando chegaram mais próximos é que o presidente pôde ler a primeira das faixas destinadas a Bonzinho.

"Obrigado, General."

Bonzinho não entendeu e, ainda impedido pelo astigmatismo, pediu que o presidente continuasse lendo as outras.

E todas eram destinadas ao general.

"Bonzinho, o homem que em 5 minutos
realizou um sonho de anos."

"Finalmente, descanso em janeiro."

"Bonzinho para presidente."

Quando os dois aportaram na ilha, as palmas se seguiram por mais de dois minutos.

Somente após a prefeita e a representante da Associação Sempre Ilha discursarem é que os dois começaram a entender o que estava acontecendo.

Nos meses que se passaram, desde a destruição das três pontes, os moradores começaram a se dar conta do paraíso em que estavam vivendo. O número de turistas diminuiu no verão e finalmente, depois de 30 anos, pela primeira vez, em um mês de janeiro, não faltou água, houve comida nos supermercados, o trânsito não ficou caótico, as baladas não ficaram abarrotadas, as imobiliárias e as construtoras desistiram de desmatar áreas de preservação para a construção de condomínios, não houve atropelamentos, os argentinos não apareceram por se recusarem a pagar pelo barco de transporte até a ilha e não houve congestionamento na ida ou na volta da Praia da Joaquina.

Depois disso, se deram conta de que estavam ilhados de um mundo caótico, assim como estiveram um dia os índios e os seus antepassados que viveram por lá. Pensaram: "Quem quiser chegar ao paraíso, que enfrente, como acontece em qualquer religião, os desafios que se deve vencer para chegar até ele". E, para alcançar o Paraíso Florianópolis, o único desafio seria, como fizeram os grandes navegadores, alcançá-la de barco.

A prefeita, uma loira linda e ex-campeã de surf, ainda informou o presidente e o general que havia organizado um plebiscito e que a opção vencedora foi a de que Florianópolis voltasse a ser dignamente uma ilha, no sentido exato da palavra ilha. No mesmo plebiscito, também ficou decidido que o município passaria a se chamar Ilha de Floripa.

Muitos brasileiros, fossem turistas de São Paulo ou vendedores do Rio Grande do Sul, argumentaram que aquela atitude era um ato de segregação e um atentado contra a liberdade de ir, vir, surfar e se aproximar das mulheres de Florianópolis, que, após a guerra, havia se tornado quase que unicamente habitada por "manezinhas da ilha", já que 95% dos homens florianopolitanos morreram lutando bravamente por sua cidade.

A Miss Horizontina

Não foi somente o estado de Santa Catarina que perdeu grande parte de seus homens. Dois dias depois, ao visitar o Rio Grande do Sul, um dos 26 estados da República Criativa, Ativa e Participativa do Brasil, o presidente constatou uma situação ainda pior.

A guerra e o desejo de ter um país somente para eles tiraram a vida de 98,9% dos homens gaúchos. Sobraram apenas aqueles que sempre consideraram tudo pelo qual aqueles homens lutavam uma grande idiotice. Ficaram apenas os artistas, os músicos, os poetas e os meninos menores de 10 anos, já que os maiores, considerados gaúchos, também foram convocados para a guerra.

Nenhum presidente de CTG, nenhum gaudério, nenhum amante da tradição, nenhum líder do movimento "O Sul é o meu País" sobreviveu.

O Presidente Vitor viu o mesmo, quando percorreu o Paraná alguns dias antes, mas com um poder de destruição masculina menor. Do total de homens paranaenses, apenas 82% sucumbiram à guerra. Em Curitiba, a proporção era de 12 mulheres para 1 homem.

A guerra trouxe ao menos uma boa notícia. O número de mortos por doenças coronarianas no Brasil diminuiu 28%, e os casos de câncer no estômago e no intestino 62%. Segundo especialistas, só havia uma explicação para uma mudança tão drástica: o corte no envio de carne do antigo Rio Grande para o Brasil e a consequente diminuição no consumo pelos brasileiros.

Um ano de conflito com o Rio Grande representou quase que um ano sem carne, sem leite, sem queijo, presunto ou torresmo para os brasileiros.

O presidente, ainda acompanhado de Bonzinho, seguiu viagem por vários dias e presenciou um Rio Grande do Sul destruído pela seca e pela peste.

Passou em Porto Alegre, Passo Fundo, Alegrete, Gramado, Canela, Pelotas. Tudo destruído. Em Horizontina, viu a indústria paralisada. Dentre as várias mulheres desesperadas e abandonadas perambulando pelas ruas, uma em silêncio, recostada em uma parede, chamou sua atenção. Segurava uma criança no colo.

Ele se aproximou e perguntou:

– Lembra de mim?

Podia estar suja, magra, mas seus olhos ainda eram os mesmos.

Eles, os olhos azuis, brilharam. Ela respondeu:

– Não esqueci um dia.

– É sua filha?

– Filha de uma irmã. Mas agora é minha. Ela morreu de fome, e o marido morreu na guerra.

– E como veio parar aqui?

– Desde aquele dia no hotel, me refugiei aqui. Esqueceu que cheguei até a ser eleita Miss Horizontina?

– Tá precisando de trabalho?

– De trabalho e do ombro de um amigo.

Gisele foi resgatada. Mas na nova política governamental do Brasil não bastava ser bonita, gostosa e inteligente para ganhar um emprego público. Desde a nova reformulação administrativa, a meritocracia era o principal instrumento de organização dentro do funcionalismo público. A estabilidade de emprego no funcionalismo público em 2026 já era algo tão inconcebível e insano quanto pular dos braços do Cristo Redentor com um paraquedas de 30 centímetros de diâmetro.

Gisele foi encaminhada à Vó Diva que a locou para trabalhar como médica, já que era sua formação profissional, em um posto de saúde no Jardim Ângela, bairro da Zona Sul de São Paulo. Pensou em colocá-la em um ponto ainda mais distante, talvez no ponto mais distante da Amazônia, pois notara que ela tirava a atenção do presidente, num momento em que a nação precisava dele por completo.

As Históricas Migrações de 2026

Frente às trágicas estatísticas de morte de tantos homens do Sul do país, o abandono total das mulheres sulistas e os desejos de paulistas e paulistanos de encontrar novos lugares para viver, o governo se viu obrigado a criar um plano para as migrações, que ficou conhecido como **POMBRA (Política de Mistura Brasileira)**.

Por votação do Maior Congresso Nacional do Planeta Terra, ficou decidido que **o homem ideal para passar a povoar o Rio Grande do Sul era o homem nordestino**.

E assim, dentre repentistas, moradores ribeirinhos, sertanejos da caatinga, vaqueiros do sertão, tocadores de tambor do bumba meu boi, jangadeiros do Rio São Francisco, canavieiros das Alagoas, as mulheres gaúchas puderam escolher quais seriam os pais de seus filhos e aqueles que as ajudariam a reconstruir a nova nação gaúcha.

A elas também foi dada a opção de partir para o Nordeste do Brasil ou para o Norte, onde o número de mulheres era menor. A mesma oportunidade foi dada às catarinenses e às paranaenses. Apenas as curitibanas não gostaram muito da ideia de se misturar.

O congresso esclareceu que nenhuma das mulheres sulistas era obrigada a encontrar um companheiro, ficando todas elas livres para viver relações homossexuais ou bissexuais, caso acreditassem que essa era uma nova forma de se organizar uma estrutura familiar.

Também ficou definido que, por pelo menos 20 anos, todas as cidades do Sul do país seriam administradas por mulheres.

Para os analistas da História Brasileira do Século XXI, havia por trás dessa Política de Mistura fortes características de eugenia.

Dizem eles que aquela era uma tentativa de misturar nortistas e sulistas, ou nordestinos e sulistas, com o objetivo claro de buscar um aperfeiçoamento da população e construir uma raça superior. Queriam misturar o Brasil mais do que ele já pensava ser misturado. Era uma busca calculada segundo os críticos de tal atitude, de dar, após um profundo estudo, a cada parte do território brasileiro uma população cientificamente produzida para fazê-lo prosperar.

Ninguém até hoje conseguiu provar se isso se trata de uma verdade ou de uma simples consequência da guerra entre o Brasil e o Rio Grande.

De qualquer forma, nos anos que se seguiram a essa mistura, alguns comportamentos passaram a mudar. As mulheres sulistas pareciam ter ensinado tanto aos seus maridos quanto às suas amigas nordestinas o jeito de uma mulher sulista tratar um homem, sem abaixar a cabeça.

O número de homens que batiam em mulheres, o número de nordestinos casados e, ainda assim, com duas ou três amantes e os casos de machismo diminuíram. Também diminuiu a diferença gigante que havia entre o salário pago a uma mulher e a um homem.

A produção e a vontade de trabalhar de nortistas e nordestinos também aumentaram, como mostram pesquisas da época. Segundo cientistas, isso também se devia às mulheres sulistas que, em vários depoimentos, relataram que para colocar seus "homens nortistas e nordestinos" na linha bastava uma frase: "Quer sexo? Pois pra isso tem que trabalhar também".

Por esses motivos, os cientistas defendem até hoje que essa política de migração ia além de uma mistura de regiões, passando por uma tentativa de aperfeiçoar e equilibrar comportamentos e posicionamentos nas relações entre homens e mulheres, no trabalho, em uma amizade, na família ou no casamento.

Os Retirantes Paulistanos

A política de migração do governo e os estados do Norte e Nordeste, sempre de braços abertos e sorriso no rosto, não abrigaram apenas as mulheres sulistas.

Eles também receberam os retirantes paulistas que partiam de São Paulo, no maior movimento de êxodo urbano já visto em toda a história do Brasil até esta data.

Os retirantes que o presidente viu abandonando suas casas, fugindo das enchentes, da seca e de tudo o que já foi relatado.

Apesar de serem de toda a região metropolitana de São Paulo, foram chamados de "Retirantes Paulistanos" porque a maior parte dos brasileiros acreditava na época que Santo André, Taboão da Serra, São Bernardo do Campo, Carapicuíba e outras cidades vizinhas nada mais eram do que bairros do município de São Paulo.

A esses "paulistanos paulistas", sempre com o espírito desbravador, o governo ofereceu uma oportunidade e um convite. Trabalhar em pequenas propriedades e organizar uma nova forma de fazer agricultura na caatinga do Nordeste e em algumas áreas antes destinadas à pecuária de Rondônia, Acre, Pará, Tocantins, Amazonas e Mato Grosso, com os seguintes princípios:

– Prática da agricultura orgânica.

– Incentivo a novas formas de plantar.

– Uso de técnicas de produção alternativa de alimentos, que produzissem as mesmas quantias em áreas menores de terra.

– Incentivo à invenção de produtos ômega.

– Criação de novas receitas.

– Proibição total do uso de quaisquer defensivos ou fertilizantes ou a utilização de esterco de qualquer animal como adubo.

– Compostagem obrigatória.

No pacote, o governo também autorizava a abertura de pousadas na região, mas com o mínimo de agressão às florestas.

Os primeiros retirantes paulistanos eram em sua grande maioria vegetarianos, seguidos pelos veganos, budistas, radicais do movimento detox e pessoas de várias tribos que aceitaram o desafio de trocar a metrópole pela vida ao lado da selva.

Para convencê-los, o presidente em seu discurso de apresentação do projeto disse apenas duas frases:

– Larguem esse conforto aparente da cidade e partam para defender a natureza e cultivar a terra da forma com que sempre sonharam. Decidam-se de uma vez entre ficar somente no discurso e partir para a prática.

Açaí X Vaca

Enquanto os novos moradores chegavam, a primeira safra do Projeto "O Açaí é Nosso", lançado em 2023, já estava para ser colhida.

Para lançar o produto no mercado internacional, a equipe do Ministério da Piração, Criação, Solução, Inovação e Tecnologia usou a estratégia de comparar os benefícios do açaí em relação à carne bovina.

Nas peças publicitárias da campanha, o açaí aparecia como herói, enquanto o boi, a vaca e o fluído que sai de suas tetas para engordar o bezerro, como os vilões.

O consumidor que comesse o açaí, fruto da floresta e produzido em harmonia com todo um ecossistema, estaria ajudando na sua preservação. Aquele que optasse pelo boi, a vaca e seus derivados estaria ajudando a destruí-la.

Cientistas também foram chamados para apresentar argumentos contrários ao uso do leite, do iogurte e do queijo.

– O leite que você usa em seu cereal ou que você toma é coagulado para virar iogurte – dizia um cientista, em seu jaleco branco.

Acompanhando o depoimento do cientista, o processo de coagulação era apresentado tendo a imagem do leite se coagulando em um pedaço da tela e do sangue se coagulando em outra, comparação que começou a criar um certo nojo nos consumidores. A fermentação do leite para virar queijo foi comparada à fermentação do saquê em sua forma mais tradicional, prática em que os antigos produtores japoneses cozinhavam o arroz, mascavam o produto e o cuspiam em um barril para, impregnado de saliva, ele fermentar. Como alternativa, o puro e já preparado pela natureza, açaí.

A safra estava pronta para exportação. A campanha publicitária lançada. Restava esperar a aceitação dos próprios brasileiros e dos outros habitantes do planeta.

A Nova Matriz Energética do Brasil

Foi em um domingo, dia 5 de abril de 2026, no Museu Nacional de Brasília, que o presidente se reuniu com Webbie, Webster, Tião Boyrá e dezenas de cientistas brasileiros.

Gravações do evento mostram que as explicações e detalhamentos de Webbie e Webster, escolhidos pelo coletivo de cientistas para apresentar o projeto, demoraram cerca de quatro horas. Webbie conduziu quase tudo. Segue um resumo.

Com o presidente e os cientistas na plateia, Webbie iniciou a explicação.

– Presidente, de início, havíamos pensado somente no uso da energia eólica e solar para resolver da maneira mais rápida a crise energética brasileira. Mas, a partir do dia em que nos ligou pedindo que pensássemos em soluções para a despoluição dos rios brasileiros, passamos a debater mais uma alternativa que gostaria de, a partir de agora, apresentar.

O telão que ela usava para a apresentação foi dominado pela imagem de fezes humanas. Ela continuou sua explicação.

– Um grama de fezes humanas, popularmente conhecidas como cocô ou merda, que vai para um rio ou polui um córrego em uma pequena ou grande cidade, possui 10 milhões de vírus, 1 milhão de bactérias, 1.000 cistos de parasitas e 100 ovos de vermes que contribuem para contaminar nossas crianças na periferia das grandes cidades ou no interior do país.

Lembro que a água contaminada por esses organismos causa 80% das doenças relacionadas à diarreia, matando milhares de crianças.

Há muitos rios hoje em nosso país que, de tão poluídos, geram mais gás metano do que oxigênio.

E o metano, seja produzido da decomposição do lixo orgânico, que abarrota nossos lixões e aterros sanitários, seja da digestão animal e de várias outras formas, ao ser lançado na atmosfera é 20 vezes mais agressivo do que o gás carbônico.

Hoje, no Brasil, produzimos mais de 300 mil toneladas de lixo orgânico por dia e despejamos milhões de metros cúbicos de esgoto em nossos rios.

Vitor, você sabe o que essa quantidade imensa de fezes, de gases, de lixo e de poluição pode nos dar?

Ele ficou quieto. Era mais uma pergunta que não sabia responder. Webbie, levantando as mãos para o alto, respondeu entusiasmada, num gesto comum a um cientista ao fazer uma grande descoberta.

– **ENERGIA!!**

O presidente se levantou.

– **Você está querendo me dizer que seu objetivo é iluminar esse país com o cocô de cada um de nós**?

– Sim... Ao tratarmos essas fezes e matarmos essa montoeira de vermes e parasitas, teremos adubo. E, ao aproveitarmos o metano, teremos ENERGIA.

Webbie, com as mãos levantadas, continuava entusiasmada:

– Mais do que isso. Vamos gerar energia com a merda humana, e também vamos começar a despoluir os nossos rios.

– Como? – perguntou o presidente sem nenhum entusiasmo.

Webbie ficou quieta por poucos segundos. De repente a imagem de um vaso sanitário gigante surgiu na tela, com a tampa lacrada e vários tubos ao lado ligados a uma rede de energia.

– Com as **usinas merdelétricas**!

Os outros cientistas, que participaram da criação do projeto, levantaram-se para aplaudir.

– Presidente, tudo está interligado.

Webbie continuou sua apresentação. Explicou que a ideia havia nascido de uma sugestão do ministro Tião Boyrá, ao sugerir que os brasileiros voltassem a ter fossas sépticas em suas casas, como ainda acontece em muitas casas do interior do Brasil. Ainda entusiasmada continuou a falar.

– Em todas as casas do país ligadas à rede de esgoto, acoplaremos à rede domiciliar pequenas caixas com cerca de 1 m², onde ficarão as fezes impedidas de seguir para a rede geral de esgoto por uma rede de malha espessa.

– Xixi, então, passa?

– Nesse primeiro momento, sim. Mas já estamos pensando em alternativas para essa questão. No momento, pretendemos incentivar os brasileiros a usar a urina, rica em nitrogênio, fósforo e potássio para regar seus jardins ou hortas caseiras, dentro do Programa Brasil Veg.

Uma vez por semana, os Caminhões de Coleta e suas equipes passarão nas casas para a retirada das fezes, trabalhando da mesma forma como trabalham os coletores de lixo, mas com menos frequência.

Para as indústrias, haverá a opção entre fazer o tratamento correto de seus resíduos e da poluição que geram ou fecharem as portas.

Com isso, diminuímos em mais de 90% o despejo de esgoto doméstico nos rios, pois a partir de então todos os excrementos coletados serão despejados nas grandes usinas merdelétricas. Ainda não resolvemos, mas estamos estudando um jeito de os poluentes líquidos como os detergentes não seguirem para os rios.

Nesse momento, uma animação em vídeo apresentava um caminhão fossa interligando-se por um tubo à usina merdelétrica.

Webbie continuou sua explicação.

– Feita a coleta, os caminhões seguirão para as usinas e farão o despejo de dejetos nas câmaras de tratamento. Com as comportas fechadas e todos os tubos lacrados, as fezes e o lodo passarão por um processo que gerará vapor de água, fazendo o material sólido ficar seco.

Sua narrativa continuava acompanhada pelas imagens da computação gráfica no telão. Ela continuou, cada vez mais entusiasmada. Mexia constantemente nos cabelos.

– Esse material seco será incinerado em outro compartimento a altíssimas temperaturas, gerando vapor e, consequentemente, força e, assim como acontecia com uma antiga locomotiva ou as velhas máquinas industriais que funcionavam e se moviam com o vapor do carvão queimado, nós utilizaremos o metano gerado, o calor dos excrementos para movimentar os geradores que produzirão eletricidade. E não vamos parar por aí. Usaremos como energia também o metano produzido pelo lixo orgânico que hoje só abarrota os aterros sanitários produzindo cada vez mais metano. Uma usina merdelétrica não vai gerar a mesma energia de Itaipu. Mas centenas delas ultrapassarão Itaipu.

O presidente passou a demonstrar mais interesse.

– E como vai ser essa ligação dos lixões ou aterros sanitários com a rede elétrica?

Um mapa virtual onde em azul apareciam estações de tratamento de esgoto, lixões e aterros sanitários próximos às redes gerais de transmissão de energia apareceu na tela, e Webbie continuou a falar:

– Pra explicar em uma linguagem simples, sem a necessidade de termos técnicos ou explicações mais detalhadas, nós vamos fazer um "gato", ou seja, vamos ligar a nossa energia na rede geral para que a distribuição seja feita, seguindo os mesmos princípios da energia gerada e transmitida em uma usina hidrelétrica.

– E quando voltaríamos a ter luz?

– Para responder a essa pergunta, vou explicar rapidamente como gostaríamos de trabalhar com a energia solar.

A imagem de uma cidade futurista, com placas de captação de energia solar nos telhados das casas e alguns prédios envidraçados gigantes apareceu na tela.

– Aproveitando toda a estrutura de transmissão que já existe ao redor da antiga Usina Hidrelétrica de Itaipu e a estrutura do município não destruída, nossa proposta é fazer de Foz do Iguaçu a Cidade do Futuro. A cidade em que toda casa vai gerar energia e os edifícios, construídos com placas de vidro que captam a energia solar, serão, além de espaço para moradia, unidades geradoras de energia. Ao redor da cidade teremos fazendas de energia solar, cercadas por hortas orgânicas. Também projetamos cobrir cerca de 100 km² do Rio Paraná, sem qualquer interferência nas Sete Quedas do Iguaçu, para a instalação de painéis solares. A forma de transmissão será a mesma. Mudaremos apenas a forma de gerar e produzir energia. Abandonaremos a hidrelétrica e, aproveitando o sol forte de Foz do Iguaçu, usaremos a solar. A longo prazo, gostaríamos de repetir isso no Nordeste do país, tanto com os painéis solares quanto com a energia eólica.

– E de onde viriam esses painéis solares?

– A metade pode ser comprada em nosso próprio país. A outra metade teríamos que importar.

– E eu pergunto outra vez, quando voltaremos a ter luz?

– Contando com o trabalho dos presídios ambulantes e dos soldados do General Bonzinho, entregaremos o projeto solar de Foz do Iguaçu em 7 meses, gerando 40% da energia antes gerada pela Usina de Itaipu. As primeiras 10 usinas merdelétricas entregamos em março do ano que vem.

– E quanto isso custaria?

– O Projeto Solar, 4 bilhões de dólares. As 40 primeiras usinas merdelétricas e todo o projeto de subsídio às fossas nas casas, para despoluir nossos rios, 23 bilhões de dólares.

Dinheiro em Caixa

No dia seguinte, às 8 horas da noite, antes que os **Netdebates** sobre projetos e novas leis tomassem conta das redes sociais, o presidente discursou aos brasileiros.

– Irmãos e irmãs, iluminados e iluminadas, meus patrões e minhas patroas.

Aprendi ainda criança com minha mãe o quanto é importante fazer uma poupança. Dizia ela que existe a época das vacas gordas e a época das vacas magras. Ela que, assim como meu pai, já não está entre nós, sempre me aconselhou a guardar um dinheirinho para gastar somente quando realmente necessitasse dele.

Conto essa breve história porque, ao bombardear uma obra de arte construída por Oscar Niemeyer e matar todos os nossos deputados, senadores e outros tantos brasileiros ligados a eles, além de um pedido de desculpas, nós também recebemos uma indenização, do próprio bolso, do presidente Tramp.

De início, pensei em dizer que pediria quando precisasse, mas, como não se pode confiar totalmente na palavra de um especulador imobiliário, pedi que depositasse o valor da indenização em um banco na Suíça.

O presidente levantou as mãos e apresentou o comprovante de 10 bilhões de dólares.

Destinatário: BRASIL

– Do dia 8 de setembro de 2022 para cá, deve ter rendido juros. Mas o importante é que, desse total, 4 bilhões serão destinados para a construção da Cidade do Futuro, na região de Foz do Iguaçu e para a criação da maior usina de energia solar do planeta. Se tudo correr conforme estamos planejando, produziremos energia daqui sete meses.

O presidente terminou explicando que o restante seria destinado para a criação das usinas merdelétricas que teriam a complementação da verba total para sua construção financiada com o que fosse arrecadado na 2ª fase do Programa de Privatização dos Pontos de Tráfico de Drogas, agora privatizando pontos em todo o país e não somente no Rio de Janeiro. Assim não haveria a necessidade de utilização de verbas públicas e recursos destinados à educação e à saúde, que agora sobravam nos cofres do governo e antes eram destinadas à corrupção.

Falando em corrupção, técnicos do Ministério da Fazenda, Economia e Disciplina haviam apresentado, um mês antes, um estudo demonstrando que, com o desvio e o furto de dinheiro público que existia nos governos anteriores, somente na esfera federal, era possível construir três hospitais por dia. E eles estavam sendo construídos.

Todos sabiam que os meses seguintes seriam difíceis. Meses de racionamento. Meses de reconstrução. Mas o Brasil começava a resolver seus problemas.

A Vigília

Com o racionamento não atendendo às expectativas, indústrias parando e quedas constantes na rede elétrica das grandes cidades, o Maior Congresso Nacional do Planeta Terra aprovou em maio a **Vigília da Luz Supérflua**, processo em que várias medidas foram votadas para reduzir o consumo de energia de alguns setores e evitar o racionamento de outros.

A primeira votação nesse processo de vigília legislativa foi para optar entre destinar energia para que as companhias de água bombeassem a água até as casas ou para o uso do ar-condicionado que refresca no trabalho ou em casa. A primeira opção saiu vencedora com 80% dos votos e, desde então, ficou combinada a não utilização de ar-condicionado, em casa ou ambientes de trabalho, antes do sistema retornar ao normal.

Também foi aprovada a lei que aumentava em dez vezes a taxa de luz dos jogos e brinquedos elétricos para crianças em shoppings e parques de diversões. A proposta foi acatada com base em dois argumentos de um psicopedagogo.

"Brinquedo de criança é a sua imaginação."

"Pais e mães têm que brincar com seus filhos e não repassar o que é papel deles para um brinquedo elétrico de shopping."

Durante o inverno, com o período seco chegando ao país, as residências que tivessem um consumo de energia superior a 100 kw mês tinham como penalização o corte de energia no mês seguinte.

Nas obras da Usina Fotoelétrica de Foz do Iguaçu e das usinas merdelétricas que começavam a se espalhar pelo país, presidiários patriotas e soldados davam o seu sangue.

Considerados e Consideradas

Junho de 2026. Ruas pintadas de verde e amarelo. Brasileiros e brasileiras, brasileirinhos e brasileirinhas desfilavam como se fossem a própria bandeira nacional. Verde nos lábios, amarelo nas unhas, azul nos cabelos, branco na alma.

Essa onda de patriotismo pouco tinha a ver com a Seleção Brasileira de Futebol, que viveria uma de suas experiências mais inusitadas na Copa do Mundo de Futebol.

Em 2026, os cerca de 218 milhões de torcedores brasileiros já possuíam objetivos, metas, jogos e sonhos que iam muito além daqueles que se refletiam nas chuteiras de 11 jogadores mais compromissados com suas carreiras no exterior do que em construir um novo país.

Tietagem a jogador de futebol no Brasil de 2026 era algo tão raro quanto saber que um dia existiu no país foro privilegiado para parlamentar.

O ideal do brasileiro jovem era ser prefeito ou prefeita, para ajudar a cidade em que nasceu a ser melhor. Receber um bom salário para isso, mas, no lugar das noitadas, da ignorância, do envolvimento com as drogas, havia o estudo, a compreensão da realidade para construir um bairro ou uma rua mais digna a quem a habitasse. E o melhor: isso não se restringia de modo machista, como no futebol, aos homens. Havia lugar para prefeitos, prefeitas, fossem eles de qualquer gênero ou preferência sexual. Bastava ser craque na competência, na honestidade, no gerenciamento das finanças e na criatividade em encontrar soluções e transformar cidades em máquinas de fazer o bem para a sua população.

Nos sites, blogs e canais sobre celebridades, as grandes estrelas passaram a ser aqueles que haviam conseguido ver suas boas ideias para o país transformadas em realidade, os ganhadores da Loteria das Ideias, os prefeitos, os honestos e os idealistas.

Junho de 2026. Era mês de eleição para prefeito.

A mudança no padrão das campanhas, tendo apenas a palavra como instrumento de publicidade, a mudança de mentalidade do povo, que não vendia mais votos, deu coragem a pessoas que normalmente se mantinham distantes da política a se aproximarem dela por um ideal, pela vontade de servir, pelo desejo de ser bem pago pelo povo e pelo mais importante título existente no país e só entregue aos prefeitos: o Título de Considerado, aquele que, por suas atitudes, seu trabalho, sua sabedoria, sua competência passava a merecer respeito e consideração. Aquele que deixava de ser um mero conhecido para se tornar um amigo.

Ser Considerado ou Considerada nesse Novo Brasil era mais importante, ou melhor, muito mais importante, do que ser um grande jogador de futebol, a ponto de o mais famoso jogador brasileiro participar das eleições para prefeito do município em que nasceu, sonhando conquistar o único título que ainda não havia conquistado em toda a sua vitoriosa carreira futebolística, o título de Considerado. Na época, o mesmo aconteceu com um famoso cantor romântico.

Nenhum dos dois foi eleito, pois para ser prefeito era necessário ser muito mais do que um gênio da bola, um gênio das canções românticas ou ter dinheiro ou carisma. Para ser prefeito, era preciso ser Buda, ser Ghandi, ser missionário, ser vassalo e, neste novo país, o povo já sabia escolher.

Entre os cerca de 5 mil municípios brasileiros, somente Salvador teve uma votação diferenciada. Por sugestão do presidente, foram criadas cotas para os candidatos a prefeito na cidade.

Pelo decreto 1.888/26, como uma forma de compensar as injustiças dos brancos e curar o preconceito do negro em relação ao próprio negro, pelo período de 50 anos só negros poderiam se candidatar ao cargo de prefeito de Salvador.

Líderes de **Movimentos Brancodescendentes**, liderados pela família Magalhães, acusaram o presidente de racismo e segregação racial, mas não foram ouvidos. A proposta foi aprovada pelo Maior Congresso Nacional do Planeta Terra.

Os Índios e Seus Remédios

Em 5 de julho de 2026, quando 60% das obras da Usina Fotoelétrica de Foz do Iguaçu já estavam construídas e o Paraguai optou por se tornar possessão brasileira, o presidente e Tião Boyrá alcançavam, como havia acontecido nos anos anteriores, as nascentes do Rio Urubaxi, na Floresta Amazônica. Estavam em busca dos caciques, dos índios e de seus remédios milagrosos. No mesmo local, o mesmo comportamento do ano anterior. Nenhum índio presente. Na Samaúma, novas palavras escritas, em uma linguagem que nem o presidente, Tião Boyrá ou qualquer um dos guias que estavam com eles conhecia.

Mais uma vez fotografaram o tronco da árvore rabiscada e enviaram para o estudioso de línguas indígenas do Museu Paraense Emílio Goeldi, em Belém. Dois dias depois, ele enviou a tradução. Havia mudado a língua, mas a mensagem ainda era a mesma.

"Nada ainda. Contem 50 luas, 365 alvoradas e quando a grande estrela vermelha estiver no alto do céu, estaremos aqui." Em resumo, era para voltarem ao mesmo local, no mesmo horário, em 5 de julho de 2027.

Agosto passou rápido. Setembro também.

Os destroços do antigo Congresso Nacional ainda estavam lá, como se fossem algo que ninguém quisesse tocar ou lembrar. Não havia nada a ser construído. Havia coisas mais importantes a se pensar. Mais uma vez o 7 de Setembro passou em branco. Nenhuma comemoração. Nenhuma homenagem. Nenhuma palavra sobre o assunto.

Na Nova Amazônia, os novos bandeirantes começavam a ver as primeiras sementes orgânicas e não modificadas geneticamente brotarem.
A aceitação do Açaí já era boa no mercado internacional. Na China, os primeiros chineses começavam a trocar o arroz pela farinha de tapioca. Nas grandes cidades, os pedreiros e encanadores trabalhavam entre 10 e 12 horas por dia para instalar as caixas distribuídas pelo governo e que deveriam ser acopladas às redes de esgoto das residências. Sem elas não haveria a matéria-prima para as usinas merdelétricas. Os soldados do exército brasileiro, sob o comando do General Bonzinho e os bandidos de Probo, viajando nas cadeias ambulantes, também auxiliavam.

O dinheiro de impostos como o **ACDC - Arrecadação sobre a Cobrança de Dízimo e Contribuições** – e o **IPPET – Imposto sobre Propriedade de Pets** – era destinado para a **melhoria das escolas e pagamento de professores, que passaram a ter como salário-base o mesmo salário de um executivo de empresa multinacional.**

O Acidente do Presidente

Em outubro, o presidente sofreu um acidente. Enquanto acompanhava as obras de uma usina merdelétrica na Zona Sul de São Paulo, pisou em um prego enferrujado, o que lhe causou um corte bastante profundo no pé direito. Foi levado às pressas a um dos 12 postos de saúde da região. Esperou na fila por 22 minutos até ser chamado.

A médica, ainda de costas, enquanto preparava a injeção antitetânica, fazia as perguntas de sempre ao paciente.

– Tem alergia a algum medicamento? Já tomou penicilina?

Ao virar-se, reconheceu o presidente e tremeu.

Ele também reconheceu a médica. Era Gisele.

Ela sorriu e continuou o atendimento.

– Prefere que eu aplique no braço, na coxa ou na bunda?

– Na bunda – disse o presidente. – Dói menos.

– Então, tenho que fechar a porta para dar privacidade ao dono do poder neste país.

– Tá enganada. **O dono do poder neste país é o Maior Congresso Nacional do Planeta Terra e seus milhões de congressistas**.

A porta se fechou. Ela se dirigiu a ele. Ela de pé. Ele sentado na cama. Seus corpos próximos.

– Baixe as calças.

Ele se levantou. Seus corpos se tocaram.

O presidente desafivelou o cinto e baixou as calças.

Milésimos de segundos depois, Vó Diva entrou na sala. Cabelos brancos, óculos nos olhos, jaleco branco, a pele e a voz macias de avó.

– Olá, meu rapaz! Fiquei sabendo que você se machucou.

Gisele permanecia com a agulha na mão direita.

– E você, minha filha, não se preocupe. Deixe que eu aplico.

Enquanto o presidente era puxado da sala por Vó Diva, a doutora só pôde dizer uma frase.

– Volte daqui dois meses para a segunda dose.

A Luz do Sol

Quando o dia 5 de novembro amanheceu, os olhos do Brasil estavam voltados para **Foz do Futuro**, a antiga Foz do Iguaçu, a Foz do Passado.

Às oito horas da manhã, após atravessar a cobertura da mata, o sol já iluminava as águas das Cataratas do Iguaçu.

Caravanas de brasileiros se dirigiam para Foz do Futuro. Queriam conhecer a nova cidade, a cidade do século XXII. Da estrada, já era possível ver o edifício de 50 andares, que todos já chamavam de Energia. Por usar placas pré-montadas, foi uma das primeiras obras a ficar pronta durante a construção. As casas, edifícios ou hotéis que não foram destruídos pela grande onda tinham, todos, em seus telhados ou ponto mais elevado, as placas para a produção de energia solar.

A parte afetada pela grande onda em muito pouco lembrava o cenário de destruição do dia 1° de janeiro. Estava tomada pelas mais diferentes formas de casas, todas construídas com propostas técnicas de arquitetos voluntários de todo o país, que só puderam utilizar materiais reaproveitados ou reciclados para levantá-las.

Muitos visitaram as cataratas. Outros, dentre eles o presidente e todos os ministros, foram conhecer as Sete Quedas do Iguaçu pela manhã para alcançar Foz do Futuro antes que a noite chegasse e a solenidade de iluminação da cidade e envio de energia para o resto do país começasse.

Perto das 18 horas, milhares de pessoas apreciavam o pôr do sol junto ao Rio Paraná e aguardavam ansiosas. Queriam ver a noite chegar. Queriam ver uma nova cidade se acender.

Lentamente, como sempre, o sol foi se escondendo por detrás do rio e de algumas nuvens que sempre aparecem para que ninguém o veja se despir antes de dormir.

Às 20 horas, pontualmente, todos os ministros juntos acionaram uma alavanca. E a luz se fez.

Em meados de dezembro, o presidente voltou ao Posto de Saúde do Jardim Ângela. A segunda dose da vacina antitetânica foi aplicada por um médico. A doutora Gisele não estava lá.

No Natal de 2026, as luzes coloridas não brilharam tanto. Ainda era preciso economizar e racionar. Mas, no entanto, por decisão do Maior Congresso Nacional do Planeta Terra, todas as que foram acesas brilharam com energia gerada pela luz do sol.

2027

ACORDA, NOVO BRASILEIRO

Dois mil e vinte e sete nasceu previsto para ser o último ano de Vitor Abaré no cargo de presidente. Sozinho, viu o sol acordar pouco depois dele na varanda junto à piscina do Palácio da Alvorada.

Nas casas, os brasileiros que acordavam ou ainda dormiam eram outros, muito diferentes dos brasileiros que acordaram na alvorada de 2022.

Quem acordava não era mais aquele que se curvava frente a um homem de terno.

Não era mais aquele que vota e esquece em quem ou em que votou alguns dias depois.

Não era mais aquele que fura a fila e nem aquele que se acovarda e permite que qualquer outro faça o mesmo.

Levar vantagem em tudo, neste Brasil que acordava para viver o ano de 2027, significava optar por aquilo que seria vantajoso para todos, fosse isso em uma votação do Congresso Nacional, na hora de fazer um negócio, nas relações familiares, na escola ou no trabalho.

Para este brasileiro que acordava em cada um dos mais de 5.500 municípios do Brasil, dar um jeitinho significava se esforçar da maneira mais honesta, competente e criativa para fazer a coisa certa, para resolver um problema demonstrando a inteligência e a criatividade elástica que todo brasileiro tem.

Apesar de todo um sistema de proteção, monitorado pela leitura das impressões digitais e código de barras das carteiras de congressistas, votar mais de uma vez durante alguma eleição, para esperar que a sua opinião fosse a vitoriosa, era algo que jamais passaria pela cabeça de um brasileiro em 2027.

Os gananciosos, os que queriam o poder de volta somente para eles, os líderes unidos para voltar a mamar nas tetas de uma vaca chamada Brasil jogavam de uma forma ao menos mais limpa e com mais respeito por saberem que, do outro lado, o adversário era mais forte e mais unido.

Havia os líderes religiosos, mas eram brasileiros diferentes, pois haviam aprendido que quem lida com as coisas que são de Deus jamais deve usá-las para conseguir as coisas que são de César.

Algo havia mudado a maneira de a cabeça brasileira funcionar. O motor era outro. O jeito de jogar era outro.

As partidas de vôlei de praia continuavam com o mesmo entusiasmo e frequência. Mas havia uma diferença. Se um jogador visse a bola cair dentro de sua quadra, sem que nenhum outro jogador, ou até mesmo o juiz, conseguisse definir de quem seria o ponto, ele simplesmente pegaria a bola e jogaria para os adversários dizendo: "Foi dentro". No entanto, se fosse fora e os outros reclamassem, argumentando que a bola havia caído dentro da quadra, defenderia sua opinião com unhas e dentes, porque para este novo brasileiro, que acordava para viver o ano de 2027, não era permitido cometer uma injustiça com o outro e ao mesmo tempo não era permitido aceitar uma injustiça contra si ou contra quem estivesse próximo.

Mas, por escolha do destino, arrogância ou falta de sensibilidade, parecia que alguns juízes, desembargadores, ministros do supremo tribunal federal e outros membros do poder judiciário não haviam se harmonizado e nem se sintonizado com esse novo país e, talvez, por esse motivo, o ano de 2027 tenha começado com uma grande revolta popular.

A Revolta da Toga

A insatisfação já vinha de algum tempo. Denúncias por parte da imprensa apontavam a venda de decisões judiciais, a existência de esquemas corruptos entre advogados e juízes e de um número imenso de juízes ligados a escritórios de advocacia que no momento da contratação já garantiam a decisão favorável do juiz. Esses e outros tantos problemas demonstravam que no poder judiciário havia homens e mulheres tão corruptos quanto os que morreram no histórico desastre que aconteceu no Congresso Nacional, às 19 horas do dia 7 de setembro de 2022.

O clima de indignação aumentou com a divulgação de quatro decisões judiciais, todas elas vindas do mesmo Ministro do Supremo Tribunal Federal, que desagradaram toda a população: a absolvição de um famoso médico que estuprou em seu consultório centenas de mulheres, a libertação do filho de um rico empresário que, bêbado, havia atropelado e matado uma mãe e suas duas filhas, a concessão de vários habeas corpus para empresários corruptos que forjavam planilhas para aumentar o preço das passagens dos ônibus e a libertação de um banqueiro, que desviou para uma conta própria na Suiça as economias de mais de um milhão de aposentados e do qual o ministro era padrinho de casamento.

Por uma semana, o povo saiu às ruas.

No primeiro e segundo dias, os protestos foram pacíficos. Todos, vestindo roupas brancas, pediam mais honestidade no Poder Judiciário.

Ao fim de cada passeata, como um sinal do que poderia acontecer se não houvesse mudanças, gritavam: "Amanhã vai ser maior. Amanhã vai ser maior". Lembravam os protestos que aconteceram no Brasil de 2013 e no Brasil de 2022.

No terceiro dia, quando um juiz que saía de um tribunal atropelou e matou um estudante de direito, a situação passou de pacífica para tensa.

Tribunais foram invadidos, vários juízes corruptos foram espancados e o Ministro do Supremo Tribunal Federal, conhecido por suas estranhas sentenças, morto. Sua cabeça careca, ainda com os óculos nos olhos, a expressão arrogante e a mesma boca mole com que manifestava sua superioridade foi colocada no colo da escultura "A Justiça", em frente ao Supremo Tribunal Federal, em Brasília.

Nada mais parecia interessar aos brasileiros. As usinas merdelétricas, o racionamento de energia, a Nova Amazônia ou a possibilidade de um romance do presidente. Tudo ficou em segundo plano. Os brasileiros queriam justiça.

Somente no sétimo dia de confrontos entre manifestantes, juízes, desembargadores e outros funcionários do poder judiciário, o presidente fez um pronunciamento pedindo à população que parasse para pensar.

A população atendeu ao pedido. Parou pra pensar e refletiu.

– Se milhões de pessoas enxergam como injusta a decisão de um juiz, essa decisão deve ser respeitada?

– Por que uma decisão que interesse a muita gente deve ser decidida por uma pessoa só, ou no máximo dez, no caso dos tribunais?

– Se o ser humano é falível, não seria melhor que vários deles juntos julgassem e decidissem?

– Nesse caso, a possibilidade de erros, injustiças ou corrupção não seria bem menor?

– Se o povo organizado está fazendo tão bem o trabalho do Poder Legislativo, o mesmo não poderia acontecer com o Poder Judiciário?

– Por que somente um juiz para julgar uma questão, se podemos ter milhares de juízes?

– Por que darmos várias mordomias a juízes de nosso próprio bolso de contribuinte, se nós mesmos podemos fazer esse trabalho?

– Por que juiz? Pra que um juiz?

E os brasileiros, nessa época, já sabiam bem o que a alta tecnologia e o poder da internet e das redes digitais poderiam fazer para auxiliar na criação de uma nova organização social. Enfim, era a semente para a organização que temos hoje, em 2122.

Frente a isso, o Maior Congresso Nacional do Planeta Terra decidiu pela votação de um **projeto de lei propondo que o próprio povo brasileiro, assim como já acontecia no Poder Legislativo, passasse a exercer o Poder Judiciário**.

A Ordem dos Advogados do Brasil se colocou contra o projeto. O Ministro Sávio Probo disse que a proposta se tratava de um atentado ao Estado de Direito. O presidente da Associação dos Magistrados do Brasil, um homem gordo e careca, afirmou que, caso a proposta fosse aprovada, recorreria da decisão junto à ONU e seus tribunais internacionais. Como o *jus esperniandis*, ou o direito de chorar e espernear, é o mais básico dos direitos, todos os interessados apresentaram suas lágrimas e argumentos. Mas, como o voto é soberano e soberano era o Maior Congresso Nacional do Planeta, a decisão foi tomada e, a partir do dia 31 de janeiro de 2027, os milhões de brasileiros aptos a votar, além de congressistas nacionais, também estavam aptos a ser juízes da nação.

A Ordem dos Advogados do Brasil, tentando tumultuar o processo, recorreu aos princípios de Monstesquieu e ao artigo 2° da Constituição da República Criativa, Ativa e Participativa do Brasil, que previa a independência entre os poderes legislativo, executivo e judiciário. No entanto, o recurso não foi aceito pela maioria dos juízes do Maior Poder Judiciário do Planeta Terra, com a alegação de que, se o ser humano, segundo Freud, tem a sua mente dividida em três partes – ego, superego e id –, não haveria nenhum problema se algum brasileiro se dividisse, de maneira bipolar, entre dois poderes, o legislativo e o judiciário.

O Cidadão-Justiça

O Ministro Sávio Probo pediu demissão. Mas o presidente o convenceu a voltar atrás e ficar.

– Lembre que a justiça é um fim e não um meio. Pense que podem existir outras formas de chegar a ela. Vamos dar essa chance a nós mesmos. E, se queremos liberdade, rezemos que seja com autoresponsabilidade.

Para arquitetar e organizar o funcionamento do Maior Poder Judiciário do Planeta Terra, membros e técnicos do Ministério da Justiça, Educação, Cultura, Esportes e Liberdade e do Ministério da Piração, Criação, Solução, Inovação e Tecnologia uniram-se. A proposta era boa. Mas era necessário se organizar para que fosse bem executada.

A plataforma para os julgamentos seguiu o mesmo padrão de raciocínio e organização das votações do Maior Congresso Nacional do Planeta Terra. Tudo estava baseado na internet, em aplicativos, softwares e nas redes digitais brasileiras. Como já acontecia com o Congresso Nacional, não havia a obrigação de votar ou julgar. Tornaram-se juízes apenas aqueles que se cadastraram para servir ao Poder Judiciário do Brasil e receberam o seu Cartão-Justiça. Ficou decidido que maiores de 16 anos de idade também poderiam se cadastrar. Nascia no Brasil a figura do Cidadão-Justiça.

Os Debates

Como o número de casos a serem julgados era muito grande, os juízes e juízas cadastrados foram divididos em blocos. Cada votação tinha ao menos 3 mil juízes, separados por amostragem e obedecendo aos requisitos de não residir no local do litígio, não ter grau de parentesco com os envolvidos ou interesse no caso. Também era feito um teste para averiguar se aquele que se propunha a julgar gozava de perfeitas faculdades mentais e se possuía boa capacidade intelectual para interpretar leis e analisar os processos. Os candidatos surpreenderam, graças a um intenso trabalho do governo para acabar com o analfabetismo funcional no Brasil.

Para garantir a equidade e isenção do julgamento, por meio de softwares, algoritimos e programas desenvolvidos pelo MINP, eram convocados juízes de diferentes classes sociais, idades, culturas, religiões, pensamentos e filosofias de vida. Também foram exigidas dos advogados petições com textos claros e objetivos, e o fim do "juridiquês" e das citações latinas.

Com mais de 50 milhões de aprovados não foi difícil fazer o Poder Judiciário ser mais rápido e mais justo no Brasil.

O processo se tornou muito simples e ágil.

Assim que recebesse o aviso de que havia um caso novo para julgar, o juiz ou juíza cadastrado teria até uma semana para dar sua decisão. E ela poderia ser dada em qualquer lugar, no supermercado, no bar, na igreja ou no parque, desde que o julgador tivesse acesso à internet e estivesse, literalmente, com seu dedo indicador direito e seu Cartão-Justiça em mãos.

Acessando o link do caso, era possível ler todo o processo, ouvir ambas as partes, os argumentos dos advogados, o depoimento das testemunhas de defesa e acusação, a opinião de especialistas, conferir documentos, perícias e estudar toda a legislação sobre o assunto. Por gerarem várias discussões nas redes sociais, com o tempo os julgamentos passaram a ser chamados de Debates.

Votações mais importantes, aquelas que mexiam com a nação, eram votadas de segunda a quinta-feira, no horário entre 20 e 22 horas, dividindo o horário com as votações do Maior Congresso Nacional do Planeta Terra.

Com o tempo, a participação e interesse se tornou tão alto que superou a audiência das novelas transmitidas na TV, durante o horário nobre. Como uma forma de se defender comercialmente, as emissoras, pagando uma taxa para o governo, também passaram a transmitir os debates nesse mesmo horário, fossem eles do Congresso Nacional ou do Poder Judiciário.

Entre 20 e 21 horas eram debatidas, legisladas e julgadas as questões nacionais. Entre 21 e 22 horas, as questões locais, sendo meia hora para questões de toda a cidade e depois mais meia hora para tratar dos assuntos do bairro com os Gerentes de Bairro, em sua maioria professores.

E assim o trabalho de legislar, definir o destino do país, debater programas de governo, vigiar, julgar e definir o que deveria ser feito com o dinheiro público colocou o Brasil e seu futuro no chamado Horário Nobre.

Continuaram existindo os advogados, os peritos judiciais, os estagiários, os escrivães, o direito à ampla defesa e ao contraditório. **Deixou de existir a decisão de uma vida nas mãos de apenas um ser humano, as relações sebentas com os advogados, a venda de sentenças, o favorecimento dos ricos, a visão de somente uma classe social nos julgamentos e várias outras distorções do velho, ultrapassado, lento, confuso, desorganizado e antigo Poder Judiciário brasileiro. Deixaram de existir as figuras presunçosas e arrogantes dos juízes, desembargadores e Ministros do Supremo Tribunal Federal.**

A esses antigos juízes, ficou a opção de trabalhar como escrivão, tomar o lugar da secretária, tornar-se um servidor do poder judiciário, servir cafezinho, fazer o curso para oficial de justiça, tornar-se ascensorista ou optar pela aposentadoria, recebendo 1/10 do valor que ganhava antes.

Os corruptos, detectados após um amplo trabalho da Polícia Federal, das poderosas e eficientes equipes investigativas do Ministro Probo e de robôs espiões do MINP, devolveram o que receberam indevidamente aos cofres públicos e foram transformados em bons operários nas prisões ambulantes.

Nesta nova plataforma de julgamento, o primeiro caso do Maior Poder Judiciário do Planeta Terra foi julgar um ex-deputado estadual do antigo sistema que, dirigindo embriagado um carro importado a 190 km/h, matou dois jovens.

Foi condenado à prisão perpétua, trabalhando como operário nas prisões ambulantes, criadas e coordenadas pelo Ministro Probo.

Um Problema nas Usinas Merdelétricas

O Carnaval já havia passado. Desde o dia em que Gisele quase aplicou a injeção no presidente, eles não haviam se encontrado mais. Ele enviava mensagens. Ela não respondia. Ir até ela era difícil. Quase todo o seu tempo era dedicado às usinas merdelétricas, aposta bilionária que se tornara a única saída para resolver os racionamentos e proibições, que já descontentavam bastante os brasileiros.

A construção das usinas estava um pouco atrasada, alguns operários apareciam bêbados ou drogados para trabalhar, alguns presos tentaram fugir, mas isso era nada comparado a uma nova questão a ser resolvida.

Desde janeiro, as equipes de Webbie e Bonzinho faziam convocações e concursos para contratação de trabalhadores para as usinas merdelétricas e para a coleta de detritos.

Fizeram dez convocações, contando com anúncios em todos os meios de comunicação, incluindo os discos voadores que cruzavam os céus das grandes cidades, puxando faixas com alguma mensagem. O problema a ser resolvido, o abacaxi a ser descascado, o nó a ser desenrolado, era que até aquele momento apenas mil trabalhadores haviam se apresentado. Precisavam de 120 mil funcionários. Vinte mil para trabalhar dentro das usinas e 100 mil para trabalhar na coleta de excrementos nas unidades produtoras, como já estavam sendo chamadas casas, escritórios ou qualquer lugar onde houvesse fezes humanas que pudessem vir a poluir um córrego, riacho ou rio brasileiro e que deveriam ser transformadas em energia.

– Pensamos em tudo, menos em uma coisa, presidente – dizia abalado e ao mesmo tempo nervoso e incisivo o general Bonzinho. – Se somos um país de homens com nojo de limpar o cocô da bunda de seus filhos, como pudemos achar que alguns deles aceitariam um trabalho para mexer com a merda dos outros. Como não pensamos nisso?

E havia mais agravantes. Com a irrigação da área de caatinga e com o projeto de venda de pequenas propriedades para pagamento futuro e sem nenhum tipo de entrada na Nova Amazônia, muitos daqueles trabalhadores rurais desempregados, que viviam em lixões ou mendigavam nas grandes cidades, voltaram para o interior.

O presidente, opondo-se ao nervosismo do general, levantou-se da cadeira:

– Não vejo isso como problema. Vejo como solução. Webbie, organize um pronunciamento à nação para hoje à noite, em São Paulo, e monte um palco nesse endereço.

Apontou o local no mapa que estava na tela de sua mão direita.

– Bonzinho, vamos para São Paulo.

Crackalhadores do Brasil!

Às 22 horas, de 15 de fevereiro de 2027, data histórica na política das relações de trabalho brasileiras, o presidente discursava para mais de 30 mil moradores da primeira crackolândia surgida no Brasil. O discurso era acompanhado em todos os cantos do país.

– Hoje as minhas palavras são dedicadas e dirigidas a vocês que tiveram a infelicidade de experimentar o crack.

Não sei se sabem, mas o Brasil está prestes a inaugurar um projeto que revolucionará a produção de energia no planeta.

Vim aqui para fazer uma proposta. Quero convidá-los a se tornarem funcionários públicos. Quero proporcionar a vocês a honra de servir ao seu país e ao seu povo.

Em resumo, o trabalho de vocês será o de coletar as fezes dos brasileiros em suas casas e processá-las dentro de nossas usinas merdelétricas. Também teremos postos para aqueles que trabalharão separando o lixo orgânico para sua devida compostagem ou aproveitamento nessas usinas.

Quero esclarecer, dentro dos princípios de transparência e honestidade deste governo, que o cheiro dentro das usinas será insuportável. Vocês trabalharão sob altas temperaturas, manipulando a merda de outros brasileiros, podendo, inclusive, se contaminar. Mas, em compensação, não precisarão nunca mais roubar, matar, mentir, enganar ou se prostituir, pois o governo brasileiro garantirá o crack vosso de cada dia.

Houve alguns segundos de silêncio, até que os gritos e aplausos tomaram conta do lugar e de qualquer casa, beco, ruela, mocó, boca de fumo ou biqueira onde houvesse viciados em crack.

Foi a escolha dos operários perfeitos que garantiu o sucesso das usinas merdelétricas e auxiliou o Brasil a dar o primeiro passo para a revolução na produção de sua energia, que em 2027 já se dividia, basicamente, entre solar, eólica, hidrelétrica e merdelétrica.

Para o perfeito funcionamento das usinas merdelétricas, os crackalhadores eram os melhores funcionários. Não davam a mínima para seus filhos, jamais perderiam um dia de trabalho para ir a um evento de dia dos pais ou mães na escola ou para levar uma criança ao médico. Não pensavam em sexo, não perdiam tempo vendo bobagens na internet e atendiam a qualquer pedido de horas extras, desde que lhes fosse oferecida mais uma pedra. A eles só interessava a sua dose diária de crack, o que garantiu sempre excelentes índices de produtividade nas usinas.

Para trabalhar nas usinas, também não foi preciso qualquer processo de ambientação. Os novos funcionários simplesmente passaram a repetir o que faziam normalmente e viver da mesma forma como viviam, mas com a grande diferença de serem funcionários públicos que trabalhavam no **Setor de Transformação, Reaproveitamento e Energização de Fezes Humanas das Usinas Merdelétricas do Brasil.**

No entanto, como o governo ofereceu uma oportunidade, ficou definido na cláusula 4ª do Contrato de Trabalho das Usinas Merdelétricas que "Todo aquele que, motivado pelo uso da substância conhecida popularmente como crack, roubar, matar, cometer qualquer mal ou causar qualquer tristeza a outro ser humano ou animal será condenado à morte".

Por ser uma medida severa, dada a um funcionário público, ela teve que ir à apreciação do Congresso Nacional, que a aprovou com base no argumento de um parlamentar capixaba: "Se tivermos que optar pelo sofrimento de alguém, que seja do ruim, daquele que erra e peca, e não dos bons e honestos, como sempre aconteceu no passado do Brasil".

As Crackolândias e as Usinas Merdelétricas

As obras atrasaram um pouco porque Crackolândias tiveram que ser construídas junto às usinas merdelétricas.

Quando as primeiras unidades foram inauguradas, tornaram-se notícia em todo o país, com seu grande vaso sanitário e sua magnitude de 60 metros de altura dominando o Parque Merdelétrico.

Ao redor dele, em uma área toda cercada, para evitar a entrada de crianças querendo soltar pipas, ficaram os lixões ou aterros sanitários, as usinas de geração de energia e, mais ao fundo, as crackolândias, as vilas dos crackalhadores, que foram transferidas dos centros e bairros das cidades brasileiras para dentro das usinas.

Dentro da política de valorização dos funcionários, havia um rodízio entre aqueles que trabalhariam dentro das usinas e aqueles que saíam uma vez por semana para fazer as coletas de fezes, junto com os caminhões de coleta.

Mas o mérito para o sucesso do projeto não foi somente dos crackalhadores das usinas. O mérito foi também de toda a população brasileira que, atendendo ao convite da campanha **"Seja responsável pela merda que fez"**, separou o cocô, evitou diarreias, separou o lixo orgânico do reciclado, jogou o cocô dos seus cãozinhos nos vasos sanitários e os juntou caso fizessem nas ruas. Até cocô feito no mato passou a ser recolhido, porque cocô, a partir do Brasil de 2027, passou a ser sinônimo de energia no Brasil.

Essa campanha gerou um novo pensamento e chamou a atenção para a responsabilidade da reciclagem e reuso em outros setores.

– Se eu sou responsável pelo meu lixo, quem coloca a lata no meio ambiente também não deve ser responsável por ela? – perguntou um parlamentar brasileiro.

Dez dias depois estava aprovada a lei que obrigava as fábricas de refrigerantes e cerveja a pagar um imposto sobre o lixo que estavam produzindo para o planeta. Pelo raciocínio, não seria o cidadão o responsável por esse lixo, mas sim aquele que o produziu.

Tanto sucesso levou à criação da **COMDEBRAS (Companhia de Dejetos do Brasil)**, carinhosamente apelidada de MerdoBrás e CocôBrás pelos brasileiros que, mesmo se tornando um dos povos mais honestos do planeta, já naquela época, não perdiam uma boa piada.

Hoje, as ações da Comdebrás valem muito mais do que valeram um dia as ações da extinta Petrobrás.

Em abril de 2027, as crackolândias existiam apenas dentro dos limites e cercas das usinas merdelétricas. Também não havia mais viciados em crack nas ruas, pois dentro do Programa de Administração de Viciados em Crack e como parte do Programa de Privatização dos Pontos de Tráfico, o governo federal passou a ser o único autorizado a comercializar a droga.

Aos inimigos, aos traficantes que quisessem trabalhar no mesmo ramo, o Maior Congresso Nacional do Planeta Terra decidiu dar somente o único remédio que se pode dar a um traficante: a pena de morte.

Aos viciados, cabia como única alternativa trabalhar nas usinas merdelétricas, tendo o crack como único e exclusivo salário.

O intrigante é que, com o passar do tempo, provavelmente pelo reflexo condicionado que ligava o uso do crack ao cheiro e à manipulação das fezes humanas, alguns crackalhadores começaram a recusar a droga, revelando que as usinas merdelétricas, além de uma nova matriz energética, também poderiam ser uma alternativa para a recuperação de dependentes químicos. Essa nova descoberta levou o MINP a iniciar estudos para substituir aqueles que se "curassem" por robôs.

Novas Notícias de Floripa

Com a total inexistência no Brasil de políticos corruptos e de juízes arrogantes, as notícias só poderiam ser boas.

A indústria ciclística apresentava excelentes índices de crescimento, e uma das grandes responsáveis por isso era a Ilha de Floripa. Em maio de 2027, a prefeita e os moradores da cidade mais uma vez inovaram, rumando na direção de uma vida mais calma e com mais respeito à natureza, ao proibir a circulação de veículos automotores na ilha. O argumento da Prefeita Sereia, aquela loira de corpo torneado pela prática do surf na Praia da Joaquina, era de que "carros na ilha eram uma coisa nada a ver, pois não combinavam com a paisagem".

Essa mesma prefeita, que também era bruxa, teve a coragem de mandar demolir um conjunto de sobrados construído por um antigo surfista amigo seu, em uma área de preservação ambiental da Praia Brava.

A imprensa de fofocas chegou a comentar um certo envolvimento do presidente com a Prefeita Sereia. Mas para ele só existia uma mulher: Gisele. A mulher que ainda não havia respondido suas mensagens.

Paris É Passado. O Pará É o Futuro

Em junho, foi a vez do estado do Pará virar notícia mundial, quando o *The New York Times* teve como sua manchete do dia 12 de junho de 2027 o título:

"Paris é Passado. O Pará é o Futuro".

No texto, além de apresentar toda a riqueza do açaí, colocando sua polpa como o novo leite na vida dos norte-americanos, a culinária paraense ganhou atenção e foi apresentada como a mais autêntica e saborosa do planeta.

O texto ainda afirmava – previsão que se tornou realidade – que tucupi, tacacá, jambu, maniva, maniçoba ainda seriam, na história culinária do Planeta Terra, muito mais famosos e conhecidos do que palavras como *maison*, *croissant*, *petit gâteau*, *foie gras*, creme *brûlée*, *crepe suzette*, *ratatouille* ou Torre Eiffel.

Na segunda parte da reportagem, um crítico gastronômico que esteve no país dava seu depoimento, revelando estar com água na boca ao lembrar dos pratos, com forte influência indígena, preparados à base de peixes fresquíssimos dos rios amazônicos e temperados com plantas da flora local. "É como engolir toda a exuberância da Amazônia", dizia ele.

A busca por passagens aéreas e pacotes turísticos para Belém aumentou. Em menos de um mês, viajantes, chefs e críticos do mundo inteiro desembarcavam para experimentar os sabores e a autenticidade da cozinha paraense.

No dia 2 de julho de 2027, o presidente recebia em Belém uma comitiva francesa, que visitava a cidade para pesquisar e levar a culinária paraense para o país, numa tentativa de diminuir o impacto que o Pará estava causando ao turismo francês.

Foi um tiro no pé. A imprensa do mundo inteiro compareceu para documentar e, quando jornalistas de todo o mundo puderam comparar as duas cozinhas, **não tiveram dúvidas em afirmar que a culinária paraense era muito melhor do que a francesa**.

Os Índios e Seus Remédios

Em 5 de julho de 2027, o presidente e Tião Boyrá alcançavam, como havia acontecido nos quatro anos anteriores, as nascentes do Rio Urubaxi, na Floresta Amazônica. Mais uma vez, estavam em busca dos caciques, dos índios e de seus remédios milagrosos que ajudariam o Brasil a vencer a ditadura da indústria farmacêutica mundial de alopatia. Estavam entusiasmados. Depois de quatro anos, algo já devia ter sido descoberto. Chegaram ao local e encontraram a mesma situação do ano anterior. Nenhum índio presente. Na Samaúma, novas palavras escritas, em uma linguagem que nem o presidente, Tião Boyrá ou qualquer um dos guias que estavam com eles conhecia.

Mais uma vez fotografaram o tronco da árvore rabiscada e enviaram para o estudioso de línguas indígenas do Museu Paraense Emílio Goeldi, em Belém. Dois dias depois, ele enviou a tradução. Havia mudado a língua e, desta vez, a mensagem também. Ela era curta e clara.

"Nunca mais nos procurem ou irão se arrepender."

O Clima Está Mudando. O Planeta Está Mudando. E Vocês...Estão Mudando?

O sucesso do açaí no mercado internacional foi de muita ajuda para dar coragem e tentar convencer aqueles que estavam receosos em acreditar e investir em novas culturas e formas de usar a terra.

O comentário serve para explicar o motivo que levou o presidente a se reunir com grandes latifundiários e empresas de agronegócio do Centro-Oeste brasileiro para tentar convencê-los a largar a monocultura da soja, e exportar 90% dela para alimentar animais do outro lado do planeta, passando a investir na pluriagricultura orgânica e no arroz que faltava ao Brasil, graças a um Rio Grande do Sul devastado pela pobreza do solo maltratado e pela seca que ainda teimava em transformar a região em um deserto.

Eram em sua grande maioria homens. Homens entre 40 e 80 anos. Apenas uma mulher entre eles. Estavam reunidos em uma grande fazenda na cidade de Cassilândia.

– Senhores e senhora,

Venho aqui falar como um amigo. Falta pouco para que eu deixe o governo. Não ganhei nada e, até agora, desde o início de meu mandato, não consegui encostar em uma mulher.

Os convidados riram. O presidente continuou após os risos e alguns aplausos.

E isso não aconteceu somente porque sou cercado por câmeras e porque todos acompanham o que faço diariamente, como se eu fosse um personagem de um programa, mas porque a cada segundo penso em trabalhar o máximo para não decepcionar meus 220 milhões de patrões, que entregaram a mim a sua casa e o futuro dos seus filhos. Se tirei o poder de alguns aliados de vocês, quero que saibam que o fiz pelo bem do nosso país. Fiz também pelo bem de vocês, que têm a oportunidade de se tornarem mais uma vez pioneiros e embarcar em um negócio que, no futuro, dará muito mais lucro do que a plantação da soja, produto que acreditamos – apontou para Tião Boyrá e outros ministros presentes – perderá muito mercado em um planeta que está consumindo menos carne e que, portanto, precisa de menos soja para alimentar animais e produzir ração.

Conselho não se dá de graça, e o de presidente deveria custar caro. Mas assim mesmo lhes dou um conselho: sejam parceiros do governo neste projeto e dou a minha palavra de que vocês não se arrependerão.

Vitor continuou seu discurso como se falasse algo para si mesmo ou tivesse se transformado em um conselheiro familiar e amoroso:

– Usem mais seu tempo para conviver com filhos, família e netos. Procurem viajar para lugares que não gostariam de conhecer só para discordar de si mesmos. Dispam-se das raízes e passem a vestir asas. Deixem de pensar somente no dinheiro e comecem a pensar em escrever um livro, contando como conquistaram tanto e como tiveram a coragem de se desapegar para viver uma vida que antes era a vocês inconcebível.

Olhem com mais tempo e intensidade para os olhos da mulher ou do homem ao seu lado. E, se isso for algo que não interessar, separe-se já e parta em busca de quem você não consiga tirar os olhos.

Alguém para quem você queira olhar em todos os momentos da vida, enquanto fazem amor, enquanto conversam, enquanto discutem, enquanto passeiam juntos. Porque olhar nos olhos é coragem. Porque quem olha nos olhos está fazendo tudo com verdade. Olhe nos olhos de quem você ama enquanto faz amor e você entenderá o que estou dizendo.

O clima está mudando. O mundo está mudando. E vocês mudarão?

O clima está mudando. O mundo está mudando. E nossas vidas mudarão radicalmente também se não tomarmos atitudes agora.

Falo isso porque não teremos mudanças positivas no planeta, se não mudarmos quem manda nele. E vocês, com suas grandes propriedades, sabem de quanto poder têm para contribuir com nosso futuro.

O passado, meus senhores e minha senhora, foi da revolução tecnológica. Iniciamos o século XX indo ao circo para ver lâmpadas elétricas sendo acesas, e cento e poucos anos depois todo o planeta já estava conectado.

Se esse foi nosso passado, nosso futuro será definido pela revolução social e pela revolução ambiental.

A **revolução social é a revolução que estamos vivendo agora, com a população buscando novas formas de organização legislativa**

e judiciária, novas formas de representação democrática, exercício do poder e governabilidade em nossos países, cidades, famílias e escolas.

Na revolução ambiental, definiremos como administrar o que a natureza nos dá, o que devemos dar e devolver a ela. Definiremos como vamos nos sintonizar com o planeta em que vivemos, e isso passa, sem qualquer outra saída, pela forma de produzirmos alimentos e nos alimentarmos.

É com base nessa revolução alimentar que venho hoje aqui pedir a vocês que passem a trabalhar com agricultura orgânica de pequeno porte, que usem sua inteligência pensando no futuro do planeta e nas nossas crianças de agora, que encontrem na coragem de mudar a mesma coragem que tiveram ao começar.

Plantem o que acreditarem ser necessário para o Brasil e o mundo se alimentarem melhor.

E garanto a vocês que, assim como nossa dependência a um ou outro sistema operacional e a possibilidade de vigiarem nossos aparelhos celulares se tornaram coisas do passado, alimentar-se de produtos industrializados também se tornará obsoleto.

O presidente recebeu alguns aplausos e continuou seu discurso falando de algo que importa muito a quem produz: impostos.

O Imposto Verde

– Não quero deixar de falar em impostos e em tributos. Um governo jamais pode impedir que aquele que tem um bom raciocínio, que quer empreender ou que é um bom negociante ganhe seu dinheiro, que prospere e enriqueça. Um governo inteligente é aquele que aproveita esta inteligência em prol de seu povo.

Um bom governo é aquele que incentiva a prosperidade de quem suou e sabe o quanto é justo dividir esse lucro com o seu país.

Não sei se teríamos aqui tantos reis do agronegócio se esses reis não tivessem como súditos a riqueza do nosso solo, a magnitude de nosso clima e a abundância das chuvas na região de vocês.

Até hoje não vi nenhum agricultor pagar pela chuva que caiu no seu pasto, pelo sol na medida certa, pelo vento que poliniza, pela água dos rios ou pelo trabalho de milhares de anos que a natureza teve para preparar a terra. E aqui é terra brasileira.

Para aqueles que usarem a terra pensando somente no dinheiro, usando nossos recursos para alimentarem animais em lugares distantes do planeta, digo que o governo torcerá pelo seu lucro, porque com ele vocês pagarão os devidos impostos pelo uso de tudo o que a natureza do Brasil lhes proporciona. O imposto sobre as chuvas na medida certa. O imposto sobre a riqueza e abundância do solo. O imposto sobre o sol equatorial. O imposto sobre o uso dos recursos da natureza brasileira.

Mas para aqueles que optarem por outro caminho, que contribuirá para o futuro sustentável do Brasil e do planeta, para aqueles que plantarem pensando no crescimento saudável de uma criança que acabou de nascer, destes um governo digno não pode cobrar impostos, porque um agricultor assim já está dando a sua contribuição com a semente pura que planta e o alimento abençoado que colhe.

O presidente deixou o local sem ter uma posição definitiva daqueles senhores e daquela senhora, sobre qual dos caminhos eles iriam escolher. Mas o seu recado estava dado.

Os Primeiros Frutos

Acompanhado de Tião Boyrá, dedicou os dias que ainda sobravam do mês de agosto para visitar as comunidades da Nova Amazônia e as Colônias de Irrigação da Caatinga. Queria tratar dos assuntos da terra, porque quem está prestes a ir embora, mais do que frutos, tem que deixar sementes.

Em Rondônia, no Amazonas e no Acre, as terras que eram das vacas voltaram a servir aos seres humanos.

Era interessante ver o que estava acontecendo com ex-clubbers, ex-punks, ex-patricinhas, ex-mauricinhos, ex-líderes de torcidas organizadas, ex-taxistas, ex-prostitutas, ex-traficantes, ex-operadores da bolsa de valores que haviam abandonado a selva de pedra para dar vida às atividades sustentáveis propostas pelo governo.

A maioria dedicou-se à produção de legumes e verduras orgânicas para abastecer unicamente a região Norte. Outros, acreditando no aumento e prosperidade do mercado, dedicaram-se ao açaí.

A floresta rapidamente começava a se recuperar. Eram imagens já bastante diferentes das vistas em 2023, quando tudo estava abandonado e dominado pelo capim ralo do pasto e das queimadas.

Várias pousadas já funcionavam bem, recebendo turistas que queriam conhecer a Amazônia que voltava a ser Amazônia.

A Caatinga Verde

Da região Norte, o presidente e Tião partiram para o Polígono das Secas.

Viram o Polígono da Prosperidade. Viram uma terra tomada pelo verde, graças às abundantes águas da Amazônia que passaram a irrigar o sertão nordestino. As cheias não assustavam mais Manaus. Bastava abrir as torneiras do aqueduto na caatinga que o nível das águas logo baixava.

Nada de monocultura. Alguns plantavam uvas para produzir vinhos e espumantes. Já haviam criado uma associação para divulgar o vinho e os espumantes produzidos na caatinga.

Outros passaram a cultivar frutas típicas do nordeste. Juntos contaram 10 fazendas de pitomba e carambola no sertão baiano, 32 de mangaba, acerola e pitanga no sertão de Alagoas, 38 de sapoti, pinha e graviola no sertão de Pernambuco, 44 de cajá no sertão cearense, 28 de caju no sertão antes seco do Rio Grande do Norte, 62 de manga e goiaba no sertão do Piauí, 38 de bacuri, buriti, jenipapo e tamarindo, no Maranhão.

No Sergipe, uns plantaram feijão-preto, outros, feijão cavalo, muitos outros, feijão de corda. Em todas as partes, muitos continuaram a plantar mandioca, mas agora destinando uma parte do que colhiam para a produção de plástico biodegradável.

Na porção norte de Minas Gerais, algumas fazendas se especializaram em cenoura, brócolis, couve-flor e quiabo. Outra parte plantou de tudo.

Todas elas irrigadas pelo Aqueduto e Gasoduto Brasil Flex.

Todas elas, propriedades orgânicas que usavam unicamente o adubo brasileiro, fruto do trabalho competente dos crackalhadores nas usinas merdelétricas e suas unidades de compostagem.

Fosse na Nova Amazônia ou na caatinga irrigada, a mistura de sotaques de nordestinos, nortistas, sulistas, paulistas e cariocas também criava novos costumes e crenças.

Todos os que estavam na Nova Amazônia ou na Nova Caatinga sabiam que dali poderia sair um Rei do Açaí ou um Rei da Mandioca. Mas a grande maioria não se importava com isso. O importante era ter o seu ganho garantido, com várias propriedades rurais de médio porte, cada uma com um cultivo, com uma cultura diferente e com uma criatividade diferente para buscar a harmonia entre a Mãe-Natureza e o Filho-Agricultor.

Eram todos moradores, desbravadores e guardiões de uma caatinga irrigada e de uma Amazônia de que o planeta necessitava e aqueles poucos tiveram a coragem e a competência de transformar em realidade.

A Real Bandeira do Brasil

Desde a bomba de 2022, o dia 7 de setembro havia passado em branco para os brasileiros. Era um assunto no qual ninguém queria tocar, uma pessoa da qual ninguém queria lembrar, um desejo interminável de que o passado que um dia existiu não tivesse possibilidade nenhuma de voltar a existir.

Mas em 7 de setembro de 2027, depois de quatro anos de silêncio, o presidente resolveu fazer um pronunciamento.

Sua imagem no alto do morro que se levantou com a explosão da bomba em 2022, tendo ao fundo a Praça dos Três Poderes e a bandeira do Brasil tremulando no mastro, chamou a atenção da nação. O presidente não estava de pé, não estava de terno, não usava gravata, não penteou o cabelo. Estava descalço, de bermuda e camiseta, como um estudante que senta no gramado em frente a todo aquele complexo de poder e sonha. A bandeira verde e amarela tremulava com a brisa leve do Planalto Central. Eram oito horas da noite.

– Minhas patroas e meus patrões. Se uma bandeira simboliza um país, a nossa bandeira, a bandeira do nosso Brasil, está errada. Para ela da maneira mais realista possível representar o que somos hoje, teria que ser assim.

Somente quando as câmeras que filmavam o discurso deram um zoom na bandeira brasileira tremulando no alto do mastro, é que os brasileiros viram que se tratava de uma imagem virtual. Uma holografia criada pelo Ministério da Piração, Criação, Solução, Inovação e Tecnologia que lentamente começava a se modificar. O verde do retângulo maior que dominava a bandeira passou a receber algumas manchas de marrom-escuro, de cinza e vermelho.

O losango amarelo ganhou manchas pretas, passando a todos a mesma angústia que sentimos quando somos enganados ou roubados. No azul do círculo central, surgiram imagens do despejo de esgoto nos rios e a fumaça das indústrias e de todo o tipo de poluição obstruindo o azul do céu. Na faixa branca, no lugar do "Ordem e Progresso", as palavras que surgiram foram "Trabalho e Esperança" que, segundo o software que analisou a mentalidade dos brasileiros na época, era o que podia representar um povo que estava lutando para continuar a ter esperança e mudar aquela situação repetida desde o "descobrimento" do Brasil, em 22 de abril de 1500.

A imagem feia em que havia se transformado aquela bandeira, chocou os brasileiros. Um silêncio geral tomou conta do país. Era um silêncio de respeito a algo que havia morrido, de choque entre a imagem perfeita e a realidade tosca, um silêncio de surpresa com o que poderia nascer e, principalmente, um silêncio de reflexão. Um silêncio que cada brasileiro usou para conversar consigo mesmo e conectar-se com todos os outros milhões de brasileiros.

O presidente respeitou o breve luto e continuou seu discurso.

A Nova Bandeira do Brasil

– Minhas patroas e meus patrões. Muito mais do que representar um país, **uma bandeira representa o que somos e o que desejamos ser**.

A bandeira, assim como o ser humano, não é. Ela deve ser um vir a ser. Ela tem que ser construída a cada dia.

Ela pode mudar a cada dia como muda a colmeia da abelha, as flores das árvores, a pele do nosso corpo, a cor de nosso cabelo, as estações do ano, o nosso comportamento.

Por isso, se o Maior Congresso Nacional do Planeta Terra aprovar, sugiro que a partir de hoje, além de bandeiras em pano, também tenhamos bandeiras holográficas, imagens virtuais a serem reconstruídas a cada dia.

E, para exemplificar como seria a confecção da bandeira brasileira a cada dia, proponho montarmos, juntos, uma nova bandeira para o Brasil. Todos aqueles que estiverem conectados podem votar. Dados do MINP indicavam que 99,2% dos brasileiros estavam conectados ao presidente naquele momento.

Vitor, o presidente, falava como se fosse um professor.

– Vamos começar.

Um telão holográfico com uma pergunta e duas opções de resposta apareceu ao lado da bandeira e na tela dos conectados.

– Para o ano de 2028 queremos que a bandeira represente:

O que somos ou simbolizamos?

O que queremos ser no futuro?

Menos de cinco segundos depois, o telão apresentava o placar final.

O que somos ou simbolizamos. – 32%

O que queremos ser no futuro. – 68%

– Agora vamos definir como nós queremos nos representar no futuro. Vamos começar pelo retângulo, a parte maior da bandeira que, pelo seu tamanho, vamos considerar a mais importante.

Hoje para que tenhamos um bom futuro, o que vocês acham mais importante em nosso país? Manter e preservar o verde das nossas matas, ou substituí-lo pelo amarelo representando a produção de riqueza? Ter o azul representando a limpeza e despoluição de nossos rios? Ou ter o branco que colore a faixa onde vemos escrito "Ordem e Progresso" e que, talvez como todo branco, represente a paz, a nossa honestidade, transparência e pureza ao fazer as coisas? O que vocês preferem?

A bandeira, em sua parte maior, foi sendo tomada, principalmente, pelo branco, com alguns pontos e manchas azuis, verdes e amarelas, que representavam as estatísticas dos votos e, portanto, as opiniões e desejos de todos os brasileiros que votavam.

O presidente continuou com o processo de montagem da nova bandeira.

– Vamos agora preencher o losango, que seria, por sua ocupação no espaço, a segunda parte mais importante do mapa. Depois do branco da paz e honestidade, o que é mais importante na opinião do Maior Congresso Nacional do Planeta Terra: o verde que representa o preservar e agora aumentar o verde das nossas matas, o azul da limpeza e despoluição de nossos rios, ou o amarelo das riquezas que devemos produzir?

Lentamente, o losango foi se dividindo entre as três cores. Exatos 40% da parte superior do losango foram tomados pela cor verde. Exatos 30% da parte inferior, pelo tom azul. Os 30% restantes da área, no centro do losango, foram preenchidos com a cor amarela. Uma nova bandeira, desenhada em conjunto por milhões de brasileiros, ia se formando no mastro gigante da Praça dos Três Poderes.

– Agora vamos à esfera de nossa bandeira. Seguindo o mesmo padrão das votações anteriores, a cor com maior percentual foi excluída, ficando agora a nossa escolha entre o azul, de nosso céu e de nossas águas ou o amarelo de nossas riquezas?

A parte superior da esfera foi tomada de azul. A parte inferior, de amarelo.

– Chegamos agora às estrelas que representam o céu do país e os nossos antigos estados e, sobre as quais, gostaria de fazer uma reflexão. São apenas elas que queremos ali ou não seria melhor termos também sementes para mostrar a nossos filhos que, para alcançar as estrelas que estão no céu, é importante fazer brotar as sementes em nossa terra?

O presidente propôs a votação. Nela, 90% dos brasileiros optaram por colocar na esfera da bandeira tanto as estrelas que nos fazem sonhar, quanto as sementes que nos fazem brotar.

E, assim, sementes e estrelas apareceram na esfera da bandeira brasileira. Mas não eram apenas 27. Eram mais de 200 milhões. Cada brasileiro uma semente que brota. Cada brasileiro uma estrela que brilha.

– Para finalizar a última etapa na construção conjunta da bandeira do Brasil para o ano de 2028, temos que preencher o espaço em que hoje está escrito "Ordem e Progresso". Para isso, peço que escrevam no espaço que está aparecendo agora na tela as três palavras que, na opinião de vocês, são as mais importantes na construção do pais que desejamos para o futuro.

Logo que o presidente terminou, a contagem regressiva de 30 segundos apareceu na tela. Os brasileiros mais uma vez entraram em reflexão. Em cada casa, em cada pedaço do Brasil, um adulto olhou para seu filho, para o marido, para a esposa, para o pai, para a mãe, para quem mais amava ou para dentro de si mesmo e mergulhou em seu sonho e desejo de país, ou no melhor que queria para sua cidade, bairro, presente e futuro e pensou nas palavras. Trinta segundos. Assim que o zero apareceu na tela, todos os aparelhos até então usados para votar tinham em suas telas a nova bandeira do Brasil tremulando sem nada escrito na faixa branca até que, lentamente, as primeiras letras começaram a aparecer e formar as palavras mais citadas:

"Liberdade, Responsabilidade e Honestidade."

O Código de Defesa do Cidadão

Ainda em setembro, mais em respeito a Oscar Niemeyer do que em memória daqueles que habitaram o prédio, o presidente lançou um concurso para que arquitetos, artistas e todos aqueles que quisessem participar sugerissem o que deveria ser construído no lugar do antigo Congresso Nacional.

Outubro chegou e os brasileiros começaram a pensar nas eleições para o próximo presidente da República Criativa, Ativa e Participativa do Brasil. Não pensaram muito, pois todo o Congresso Nacional estava envolvido com a criação do Código de Defesa do Cidadão.

Depois de uma semana de debates, decidiram seguir o mesmo padrão de votação da eleição anterior e, para exigir o máximo do próximo presidente, realizar as eleições somente no último minuto de 2027 para que o novo funcionário, tomasse posse já no primeiro minuto de 2028.

Na visão de patrão inteligente e exigente do Novo Povo Brasileiro e do Maior Congresso Nacional do Planeta Terra, todo aquele que optasse por ser presidente ou se propusesse a exercer qualquer outro cargo público não poderia sequer perder um minuto de trabalho.

As discussões, debates e preparação dos textos da nova lei tomaram todo o restante do mês de outubro até que no dia 1° de novembro de 2027, com o objetivo de proteger os cidadãos brasileiros dos abusos do poder público e de todos aqueles que o representassem ou para ele trabalhassem, era publicado o **Código de Defesa do Cidadão**.

Entres seus mais de 50 artigos e determinações legais vale destacar os artigos 12 e 18.

O artigo 12 buscava garantir ao cidadão a qualidade das obras públicas.

> Art. 12. O fabricante, o produtor, o construtor, nacional ou estrangeiro, respondem pela reparação dos danos causados aos cidadãos por defeitos decorrentes de projetos, construção de obras, montagens ou serviços prestados.
>
> § 1° A obra governamental é defeituosa quando não atende ao seu uso adequado ou não oferece a segurança que dela legitimamente se espera, com atenção e penalidades redobradas para:
>
> I – a entrega por parte de empreiteiras de asfalto de má qualidade;
>
> II – a entrega de construções públicas, principalmente escolas e postos de saúde em atraso e sem as mínimas condições de uso.

Já o artigo 18 do Código de Defesa do Cidadão tratava de algumas penalidades para servidores públicos, produtos e obras governamentais.

> Art. 18. Os fornecedores de produtos governamentais respondem solidariamente pelos vícios de qualidade ou quantidade que os tornem impróprios ou inadequados ao uso a que se destinam, podendo o cidadão exigir a substituição do que estiver com defeito.
>
> § 1° Não sendo o problema sanado no prazo máximo de trinta dias, pode o cidadão exigir:
>
> I - a substituição do produto por outro da mesma espécie, em perfeitas condições de uso;
>
> II – a substituição do prefeito, servidor público ou presidente por outro em perfeitas condições de uso, no prazo máximo de 30 dias;
>
> III - a restituição imediata do imposto pago, monetariamente atualizado, sem prejuízo de eventuais perdas e danos.

O Código do Cidadão Brasileiro ainda previa multa para funcionários públicos que atrasassem mais de cinco minutos para atender o povo e ressarcimento em dobro do imposto pago no caso de fila de espera de mais de 30 minutos em postos de saúde ou qualquer outra repartição governamental.

O Presidente na Onu

O presidente não participou das comemorações da Proclamação da República em 2027. Estava em Nova York para o Encontro da Cúpula Mundial sobre o Desenvolvimento Sustentável, da ONU.

Clima tenso. Antes da reunião, imprensa e chefes de estado debatiam o anúncio de um grupo de cientistas. Alarmados, diziam que, se uma decisão em relação ao aquecimento global não fosse tomada urgentemente, algo de muito grave iria acontecer. Ou o planeta parava ou o ano seguinte seria de seca, inundações, furacões e milhares de mortes. Em resumo, tudo o que aconteceu com o Rio Grande, enquanto se desligou do Brasil, poderia acontecer ao Planeta Terra, no ano seguinte.

Nos bastidores, todos os países mais poluidores já haviam anunciado que não podiam parar. A China havia investido muito em matéria-prima. Precisava produzir ainda mais para gerar dinheiro e para pagar suas dívidas internas e externas. Os Estados Unidos, a União Soviética e a comunidade europeia diziam o mesmo. Precisavam produzir.

O presidente brasileiro seria o primeiro a discursar.

– Presidentes, chefes de Estado, terráqueos e terráqueas!

Este planeta precisa de mais armas.

Houve um burburinho entre os presentes. Não entendiam como um país que havia saído de uma guerra poderia propor mais armas. O presidente continuou.

– Este planeta precisa de mais armas para sobreviver e ter segurança. E hoje a arma mais importante para a segurança deste planeta se chama Amazônia. E grande parte dela é brasileira.

Vejo aqui que nenhum de vocês pode parar, e concordo. Se os Estados Unidos pararem, todos paramos. Se parar a China, paramos todos. Se parar a Europa, paramos todos também.

E nessas horas, como em todo casamento, como em toda família, alguém tem que ceder. Pelo bem de todos, alguém tem que ceder. E, nesta grande família chamada Planeta Terra, o Brasil, para ajudar seus outros irmãos, mesmo não podendo parar, está disposto a ceder.

Durante muitos anos vocês reclamaram que estávamos desmatando a

Amazônia. Durante muitos anos vocês reclamaram que estávamos queimando a Amazônia.

Pois agora nós estamos dispostos a parar para contribuir com a salvação do Planeta Terra.

Nós e todos os brasileiros nos comprometemos, imediatamente, em acabar com qualquer ação de desmatamento ou queimada no território brasileiro. Prometemos diminuir nossa emissão de gás metano em 50% nos próximos dois meses.

Falou isso pensando nas usinas merdelétricas e compostagem, prestes a serem inauguradas.

– Prometemos acabar com as queimadas e, mais do que isso, providenciar o reflorestamento da Amazônia para que, em menos de dez anos, tenhamos 20% da floresta nativa de volta.

Cremos que, com essas atitudes, as chuvas voltem a cair em seus países para que seus povos não morram de fome pela seca nas plantações, o planeta não exploda, muitas espécies não desapareçam, os corais do oceano não sucumbam, os peixes da costa do Japão na morram, a China possa movimentar suas usinas hidrelétricas e tantas outras situações, que juntas levariam a espécie humana à extinção. Ainda assim, mesmo sabendo que todos podemos morrer, não fazemos nada. Mas o Brasil está disposto a fazer isso agora e por mais dez anos.

Nesse caso, vocês não teriam somente um irmão. Teriam um parceiro. E para vocês, parceiros, gostaria de propor um investimento, um negócio, em que todos investimos na saúde da Amazônia e, em consequência, na sobrevivência do Planeta Terra e de seus habitantes, obrigando o Brasil a andar de uma maneira mais lenta, para que a qualidade de suas águas melhore, seu ar fique mais puro, sua floresta cresça e, assim, o pulmão do Planeta Terra possa respirar melhor.

Se vocês investirem no Brasil, para que os brasileiros e seu governo possam se dedicar a cuidar disso como se cuidassem do jardim de sua casa ou de sua horta, garanto que todos vão poder produzir, trabalhar e progredir muito sem precisar diminuir o ritmo maluco de trabalho de que tanto gostam.

Portanto, se é necessário que o Brasil ande mais devagar para que vocês corram ainda mais rápido, nós iremos mais devagar. Mas, para cuidar desse jardim tão precioso ao planeta, há um custo, e espero que vocês sejam justos em pagar dignamente ao Brasil.

O presidente brasileiro foi aplaudido de pé.

Os líderes do G7 conversaram entre si. O governo norte-americano, com o presidente Tramp, liderou a "vaquinha".

Para que cuidasse de seu meio ambiente pelos próximos dez anos, o Brasil receberia 2 trilhões de dólares.

Apesar de não existirem comprovações estatísticas, até os dias de hoje dizem que foi vendendo a pureza de seu ar, a limpeza de suas águas e a preservação de suas matas que o Brasil se tornou o país mais rico do planeta.

O Dia do Fico ou Não Fico

O presidente voltou ao Brasil recebido como o filho que volta vivo da guerra, como antigas seleções que conquistaram a Copa do Mundo, como um novo papa que chega, como astro do rock que aparece no saguão do aeroporto, como time do interior depois de uma conquista contra a capital, como o maior vendedor do mundo, como o homem que levou o Brasil a receber 2 trilhões de dólares para que o país cuidasse de suas matas, não desmatasse, recuperasse seus rios e oferecesse saúde, educação e vida saudável para sua população. Enfim, deveria fazer o que já estava fazendo desde 2022. E o mais incrível é que tudo isso já estava em andamento, trazendo lucros e dividendos para o próprio país.

O próximo presidente do Brasil e o Congresso Nacional teriam, literalmente, boa parte do dinheiro do mundo para investir em saúde, em tecnologia, em ciência, em preservação ambiental, em infraestrutura, em esporte, em mobilidade, em cultura, em habitação, em saneamento básico, em pesquisa e, principalmente, em educação, em educação, em educação, em educação, em educação, em educação, em educação, em educação, em educação, em educação, em educação e em educação.

No dia de 20 de novembro de 2027, a aprovação do presidente Vitor chegou a 98,2%.

Era executivo que não podia ser perdido. Era funcionário que não podia ser perdido. Era craque do time que, se fosse jogar em outro lugar, iria desfalcar a equipe. Era pedra preciosa.

E, como na administração de um país ou de qualquer organização, é preciso antes de tudo pensar na segurança do grupo, foi natural o posicionamento da população ao pedir que o presidente permanecesse no cargo por mais cinco anos.

Em uma entrevista, o presidente respondeu brincando que precisava parar para namorar um pouco. O depoimento era dirigido para somente uma pessoa: Gisele.

Mas o Congresso Nacional não desistiu. Baixou um decreto dando dez dias para que Vitor pensasse melhor.

Às 20 horas do dia 1° de dezembro, ele deu sua resposta. Estava sentado no alto da Favela da Rocinha, tendo na mesma altura em que estava o Cristo Redentor iluminado.

– Irmãs e irmãos, patroas e patrões, juízes e congressistas,

Patrões como vocês eu nunca tive. Parceiros, compreensivos e, principalmente, educados com quem trabalha em sua casa.

Em nenhum lugar, em nenhum outro emprego fui tão bem tratado e estive tão feliz com meu trabalho quanto nesses últimos anos.

Não tive férias, não recebi décimo terceiro, fiz centenas de horas extras, não recebi nenhum tipo de comissão sobre os lucros da empresa, mas mesmo assim posso dizer que este até hoje está se revelando como o melhor trabalho que tive em toda a minha vida.

Garanto a todos vocês que, em todos os momentos, sempre vesti a camisa da firma e que gostaria de mantê-la em meu peito por muito mais de cinco anos.

Por outro lado, refleti nesses dias sobre o poder e me perguntei se ele não é capaz de se tornar um vício. E, como todos sabemos, todo vício faz mal. Se me perguntassem se estou em dúvida, sem dúvida nenhuma eu responderia com um grande "Sim".

Mas como temos um prazo, e esse prazo é hoje, eu quero dizer que, se é para o bem de todos e felicidade geral da Nação, digo a vocês que vou e que não fico.

A Campanha Presidencial

Sem a continuidade do principal funcionário da equipe que trabalhava satisfatoriamente para o povo, o Maior Congresso Nacional do Planeta Terra fez uma manobra inteligente para segurar no emprego outros funcionários da equipe.

No dia 5 de dezembro de 2027, após conversas com cada um deles, cinco dos seis ministros do presidente foram apresentados como os próximos candidatos da República Ativa, Criativa e Participativa do Brasil. Funcionários, colaboradores que, no convívio do poder, já tivessem demonstrado não se deslumbrar com ele.

A campanha seguiu o padrão da anterior. Cada candidato tinha um minuto por dia para apresentar suas propostas. Em rodízio cada um, no horário entre 20 horas e 20h05min, apresentava seu currículo e programa de trabalho para os eleitores. Todos tinham o mesmo azul ao fundo. Não havia debate entre os candidatos. Apenas perguntas da própria população, da mesma forma como são feitas as perguntas nas entrevistas de emprego.

– Tem referências?

– Qual sua experiência?

– Quais suas propostas?

– Sua ficha policial é limpa?

– Dorme no emprego?

– É casado ou casada?

– Tem filhos?

– É honesto?

– Se encontrasse dinheiro embaixo da cama o que faria?

Além das perguntas a responder, os candidatos também receberam um minuto para apresentar suas pretensões e desejos para o país.

Sávio Probo baseou suas propostas na relação entre justiça, liberdade, educação e cultura.

O Bispo Edir Niero propunha a todos o fim da ACDC (Arrecadação sobre a Cobrança de Dízimo e Contribuições), o fim da liberação das drogas e a criminalização da prática da umbanda no Brasil.

Vó Diva baseou sua plataforma na experiência dos mais velhos, prometendo dar todo o apoio aos mais jovens.

General Bonzinho, coerente, veio com as mesmas propostas da campanha anterior. Demonstrou seu incrível poder de colocar ideias em prática e prometeu um governo de austeridade e muito trabalho.

Tião Boyrá falava em instituir o Caipirismo como novo sistema de governo do Brasil e na importância da preservação das matas do país, conforme combinado com a ONU.

Webbie, Webster e seu Coletivo já haviam sido escolhidos pelo Maior Congresso Nacional do Planeta Terra para continuar à frente do MINP.

Votações do Congresso

Enquanto os eleitores escolhiam o melhor candidato, o Maior Congresso Nacional do Planeta Terra e o Poder Judiciário, depois chamado de Poder do Povo, não paravam. Havia muitos projetos a serem votados, leis a serem pensadas, discutidas e redigidas, casos a serem julgados.

Vários temas, sugestões e ideias estavam em pauta.

A captação de energia do universo.

A extinção total do uso do petróleo e derivados no Brasil e a regularização de novos produtos e tecnologias para substituí-lo.

A votação do protocolo de relações entre o Brasil e as comunidades extraterrestres.

A cassação dos que declarassem amor sem realmente amar.

A instituição de multas para os pedestres que cometessem infrações de trânsito.

A definição da quantidade de peixes que poderiam ser pescados por moradores locais, em rios urbanos, como o Tietê ou o Pinheiros.

A definição sobre o que fazer com os novos minerais encontrados na região amazônica e como extraí-los sem prejudicar a floresta ou invadir os territórios e indígenas.

E centenas de outras questões que poderiam merecer atenção em outra reportagem rápida como esta.

Amor no Palácio da Alvorada

Às 14 horas do dia 30 de dezembro de 2027, o presidente recebeu uma ligação. Era Gisele.

– Tá em Brasília?

– Sim. E você?

– Também.

– Por que você não respondeu minhas mensagens, minhas ligações, meus apelos?

– Bobagem. Depois eu conto. Mas talvez fosse uma estratégia pra te conquistar.

– E acha que já conquistou?

– Não sei.

– Aceita jantar?

– Onde?

– Sei lá. Passei tanto tempo no Palácio da Alvorada e nunca tive a oportunidade de jantar com uma mulher. Quer ser a primeira? Tenho a casa só pra mim até às 23h59min59s de amanhã.

– Pode ser hoje.

– Chega que horas?

– Oito.

– Tô te esperando.

Gisele chegou às 20h30. O presidente, inquieto, não parou de olhar para o relógio até que a campainha do Palácio da Alvorada tocou.

O país acompanhava tudo pelo *reality show* "A Vida do Presidente". Mas para ele, naquela noite, não existia mais ninguém, somente ele e ela.

Abriu a porta. Viu uma mulher linda dentro de uma mulher linda. Milhões de pessoas viam os dois parados na porta. Mas somente cada um deles sabia o que se passava em seus corações.

Ela entrou e ouviu uma música suave no ambiente. Foi a única regalia do presidente em seus cinco anos de mandato. Pediu que instalassem rapidamente caixas de som para que ele mesmo escolhesse as músicas para aquela noite.

Gisele achou engraçado e gostou de ele ter se esforçado em separar uma música que celebrasse a sua entrada.

O presidente, de maneira educada, como sempre fez em todos os barracos ou casas em que morou, apresentou a residência à visitante. Aproveitou para conhecer muitos lugares que, até aquele dia, também não havia conhecido. Naqueles cinco anos e alguns meses, o gabinete presidencial móvel tinha sido sua principal moradia.

Ela elogiou a sala íntima, único lugar do Palácio da Alvorada sem câmeras.

Conversaram um pouco ao lado da piscina. Sem que o presidente pedisse, um garçom trouxe uma taça de espumante, produzida na caatinga brasileira. Desta vez, ela não recusou. Os dois brindaram.

Vó Diva estava coordenando todo o serviço nesta noite. Como ministra, conselheira, pessoa vivida e experiente, que sabe o momento certo de duas pessoas se encontrarem, convocou sua equipe para reger aquela noite. Vitor precisou apenas pensar na música, somente na música, e em mais nada. A sobrinha de Gisele, já com oito anos, também ficou sob os cuidados da equipe de Vó Diva.

Os dois andaram mais um pouco ao redor da piscina. Encontram um balde de gelo e mais uma garrafa de espumante produzida na caatinga brasileira. Serviram-se.

O frio que faz com que os corpos se abracem e que às vezes aparece nas noites de Brasília chegou. O presidente abraçou Gisele, e ela, como se fosse o passarinho que alcança seu ninho, se aninhou.

Ao enxergarem a mesa principal da sala de jantar, viram dois lugares iluminados, com pratos à sua frente. Tomaram apenas água. Queriam sentir toda a pureza daquela comida. Culinária paraense.

Para eles não existia o resto do mundo.

Como aconteceu da primeira vez em que se encontraram, conversaram muito, riram e sonharam muito, até que Gisele perguntou se poderia trocar de roupa. Vitor lembrou do que havia acontecido há pouco mais de 5 anos, quando Gisele saiu da sala do hotel em que estavam e voltou do quarto com um pijama preto de bolinhas brancas. Desapontado, respondeu "sim".

Ela levantou do sofá, virou as costas para o presidente e pediu que ele soltasse uma presilha. Ele obedeceu. Ela levantou as alças e, em apenas um movimento das mãos, se revelou somente com um par de sandálias de salto para todos os que acompanhavam aquela transmissão. O presidente ficou em dúvida entre ajudá-la a tirar os sapatos ou cobri-la com a toalha da mesa mais próxima.

A imagem daquela mulher, em poucos segundos, passou a correr o mundo inteiro.

Para Gisele, não havia nenhum problema. Não era a primeira dama e nem gostaria de ser. O presidente olhou assustado e, entre as opções de ajudá-la a tirar os sapatos e cobri-la com a toalha da mesa mais próxima, optou por uma terceira saída.

Pegou Gisele no colo, subiu as escadas para o segundo andar do palácio e partiu na direção de sua sala íntima. A porta se fechou e, no segundo seguinte, o Maior Congresso Nacional do Planeta Terra se arrependeu de ter dado privacidade ao presidente naquele cômodo do Palácio da Alvorada. O que aconteceu nele somente os olhos de Vitor e Gisele viram.

31 de Dezembro de 2027

O amanhecer foi muito mais tranquilo do aquele que os dois viveram juntos em 2022.

Nos lençóis brancos da cama do presidente, os olhos dos dois se encontraram perto das oito horas da manhã. Sorriram de felicidade e depois gargalharam, pois encontrar amor verdadeiro e recíproco é algo para deixar qualquer um muuuito feliz.

Último dia do presidente Vitor na casa. O Maior Congresso Nacional do Planeta Terra que o perdoasse. O povo brasileiro que o perdoasse, mas naquele dia ele não iria trabalhar. Era uma sexta-feira, último dia do ano e ele havia encontrado a mulher da sua vida.

Se quisessem pedir o seu impeachment, que pedissem.

Se quisessem chamá-lo de corrupto, que chamassem.

Se falassem que ele estava transformando um patrimônio público, pago com o dinheiro do povo, em motel, que falassem.

Se utilizassem contra ele o argumento de que fora um péssimo governante por usar o seu tempo precioso de presidente da República Criativa, Ativa e Participativa do Brasil para fazer amor com Gisele durante um dia inteiro em todos os aposentos do Palácio Alvorada, seria uma premiação porque nem a aprovação de todos os seus patrões era mais importante e preciosa para ele, naquele momento, do que a felicidade daquela mulher.

Se Vó Diva não errou na noite anterior, também não errou no dia seguinte. Os dois estavam sozinhos no Palácio da Alvorada.

Nenhum garçom. Nenhuma cozinheira. Nenhum segurança.

Os dois cozinharam juntos, mergulharam juntos e se amaram muito. Viveram o Palácio da Alvorada como ninguém nunca viveu antes.

Cansados, deitaram-se na cama da presidência. O sol ia embora. Um olhava fundo nos olhos do outro, curtindo aqueles momentos infinitos em que aqueles que se amam passam minutos de admiração e comunicação sem que nenhuma palavra seja dita, até que o presidente cortou o silêncio.

– Por que você não me procurou antes?

Ela, como se não ouvisse a pergunta, permaneceu com os olhos fixos nele. Segundos se passaram. Mais segundos se passaram. Ela respondeu.

– Um tanto pra não te atrapalhar em seu trabalho. Outro tanto pra te conquistar, mas principalmente...

– Porque eu sei o

quanto não prestam os

homens que estão no poder.

O Último Discurso do Presidente

Anoiteceu. Gisele e Vitor foram arrumar o palácio antes de partir. Ele ainda precisava fazer seu pronunciamento de despedida à nação.

Como aconteceu em seu primeiro discurso, tinha o Palácio da Alvorada ao fundo. Às 20 horas em ponto, começou a falar. Foi um discurso curto e direto.

– Minhas patroas e meus patrões!

A vocês que tão bem souberam me dar ordens e me conduzir pelo caminho do bom trabalho, meu muito obrigado.

A vocês que confiaram em mim e me concederam esta importante posição de ser a faxineira que limpa, o capataz que cuida, o jardineiro que preserva, o garçom que serve, a cozinheira que alimenta, o amigo que aconselha, o guardião que protege, o trabalhador que constrói, o mecânico que conserta ou o músico que busca a harmonia, meu muito obrigado.

Nesses anos em que trabalhei pra vocês, aprendi que qualquer um pode ser presidente do Brasil, desde que, depois de se tornar presidente, não seja mais qualquer um.

E por isso a vocês, milhões de brasileiros que já são congressistas e que já são juízes, peço que, a partir de hoje, sejam também presidentes.

Peço que cada brasileiro, nas suas mínimas atitudes, em qualquer lugar que esteja, comporte-se como presidente.

E comportar-se como presidente é saber que qualquer um de nossos atos, cada uma das atitudes em nossa vida, seja na rua, em casa, na escola ou no trabalho, é importante para o destino do nosso país.

Que todo brasileiro saiba que cada atitude sua deve ser uma atitude de presidente.

Peço a você que é pai ou mãe que não prepare seu filho ou filha somente para ter uma profissão. Preparem e eduquem seu filho ou filha para ser presidente e para agir da forma como vocês acreditam e desejam que deve agir o melhor presidente.

E o que é ser o melhor ou a melhor presidente? É ser justo, ser honesto, ser muito honesto, ser criativo, verdadeiro, disciplinado, participativo, responsável, corajoso, solidário, fiel. É ser do bem.

E a todos aqueles que desejam ser PRESIDENTE, deixo um conselho.

Assim que decidir presidir algo, seja uma associação, um condomínio, um sindicato, um diretório acadêmico, um clube de futebol amador ou profissional, uma confederação, uma cooperativa, uma empresa ou um país, capacite-se de todas as formas para ser, no mínimo, o melhor presidente.

Comece por presidir o pequeno, lideranças diárias, mas lidere como se fosse um país, e só se dê o direito de passar para um nível maior de liderança e presidência quando observar que foi totalmente digno do cargo, que foi honesto, que não se corrompeu, que não se entregou ou se curvou aos desejos asquerosos do poder, às armadilhas dos gananciosos e que teve competência para administrar.

Mas, se repetir os erros daqueles que critica, se for desonesto, se for corrompido, se usar mal o poder, reveja suas atitudes, ou desista de presidir e liderar, porque você será mais um escravo do poder, como muitos que o nosso país já teve, porque a sua personalidade ainda não é a personalidade daquele que quer e merece ser PRESIDENTE.

Porque qualquer um pode ser presidente, mas ninguém, depois de ser Presidente, pode ser qualquer um.

Presidente

Às 23:59 do dia 31 de dezembro de 2027, um toque no aparelho avisou que restava somente mais um minuto para o fim da votação. O ainda presidente Vitor Abaré votou, usando o aparelho celular, enquanto caminhava em direção à saída do Palácio da Alvorada.

Os fogos brilhavam e estouravam no céu de Brasília e de todo o país.

Na cabeça dos brasileiros, quantos agradecimentos, quantos sonhos, quantos pedidos, quantos desejos a serem realizados.

Na Praia de Copacabana, na Avenida Paulista, no Pelourinho em Salvador, em cada canto do país alguma lágrima escorria em algum rosto.

Às 23:59:59, o presidente cruzava o portão de saída do Palácio da Alvorada para voltar a ter a palavra presidente apenas como um apelido e para, novamente, ser apenas Vitor Abaré, brasileiro, solteiro por pouco tempo, nascido no dia 24 de janeiro de 1984.

Sua mãe, filha de um tenente-coronel do Paraná com uma índia kurubi, morreu de febre amarela quando ele tinha 8 anos. O pai, filho de um sambista paulista e de uma professora de sociologia carioca, morreu numa disputa de garimpo, sem ver seu sonho de matar a fome do Brasil com o ouro do Rio Madeira tornar-se realidade.

Vitor tinha 9 anos. Apesar do amor e do aprendizado que a terra e a natureza lhe davam, resolveu deixar Rondônia, em busca da avó, no Rio de Janeiro. Sabia apenas que morava na Favela da Rocinha.

Caminhou uma parte do caminho a pé. A maior parte dele, conseguiu vencer graças à solidariedade dos caminhoneiros. Apenas um deles tentou estuprá-lo. Escapou com o mais simples e poderoso dos golpes.

Quando chegou, viu a Avenida Brasil, o Pão de Açúcar, o Cristo Redentor, a Praia de Copacabana e descobriu sua avó morta. Bala perdida.

Sobreviveu no Rio de Janeiro como engraxate, trabalho que lhe ensinou a arte do diálogo e o quanto é importante saber ouvir. Os aristocráticos senhores cariocas adoravam engraxar os sapatos com ele. E não era somente pelo trabalho, muito mais caprichado do que o dos outros engraxates, mas porque a conversa era boa. Para os mal-humorados, era um excelente remédio quando, sempre ao perguntarem ao garoto de pés descalços, bermuda rasgada, mãos calejadas, o que gostaria de ser quando crescesse, ele, ainda moleque de 10 anos, respondia: "Quero ser presidente".

"Presidente" de sorte, saiu vivo no dia em que mataram vários garotos que, como ele, dormiam nos arredores da Igreja da Candelária.

Quando chegou aos 11 anos, ninguém mais o conhecia pelo seu nome. Em toda a região da Praça XV, Cinelândia e Avenida Rio Branco não havia quem não tivesse orgulho em falar que era amigo do "Presidente".

Apesar das tentações, da fome e de lhe chamarem de covarde, de careta, de bundão, de veado, de medroso, de cagão, de marica, bunda-mole, nunca quis experimentar cola, maconha, pinga, cachaça, benzina ou cocaína. Perdeu seu melhor amigo para a novidade entre todas as drogas, o crack. Usou apenas, tendo a maior vergonha disso, Coca-Cola.

Retomou seus estudos com 12 anos, lendo gibis, revistas e livros que os donos de sebo e de banquinhas de revista emprestavam. Aos poucos, a vida, a leitura e a literatura o ensinaram que havia a linguagem da rua, a linguagem escrita e a linguagem correta. Para sobreviver na Selva de Pedra, era preciso saber quando e como usar cada uma delas.

Mas a sociedade exigia um saber em que o governo decidia o que se deveria aprender para ter títulos no futuro. Com a ajuda de uma senhora que sempre lhe dava o café da manhã na frente de uma marquise em que dormia, matriculou-se em uma escola pública do estado.

Nunca deixou que qualquer um de seus amigos ou professores tivessem conhecimento de que morava nas ruas. Terminou o ensino médio em uma escola pública. Sem entender os motivos, queria mais.

Conseguiu um emprego de porteiro no Leblon, onde sabia que estudavam os filhos e filhas dos homens ricos e poderosos. O emprego era muito mais do que sobrevivência. Tinha uma estratégia muito clara em sua cabeça: conseguir que os filhos dos ricos da região emprestassem suas apostilas para que pudesse estudar com elas. Conseguiu algumas. Não todas as que esperava.

Foi em busca de uma apostila de matemática que conheceu Mariana. Linda, doce, gostosíssima. Estava inclusive conseguindo um pequeno papel em uma novela das oito na maior emissora do Brasil na época. Foi seu primeiro amor e também sua primeira desilusão.

As prostitutas de Copacabana já o haviam ensinado a transar. Mas com Mariana, além de matemática e inglês, aprendeu a amar e a perder um amor.

E a quem perde um amor só resta a perdição na bebida, a entrega ao trabalho ou a busca por outro amor, a literatura, a poesia, a música, a natureza, a filosofia, o estudo, o celibato, o fanatismo por um time de futebol, a depressão, a terapia ou a morte. Vitor optou pelo trabalho e pelo estudo. Passou a estudar também nas horas em que estava fora do trabalho, ou seja, entre as dez horas da noite e quatro horas da manhã, horário em que acordava, corria 12 km até o ponto de ônibus mais próximo, que seguiria até o trem, que o conduziria até o metrô, que o deixaria nas proximidades do Leblon. Nunca deixou de agradecer pelos dias em que viu o sol nascer, durante sua caminhada entre o Posto 2 de Copacabana e o Leblon.

Nessa época, já havia conseguido um barraco em Queimados, na região metropolitana do Rio de Janeiro. Era longe, mas era melhor do que não poder chamar qualquer lugar, por pior que fosse, de casa.

Em Rondônia, sentindo o que seus pais sentiam um pelo outro, aprendeu o que era amor e o que era família. Mas foi sua casa em Queimados que lhe ensinou a importância de ter um lar. Atrasos, somente quando o trem quebrava. E o trem quebrava várias vezes. Assim mesmo, os atrasos eram poucos, pois, quando seu sexto sentido lhe avisava que isso poderia acontecer, dormia na praia. Na época do namoro, dormia na casa de Mariana. As melhores noites de sua vida.

Também foi útil o período em que se tornou o porteiro do período noturno.

Vinte anos. Estava pronto para fazer o vestibular. Optou por Engenharia Aeronáutica no Instituto de Tecnologia da Aeronáutica, o ITA. Não passou em primeiro, mas em 14° lugar.

No ITA, além de conhecimento e aperfeiçoamento de seu raciocínio lógico, recebeu formação moral, alimentação, moradia subsidiada e roupas dignas para vestir.

Fez também no mesmo instituto pós-graduação em Ciências e Tecnologias Espaciais. Não gostou muito da disciplina de Sensores e Atuadores Espaciais. Mas curtiu muito fazer Propulsão Espacial e Hipersônica, Química dos Materiais, Sistemas Espaciais e Ensaios e Lançamentos. Tempos depois, tomando um suco com um amigo concluiu que a pós-graduação no ITA havia, mais do que um título que melhoraria o seu salário em 10%, lhe ensinado a sonhar.

Passou um tempo em São Paulo. Lá aprendeu a negociar e, principalmente, a como se portar e apresentar em um negócio. Passou quatro anos por lá e, quando achou que o dinheiro que ganhara já lhe bastava, voltou ao Rio de Janeiro. Foi morar em Ipanema.

Apartamento 2034, bem no início da Avenida Vieira Souto. Mulherada, praia, amigos, vôlei na areia, caipirinha todo dia e muito amor. Corrida na praia todo dia ou às seis da manhã, quando não ia dormir às seis da manhã, ou às seis da tarde, quando ainda não estava trabalhando às seis da tarde.

Mas não era festa todo dia. Em sua volta ao Rio, passou a trabalhar como Engenheiro Aeronáutico para a Força Aérea Brasileira. Frequentemente viajava até a Amazônia para reuniões, onde comandava, além de outros projetos, um programa de monitoramento espacial da região. Na aeronáutica aprendeu a voar, aprendeu a ter pés no chão, aprendeu a ter disciplina, aprendeu a ter atenção e aprendeu a ter compromisso.

Em suas viagens, sempre ficou mais tempo do que o necessário para não perder o seu contato com a floresta e a natureza. Tinha amigos índios, ribeirinhos, vermelhos e azuis.

A vida na festa e mulheres bonitas mexem com um cara. E elas também mexeram com ele. Ganhava bem, mas também gastava bem.

O Rio de Janeiro não lhe deu jogo de cintura.

O Rio de Janeiro não lhe ensinou a levar vantagem em tudo.

O Rio de Janeiro não lhe ensinou a ser sacana.

O Rio de Janeiro não lhe ensinou a ser ladrão.

O Rio de Janeiro lhe ensinou a amar a vida.

O Rio de Janeiro lhe ensinou que quem nasce no paraíso até tem direito de ser ateu, mas jamais de ser ladrão.

E Vitor Abaré se redescobriu no paraíso quando reencontrou Mariana.

Um encontro simples, em uma feira de produtos orgânicos. Os olhares não precisaram explicar por que ela o deixou ou por que ele nunca mais a procurou. Eram os mesmo de 15 anos antes. Amaram-se como 15 anos antes por um mês, por dois meses, por seis meses, por um ano até ela ser assassinada em frente ao seu prédio.

E a quem perde um grande amor só resta a busca por outro amor, a bebida, o trabalho, a literatura, a poesia, a música, a natureza, a filosofia, o estudo, o celibato, a vingança, o fanatismo por um time de futebol, a depressão, a psicoterapia, a festa, a vida eterna ou a destruição de si mesmo até a morte. Vitor Abaré desta vez optou pela destruição de si mesmo e a indignação.

Continuou seus trabalhos para a Amazônia sabendo que quem pilotava os aviões ou quem participava das importantes reuniões era um homem que não conseguia mais conviver consigo mesmo.

Em um pouso foi abordado por Pablo Chapoua, traficante colombiano que se revelou impressionado com o conhecimento, a capacidade, a inteligência e o jogo de cintura de Vitor Abaré. A ele, propôs um bom dinheiro para transportar em uma nave da aeronáutica uma tonelada de drogas. Para Vitor uma coisa apenas restava: fazer mal a si mesmo para esquecer Mariana ou, ao menos, ficar ao lado dela. Topou o negócio, como se fosse uma vingança a quem sempre quis fazer tudo da maneira correta e não recebeu a retribuição por isso.

Não precisava de dinheiro. Apenas queria uma ocasião para ter outro desafio e não lembrar mais dela. Lembrou o livro de mitologia grega que ganhou de uma das bancas próximas à Cinelândia e que mostrava a Ocasião, como uma mulher linda, com farta cabeleira na testa e a nuca pelada. E essa mulher, a Ocasião, você pega pela frente ou não a alcança nunca mais. Ele aceitou a mudança. Estava com trinta anos.

Sua disciplina, organização, honestidade com os companheiros e dureza com os inimigos fizeram o "Presidente" subir no negócio e ganhar respeito.

Oito anos depois, em 2022, já como um dos maiores traficantes do país, e com uma vontade profunda de mudar de vida mais uma vez, quando se preparava para dominar o tráfico de drogas em Brasília, a Ocasião apareceu à sua frente outra vez. Também não desperdiçou a oportunidade. Fez sua parte. Realizou seu sonho de ser presidente e fazer tudo o que sempre esperou que fizessem por ele, seus pais e seu país e nenhum governante fez.

Passou cinco anos como presidente da República Criativa, Ativa e Participativa do Brasil e agora se via deixando o Palácio da Alvorada com uma mochila nas costas.

Pela primeira vez, desde 2022, tinha alguém ao seu lado no Ano-Novo. E esse alguém era uma mulher linda, amiga e companheira, com quem ele desejava viver até o seu último suspiro, e uma criança que cuidaria como filha e a quem pretendia dar irmãs e irmãos.

Era uma sexta-feira. Vitor Abaré finalmente saía de férias. Mas, na segunda-feira, o Maior Congresso Nacional do Planeta Terra e seu novo funcionário já estariam de volta ao trabalho.

Ainda havia muito a fazer e muitas conquistas a serem alcançadas ou mantidas.

Vitor viu de longe a bandeira holográfica do Brasil tremulando na Praça dos Três Poderes. Não estava muito diferente de quando a montaram em setembro. As palavras "Liberdade, Responsabilidade e Honestidade" ainda escritas em sua faixa branca.

Mais fogos estouraram. O céu brilhava. 2028 chegou.

Outros anos vieram. Novidades vieram, novas políticas foram criadas.

Mas, para quem viveu o Brasil daquela época,
para quem viveu o Brasil de 2052,
para quem viverá o Brasil de 2222
ou para quem, como eu, vive o Brasil de 2122,
aquele

7 de setembro de 2022

sempre
será
futuro.

Agradecemos o importante apoio de:
Alda Hack; Ana Paula Araujo; Carlos Eugênio Carneiro de Melo;
Claudine Menezes da Silva Peixoto; Elizabete Alves Martins;
Francieli Dalpra; Irae Holetz; Ismael Nossabein; Jo Sampaio Art;
Juliane R. Cavalli Sant'Ana; Juliano Vieira de Araujo;
Katiani Martins de Oliveira; Marcia De Bernardo Foltran;
Marisol Fernandez Garcia Grupenmacher; Paulo Roberto Munhoz;
Regina Iara Machado Neves; Sérgio Ricardo Bacellar de Pina;
Suzanne Frutos de Melo; Tadeusz Natalio Tymowicz;
Vera Maria Ventura de Pina; Família Fenianos

Para dúvidas, compras, ideias e melhores informações:
www.facebook.com/bombaembrasilia
www.instagram.com/bombaembrasilia
www.bombaembrasilia.com.br
editora@urbenauta.com.br
41 3362-3307

Para compra de outros títulos da
Editora Univer Cidade/Edições Urbenauta/Edições BarBlioteca, visite:
www.livrobrasil.com.br

Livro impresso em outubro de 2017
para a Editora Univer Cidade / Edições Urbenauta / Barblioteca.
A fonte utilizada no miolo é Frutiger LT STD, corpo 11.
O papel do miolo é o Reciclato 90 g/m² e o da capa cartão supremo Duo Design 250 g/m²